Scarlet
스칼렛

www.bbulmedia.com

로맨틱
데이즈

Romantic Days

로맨틱
데이즈

분실물
장편 소설

SCARLET ROMANCE STORY

contents

prologue

"스…… 스…… 스테……."

기르던 강아지 스테파니가 쥐약을 먹고 죽었다. 윤영은 쥐약을 토해 내려 발악했을 강아지의 마지막 모습을 눈물이 그렁한 얼굴로 상상하며, 토사물과 함께 주방 바닥에 널브러져 있는 스테파니의 참혹한 사망 현장을 바라보고 있었다.

멍한 눈에서 결국 눈물이 뚝 떨어져 내렸다. 순식간에 뿌옇게 변한 앞을 감당치 못한 윤영은 그대로 자리에 털썩 주저앉아 버렸다.

"어헝……."

윤영의 우는 소리가 주방 안을 흘렀다.

"설재영. 이 스테파니 설사 똥 묻은 옷자락보다도 못한 놈이, 결국…… 결국……."

대체 이 번쩍번쩍한 아파트 안에 쥐가 어디 있다고! 매일매일 찍찍거리는 쥐 소리 때문에 글을 못 쓰겠다고 투덜거리더니 결국 쇠스코에서 일하는 친구에게 얻어 온 쥐약을 여기저기 뿌려 댔던 그. 하나뿐인 오빠, 재영.

하지만 그 쥐약의 희생양은 집에 있지도 않은 쥐가 아닌, 이렇듯 아무거나 날름 주워 먹다가 배탈이 나는 것을 취미로 삼았던 스테파니가 되어 버리고 말았다.

부디 고상한 강아지가 되길 바란다며 폼 나게 지어 준 스테파니라는 이름이 무색해진 순간이었다.

"그러게 언니가 뭐든 냄새 먼저 맡아 보고 먹으랬잖아, 스테파니. 엉엉."

윤영은 눈물을 뚝뚝 흘리며 축 늘어진 스테파니의 하얗고 복실한 털을 쓰다듬었다.

"2년 동안 안 잡아먹겠다고 결심한 강아지는 네가 처음이란 말이야, 스테파니."

가끔 빨아 놓은 수건이 없을 때 은근슬쩍 발에 묻은 물기를 닦곤 했던 이 보송한 털. 이제 다시는 그럴 수가 없다니, 수건을 많이 사다 놔야 할 것 같았다.

"오빠 오면 내가 죽을 때까지 패 줄 테니까, 부디 편안하게 눈감아, 스테파니. 엉엉. 내가 꼭 네가 느낀 고통만큼 설재영에게 복수……."

"윤영아, 스텝하니. 오라버니가 취취리취킨 사 왔다."

"⋯⋯응? 치킨?"

털썩.

갑작스레 들려온 재영의 목소리에 윤영이 부여잡고 있던 스테파니의 몸뚱이를 그대로 놓아 버렸다. 그녀의 귀가 당나귀 귀처럼 쫑긋거렸다.

출판사에 원고를 넘기고 콧노래를 흥얼거리며 돌아온 재영은 치킨을 든 채 현란한 스텝을 밟으며 부엌으로 들어섰다.

"악!"

한데 죽은 스테파니의 원혼이라도 떠돌고 있었던 걸까. 치킨을 외치며 걸어오던 재영이 무언가를 밟고 주욱 미끄러지며 하늘을 날았다.

"내 치킨!"

쏴악.

윤영은 공중에 붕 뜬 재영과 함께 허공에 떠 버린 치킨 봉지를 음흉한 눈으로 바라보다가 바닥을 향해 떨어져 내리는 치킨을 품 안에 받아 냈다. 곧이어 엄청난 소리와 함께 재영의 엉덩이가 부엌 바닥에 부딪히는 마찰음이 들려왔다.

쿵.

"이런 젠장. 저주받을 스테파니 설사 똥 같으니라고!"

"그거 똥 아니야, 오빠."

널브러져 있는 스테파니는 이미 잊어버린 듯, 윤영은 아이보다도 맑은 얼굴로 거실에 놓인 테이블에 치킨 봉지를 올려놓았다.

"그래? 그렇구나. 어쩐지 냄새가 약했어."

"오빠 이거 무슨 치킨이야?"

"간장치킨."

"오예!"

"근데 우리 스테파니는 왜 여기 누워 있지? 얘 지금 토 밟은 나한테 미안해서 죽은 척하는 거냐?"

신나게 치킨 포장을 뜯어내던 윤영이 잠시 손길을 멈추었다. 그러다 부딪힌 엉덩이를 쓰다듬고 있는 재영과 눈을 마주한 그녀가 고개를 도리도리 저었다.

"진짜 죽었어, 스테파니."

"뭐?"

재영이 놀란 얼굴을 했다.

"오빠의 스테파니, 오빠가 놓은 쥐약 먹고 죽었다고."

윤영은 다시 모든 정신을 치킨에 집중시키며 건성으로 대답했다.

윤영의 말에 잠시 생각에 잠긴 재영이 점점 사색이 된 얼굴로 스테파니를 돌아보았다. 널브러진 스테파니의 모습에 동생의 무심한 얼굴이 겹쳐 보였다.

"그럴 수가. 어떻게 그럴 수가 있어?"

"……."

"쇠스코 김인철 이 사기꾼 새끼, 쥐 잡는 약 달랬더니 개 잡는 약을 줘? 죽여 버릴 거야!"

씩씩거리는 재영을 돌아본 윤영이 다시 시큰둥하게 시선을 틀었다.

인적이 드문 조용한 뒷동산에 작은 무덤이 생겼다.

"스테파니."

동그란 흙무덤을 바라보며 윤영이 작게 읊조렸다.

"잘 가. 고마웠어."

옷에 묻은 흙을 건조한 손길로 툭툭 털어 내며 윤영이 스테파니에게 안녕을 고했다.

혼자만의 장례식을 마치고 돌아왔다. 윤영은 아파트 뒤쪽에 위치한 작은 동산에 생전 스테파니가 너무나 좋아했던 닭다리살 한 움큼과 함께 스테파니를 묻어 주었다.

"휴."

윤영의 자그마한 입술에서 저도 모르게 한숨이 흘러나왔다. 어제 정말로 쇠스코에 근무 중인 친구를 잡으러 집을 나가 버린 오빠를 떠올리며 튀어나온 한숨이었다.

"아무리 생각해도 정상이 아니야, 우리 오빠."

엘리베이터를 타고 11층에 멈추어 선 윤영이 쭉 길게 늘어선 대문들을 하나, 둘 지나쳐 걷고 있었다. 그녀의 집은 제일 맨 끝쪽에서 한 집 앞에 위치한 1118호였다. 처음 이 집을 보러 왔을 때가 생각났다.

'이 천백씨입~팔호는 내 운명의 집이야. 당장 계약하죠.'

재영의 음성을 떠올리며 윤영은 쯧쯧 혀를 내둘렀다. 어차피 끼어 사는 처지에 뭐라고 반박할 수는 없었지만, 사실 자신과 이 집 천백십팔 호는 어울리지 않는다고 생각했다.

505호나, 302호. 아니면 707호? 그녀는 자신이 좋아하는 이런 예쁜 숫자의 집에서 살고 싶었다.

벌써 어둠이 찾아오려는지 바깥은 해가 서서히 떨어지며 붉은 빛을 뿜내고 있었다. 그리고 천천히 고개를 돌린 윤영이 그 빨간 하늘을 자신의 눈동자 안에 한 아름 담아냈다.

"와아."

천백십팔이라는 호수가 영 마음에 안 드는 윤영이 이 아파트에서 찾아낸 단 한 가지 매력. 바로 현관문을 열고 나오면 보이는 이 예쁜 하늘, 눈부시게 내리쬐는 노을까지 구경할 수 있게끔 앞이 확 트인 아파트 구조였다.

윤영과 그가 처음 만난 건 아파트 밖으로 지던 해가 유난히도 붉었던, 바로 지금 이 순간이었다.

"야, 너 이 쥐새끼 당장 안 데리고 가?"

이사 온 지 꽤 됐음에도 불구하고 누군가가 들락날락하는 것을 전혀 보지 못했던 맨 마지막 집 1119호였다. 웬 남자가 한 손에는 휴대폰을 든 채, 또 한 손에는 햄스터 한 마리가 쳇바퀴를 굴리고 있는 네모난 플라스틱 우리를 든 채 현관문을 걸어차며 집 밖으로 나왔다.

윤영은 빨간 하늘을 구경하다가 집에 남겨 둔 치킨 생각에 얼른 현관문을 열려는 자세를 취하고 있었다. 그러다 갑자기 들려오는 큰 소리에 옆집에서 튀어나온 웬 길쭉한 남자를 향해 시선을 틀었다.

"이 계집애야, 이거 언제 집에 가져다 놓은 거야? 온 집 안이 햄스터 똥 냄새로 뒤덮여 있잖아!"

"……."

"뭐? 나보고 키우라고, 이걸? 미쳤냐? 내가 왜?"

"……."

"밟아서 터뜨려 버리기 전에 갖고 가. 이딴 거 찍찍거리는 집에서 절대 못 살아!"

"……."

"이딴 거 너나 가져가서 키우라고! 냄새 나니까!"

"네가 범인이었구나, 햄순아."

갑작스런 인기척.

몇 차례 휴대폰 속의 누군가를 향해 소리를 꽥꽥 지르고 있던 남자는 발자국 소리도 없이 다가와 햄스터 우리 안으로 시선을 쏙 집어넣은 여자를 내려다보았다.

— 최현진! #$:(%#%*(#

휴대폰 안에서는 웬 여자가 남자만큼이나 신경질적인 음성으로 떽떽거렸다. 그 시끄러운 소리에 남자는 휴대폰을 귀에서 떼어 내 손에 들고 윤영과 햄스터 우리를 번갈아 바라보다가 신경질적으로 전화를 끊었다.

어느덧 시끄러운 소리가 사라지고 찍찍거리는 햄스터의 소리만 남자 그제야 윤영이 스윽 굽혔던 다리를 펴며 남자와 두 눈을 마주했다.

167cm나 되는 키임에도 불구하고 목이 뻐근하도록 올려 봐야 하는 남자의 눈동자. 남자를 바라보고 선 윤영의 살짝 갈라진 앞머리와, 발목 위까지 내려오는 치마가 얕은 바람에 살짝 흔들렸다.

그리고 그 순간 윤영은 자신도 모르게 이상한 생각을 하고 말았다. 노을을 정면으로 마주한 남자의 얼굴이 참으로 예쁘다는 생각.

윤영은 동그란 두 눈으로 남자를 응시하고 있었다. 남자는 팔짱을 낀 채 굉장히 건방진 포즈로 그녀를 내려다보았다.

"그러니까 너는 지금 여기 1118호에 살고 있는데, 같이 살고 있는 너희 오빠가 작가고, 한밤중에 글 쓰다가 자꾸 들리는 찍찍거리는 소리 때문에 집에 쥐가 있는 줄 알고 쥐약을 놨고. 그래서 결국 스테…… 뭐?"

"스테파니."

"어, 그래. 스테파니. 그래서 그 스테파니라는 네 개가 그 쥐약을 먹고 어제 세상을 떠났는데 그 쥐의 정체가 지금 내가 들

고 있는 이 햄스터니까, 결론은 그 주인인 내가 네 개가 죽은 것
에 대한 손해 배상을 해 내라는."

"……."

"아무튼 여태까지 내가 너한테 들은 이야기가 이 거지 같은
스토리가 맞냐?"

"와, 요약 잘한다."

윤영은 진심으로 박수를 쳤고, 현진은 황당하다는 눈으로 그
녀를 바라보았다.

찍찍찍. 찍찍찍.

그의 손에 들린 플라스틱 우리 안에서는 계속해서 햄스터가
찍찍거렸고, 현진은 시끄럽다는 듯 탕탕 그 플라스틱 집을 두드
렸다.

"아무튼 스테파니가 죽어서 집 나간 우리 오빠는 24시간 동
안 소식이 없어. 어떻게 생각해?"

"별생각 없어."

"생각을 좀 해 줬으면 하는데."

"뭐 이런……."

안 그래도 며칠 만에 들어온 집인데, 구린내 폴폴 풍기는 햄
스터부터 시작해서 별 시답지 않은 얘기만 하고 있는 옆집 여자
애까지.

현진은 잔뜩 짜증 섞인 얼굴로 그녀에게서 돌아서 제집 현관
문을 열어젖혔다. 죽든 말든 햄스터를 복도 한쪽에 내려놓은 그

가 집으로 들어가려 발걸음을 옮겼다. 그러나.

"야, 이거 안 놔?"

"이야기하고 가."

다행히도 티셔츠였다. 윤영이 잡은 현진의 긴팔 티셔츠가 주욱 늘어나고 있었다. 만약에 살결이 닿는 손이나 팔목을 잡았더라면 절대 이 계집애를 가만두지 않았을 거다.

현진은 엄청난 괴력으로 자신을 잡아당기는 여자애를 내려다보며 소리쳤다.

"아, 뭔 이야기!"

"음. 손해 배상에 관한 이야기?"

꼭 쥔 현진의 티셔츠를 놓아주지 않은 채 윤영이 대답했다.

손해 배상? 아무리 생각해도 현진은 어이가 없었다.

"야, 지금 나 이 햄스터 버린 거 안 보여? 이 햄스터 내 꺼 아니거든? 그러니까 손해 배상은 딴 데 가서 알아봐. 그리고 너, 왜 말 까고 지랄이야? 너 나 처음 보는 거 아니냐?"

"네가 먼저 말 깠잖아."

"난 깔 만하니까 깠어. 너 몇 살인데?"

"스물네 살. 너는?"

"나도 스물네…… 아 짜증 나. 내가 지금 이 계집애한테 나이는 왜 말하고 있는 거야?"

"동갑이네. 반갑다, 야."

정신 나간 계집애 같으니라고.

상황에 맞지 않게 싱긋 웃으며 반갑다고 이야기하는 윤영이 지독히도 이상해 보였다. 현진은 툭툭 손바닥을 세로로 들어 자신의 티셔츠를 잡은 그녀의 손을 쳐 냈다. 그런 그의 얼굴 모양은 꼭 더러운 것을 만지는 양 한껏 일그러져 있었다.

그는 그녀의 손이 티셔츠를 놓자 그때서야 재빠르게 발을 굴려 문을 열고 집 안으로 쏙 사라졌다. 윤영은 순식간에 자신의 앞에서 사라져 버린 현진의 뒤꽁지를 바라보며 눈을 깜빡거렸다.

"복수할 거야!"

쾅쾅.

작은 주먹으로 현진의 집 대문을 두드리며 윤영이 외쳤다.

"옆집에 웬 미친 게……."

집 안에서 그 목소리를 들으며 현진은 짜증스럽게 머리를 비볐다.

나름대로 독한 얼굴로 '복수할 거야!'를 외친 윤영은 심호흡을 한 뒤 집으로 돌아가기 위해 발걸음을 돌렸다. 갑자기 나타난 스테파니의 원수 때문에 치킨을 깜빡할 뻔했다.

도어록 비밀번호를 누른 윤영이 이내 손을 들어 현관 손잡이를 돌렸다. 그런데.

"……햄순이."

돌아본 곳에는 여전히 복도에 놓인 채 찍찍거리고 있는 햄순이가 있었다.

\#
1.

1119호에 거주 중인 남자, 최현진. 24살. 서울 명문 법대생. 사람의 살갗이 닿는 걸 싫어하는 강박증 환자. 특히 여동생 이외의 여자의 살이 닿는 걸 죽도록 싫어한다. 아, 절대적으로 깔끔한 걸 추구하는 결벽증 환자는 아니다.

　현진이 1119호에 이사 온 지는 이제 막 한 달 반 정도가 지났다. 어머니는 돌아가셨고, 세상에 하나뿐이지만 죽도록 미워하는 아버지는 지방에서 호텔 사업을 하신다. 그리고 그 아버지와 함께 하나뿐인 여동생 고3 수험생 민애가 살고 있었다.

　텅 빈 그의 집 안에 햄스터를 들여놓은 장본인인 그녀는 현진이 세상에서 제일 아끼는 유일무이한 여자였다.

　워낙 둘 다 불같은 성격 탓에 전화로 티격태격 싸우는 일이 허다하게 일어나긴 했지만, 그것은 그들만의 애정 표현 방식이었다. 현진은 민애가 졸업하면 자신의 집으로 데려오리라 마음 먹고 있었다.

현진은 더운 날씨에 딱 알맞은 학생다운 옷차림으로 집을 나섰다. 회색 반팔 티셔츠에 짙은 바다 빛깔이 나는 청바지. 햇살을 가리기 위해 눌러쓴 모자와 무거운 전공 서적이 가득 차 있는 까만색 가방. 여느 촌스럽고 후줄근한 복학생 차림은 아니었다.

학교에 가려 밖을 나선 뒤 제대로 잠겼나 확인하려 현관문 손잡이를 돌리던 현진의 무표정한 얼굴이 급속도로 굳어진 건 바로 그때였다.

"……뭐야 이거."

뭘까. 그의 손바닥에 질펀하게 묻은 이 찐득찐득하고 몰랑몰랑한 느낌은 대체.

순간 모든 동작을 정지한 채 이 느낌이 무엇일까 고민하던 현진의 반듯한 이맛살이 잔뜩 구겨졌다. 조심스레 현관문을 잡은 손을 들어 올렸다.

주우욱.

그가 손을 들어 올림과 동시에 주욱 늘어나는 고무줄 같은 무언가가 유난히도 새카만 그의 눈동자 안을 비집고 들어왔다.

씹다 버린 껌?

그랬다. 현진의 손바닥에 찐득하게 묻은 것은 다름 아닌 씹다 버린 껌, 정확히는 누군가가 씹고 난 후 정성스레 현관 손잡이에 붙여 놓은 껌이었다. 갑자기, 뜬금없이 '복수할 거야!' 라던 어제 그 미친 여자의 음성이 현진의 귓속을 빠르게 흘렀다.

"아, 진짜!"

여자치고는 커다란 키에, 삐쩍 마른 몸에, 구불구불한 파마머리를 하고 있던 윤영의 얼굴도 함께 스쳐 지나갔다.

"그 미친 계집애가 정말!"

때마침 현진의 바지 주머니에서 휴대폰 진동음이 울렸다. 그는 여전히 씩씩거리며 자신의 손바닥을 내려다본 채로 나머지 한 손을 들어 휴대폰을 받았다. 민애였다.

"여보세요!"

— 오빠, 나야.

"최민애. ……오빠 지금 전화 받을 기분이 아니야. 끊자."

— 오빠 기분 물어볼 거 아니었어. 우리 햄돌이 잘 있어? 그거 때문에 전화한 거야.

시큰둥한 목소리로 민애가 대답했고, 그녀의 말에 현진의 미간은 더욱더 바짝 구겨졌다. 아니, 내가 그깟 햄스터보다도 못한 존재란 말이야?

현진은 버럭 민애를 향해 소리쳤다.

"그래, 햄돌인지 소시진지 겁나 잘 있다! 씨 까먹다, 쳇바퀴 굴리면서 다이어트하다, 아주 혼자서도 잘 처놀더라!"

큭큭거리는 민애의 웃음소리가 들려왔다.

— 안 버렸구나? 오빠 성질에 정말 터트려 죽여 버리거나, 갖다 버리면 어쩔까 걱정했는데.

"내가 그걸 왜 버려? 포동포동 살 찌워서 엄청 큰 쥐포 만들 거다."

— 하여튼 말하는 꼬라지 봐! 야만적이야!

"나 야만적인 거 이제 알았냐?"

— 끊어! 진짜 밟아서 쥐포 만들기만 해 봐. 쥐는 우리의 친구야!

"넌 친구도 없냐? 냄새나는 쥐새끼랑 친구 먹게?"

뚜. 뚜. 뚜. 뚜.

"이게 건방지게 오라버니가 말씀하시는 데 끊어?"

하루에 1, 2분쯤은 꼭 이런 유치한 말다툼을 해야 속이 시원한 모양인지 민애는 거의 매일 같이 이렇게 전화를 했다. 현진은 끊어진 휴대폰을 다시 주머니로 쏙 집어넣었고, 이내 다시 집 안으로 들어가기 위해 도어록에 신경질적으로 검지를 들이밀었다.

삐삐삐삐. 철컥.

"……."

현진은 껌이 안 붙은 손으로 조심스럽게 문고리를 돌렸다. 그리고 현관문 안으로 들어서려던 그가 갑자기 번쩍 드는 생각과 함께 우뚝 멈추어 섰다. 문득 생각난 손에 붙은 껌보다도 중요한 문제였다.

"햄스터……."

그가 조용히 중얼거리며 어제 햄스터 우리를 놓아두었던 자리를 향해 시선을 돌렸다. 그런데 그곳에 있어야 할 민애가 가져다 놓은 햄스터 우리가 정말 쥐도 새도 모르게 사라져 있었다.

현진의 짙은 눈썹이 또다시 지렁이처럼 구불거리기 시작했다.

"너지?"

"뭐가?"

"하!"

아무것도 모른다는 듯 둥그런 눈동자를 굴리는 그녀의 모습에 현진은 기가 차서 실소를 내뱉었다. 더워 죽을 것 같은 날씨에도 불구하고 긴팔 티셔츠를 입고 있는 윤영의 모습이 현진을 더욱 답답하게 했다.

어디 다녀오는 길인지 윤영은 얇은 긴 티셔츠에, 요번엔 무릎 아래까지 내려오는 긴 치마를 입고 가방을 들고 있었다. 목에는 까만 줄에 묶인 커다란 카메라를 메고 있었다. 현진 역시 학교에 다녀오는 길에 집 앞에서 윤영과 맞부딪친 참이었다.

"아침에 껌 붙인 건 없던 일로 할 테니까 햄스터 내놔."

현진의 말에 윤영이 붉은 입술을 뾰족 내밀었다.

"이렇게 순순히?"

"역시 너였어!"

현진이 길길이 날뛰기 시작했다.

"너 진짜 죽고 싶어? 왜 남의 집 현관에 껌은 붙여 놓고 지랄이야! 거기다 남의 햄스터는 왜 가져가는데? 너 그거 절도다. 아냐?"

"버린 거라며, 햄순이?"

윤영이 고개를 갸웃거리며 말을 잇자 현진의 얼굴에 당황스러운 표정이 머물렀다.

"내가 언제?"

"우리 오빠가 스테파니 대신으로 햄순이를 무지하게 마음에 들어 해."

"……."

"웃기는 사람이지? 찍찍거리는 거 싫다고 쥐약 놓고 난리 블루스를 추더니, 윕고 넘기고 나니까 그 소리가 사랑스럽대. 내가 생각해도 별로 정상은 아닌 것 같아, 우리 오빠."

"내가 볼 땐 네가 더 정상이 아니야!"

도대체 누가 누구한테 정상이 아니라는 건지 원. 잔뜩 찡그린 얼굴로 고개를 가로젓는 현진의 모습에 윤영은 울상이 되었다.

"그렇게 심한 말을……."

"심한 말이고, 심한 소고, 심한 돼지고 간에 얼른 햄스터나 내놔."

조금 전까지만 해도 울상이었던 윤영의 얼굴이 바로 '뭐 저런 놈이 다 있냐' 하는 표정을 담았다.

"내가 요 근래 들은 개그 중 제일 최악인데."

"내 햄스터 내놓으라고."

"아, 대체 어떤 작자들이 이렇게 시끄럽게 구는 거야?"

잠시 동안 집 앞에서 아웅다웅 싸우고 있던 두 사람의 귓가에, 서로의 목소리가 아닌 다른 이의 목소리가 들려왔다.

윤영은 현관문을 열고 고개를 빼꼼 내민 자신의 오라비, 재영을 뒤돌아 바라보았다. 폭탄 투하라도 당한 것 같은 머리하며, 후줄근한 티셔츠하며, 오늘은 하루 종일 집에 있었던 게 틀림없었다.

손등으로 눈을 비비며 눈을 깜빡거린 재영이 윤영과 시선을 마주했다.

"뭐야, 설윤영. 너 왜 집에 안 들어오고 웬 족제비랑 싸우고 있어? 예수 믿으래?"

뭐, 족제비?

"안 믿는다 그리고 얼른 들어와서 밥해. 나 배고파. 나 오늘 하루 종일 햄순이랑 같이 해바라기 씨 깎아 먹……."

"줘요."

불쌍한 표정으로 윤영에게 말을 하던 재영의 목소리가 저벅저벅 그의 앞으로 다가온 현진 때문에 끊겼다. 문짝에 매달린 재영은 여전히 잠이 덜 깬 듯 두 눈을 깜빡이며 현진을 올려다보았다.

"뭐를?"

"당신이랑 하루 종일 같이 있던 거 달라고요!"

현진이 재영을 향해 외쳤다. 그리고 그 외침에 재영은 정말이지 순식간에 심각한 얼굴이 되었다.

"자네 지금 그게 허락받으러 온 사람 태돈가?"

"뭐?"

"미안하지만 우리 윤영이, 족제비한테는 내 절대로 못 줌세."

현진은 머리가 어지러웠다. 어제부터 지금까지, 그는 이 정신 나간 남매한테 말리고 있음이 분명했다.

결국 머리끝까지 화가 난 현진은 성큼성큼 윤영과 재영의 집으로 들어가 민애가 준 햄스터를 데리고 나왔다.

현진은 절대 다시는 저 이상한 남매와 상종도 안 하겠다! 다짐하며 여전히 손해 배상을 운운하는 윤영을 뒤로하고 집으로 들어왔다. 정신없는 하루. 도대체가 학교 가기 전부터 시작해서 하루 종일 정신이 없는 날이었다.

하지만 불행히도 윤영의 유치한 복수는 그 껌 딱지 하나로 끝나지 않았다. 대체 어디서 주워 온 건지 현진의 집 대문 앞에 개똥을 놓아두질 않나, 문을 열면 후춧가루가 쏟아지게끔 만들어 놓질 않나. 대문에 '1119호에는 살인자가 산다!' 라는 문구를 쓴 전지를 붙여 놓질 않나.

그것도 모자라 몰래 숨어 있다가 현진이 문 밖으로 나올 때 갑자기 폭죽을 터뜨려 놀래키기도 했다. 그러곤 후다닥 치맛바람을 날리며 사라지는 윤영의 뒤꽁지까지. 도대체가 상상을 초

월하는 유치함이었다.

날이 갈수록 화가 난다기보다도 어이가 없어졌다. 그깟 스테 파닌지 스테인레슨지 하는 강아지의 손해 배상을 해 주고 싶다 는 생각까지 들게 만드는 귀찮음이었다.

그리고 며칠이 더 흐른, 여전히 덥지만 유난히 더 더웠던 그 날. 현진은 상종도 안 하겠다 다짐했던 그 정신 나간 남매와 다 시금 만나게 되었다.

그날 윤영은 여전히 긴소매의 티셔츠를 입고 있었고, 목에는 카메라를 걸고 있었다. 재영은 역시나 새가 쪼아 놓고 간 듯 부 스스한 헤어스타일에 배고픔에 허덕이는 난민의 몰골이었다.

대체 어쩌다 이런 이웃이 살고 있는 집에 이사를 오게 된 걸 까.

현진은 여전히 이맛살을 찌푸린 채였다.

"난 너만 보면 왜 이렇게 덥냐?"

"그래? 실은 나도 많이 더워."

그렇게 많이 더우면 그 긴팔을 벗고 반팔을 입으란 말이다, 반팔을!

현진은 생긋 웃으며 머리를 긁적이는 윤영을 향해 이렇게 말 해 주고 싶었지만, 이내 자신이 무슨 상관인가 싶어 열려던 입 술을 굳게 다물었다.

윤영이 작게 주먹 쥔 손으로 콩콩콩 자신의 집 문을 두드렸

고, 곧이어 1118호라고 쓰여 있는 현관문이 열리며 피죽도 못
먹은 것같이 볼이 쑥 들어간 재영의 모습이 나타났다.

"오빠, 햄순이 아빠가 스테파니 손해 배상하겠대."

"뭐시야?"

윤영의 말에 눈빛을 반짝인 재영이 문을 활짝 열어젖히며 그
녀의 옆에 선 길쭉한 현진을 바라보았다.

현진은 여전히 탐탁지 않은 눈을 하고 있었지만, 아무렴 어떠
랴. 더 이상 윤영의 유치한 놀음에 당하느니, 손해 배상을 하는
쪽이 훨씬 더 정신 건강에 무리가 없을 것 같은데.

그리고 가만히 생각해 보니 그 강아지의 죽음에 대한 책임이
자신의 햄스터에게 1퍼센트도 없다고는 할 수 없을 것 같고…….

현진은 자기 자신에게 합리화를 시키고 있었다.

그런데 얘가 방금 나한테 뭐라고 했더라. ……햄순이 아빠?

"일단 들어와, 더워 죽겠다. 배상에 대한 얘기는 들어와서 해."

"아니, 됐어. 얼마면 돼? 얼마면 되냐고."

윤영이 손등으로 땀을 닦아 내리며 집으로 들어오라고 했지
만, 현진은 귀찮다는 듯이 고개를 저으며 손에 쥔 지갑에서 돈
을 꺼내는 시늉을 했다. 얼마든지 말만 하면 주겠다는 건방진
행동이었다. 하지만 그런 그의 말에도 두 남매는 전혀 개의치
않고 집 안으로 쏙 들어섰다.

"족제비 쟤, 지가 무슨 원빈인 줄 알아. 그래 봐야 지가 족제
비지."

"나도 그 말 하려고 했는데. 뭐해? 안 들어와, 햄순이 아빠?"

카메라를 소중히 방 안에 두고 나온 윤영이 아직도 현관 앞에 서 있는 현진을 보며 눈을 둥글게 떴다. 그들의 행동에 이미 현진의 눈은 성난 세모꼴이었다.

처벅처벅.

"야, 너 햄순이 아빠라는 말 안 집어치워?"

"네 이름을 모르니까 그렇지. 이름이 뭔데? 이름 불러 줄게."

"너한테 불릴 이름 같은 거 없어."

"그래? 그럼 그냥 햄순이 아빠 해."

"아! 근데 나 왜 여기 있냐!"

만날 때마다 늘 말려도 제대로 말렸다. 현진은 자신도 모르게 어느새 신발을 벗고 설씨 남매 집 안에 들어와 있었다.

윤영이 픽 웃으며 부엌으로 들어가 냉장고에서 밑바닥이 보일락 말락 한 차가운 주스를 꺼내 들었다.

쪼르르. 한 잔도 안 나오는 주스 컵을 들어 거실에 서 있는 현진에게 내밀었다. 그는 여전히 찡그린 얼굴이었다.

"안 먹어."

"한 잔 남은 거 주는 건데?"

"한 잔이고 두 잔이고 너나 먹어!"

현진의 외침에 윤영의 얼굴이 살짝 구겨졌다.

"너 되게 싸가지 없어, 진짜."

"야, 웬만하면 마셔. 우리 윤영이가 누구한테 뭐 베푸는 거흔한 일이 아니다, 족제비 너?"

"헛소리하지 말고, 배상 얘기나 해요. 그리고 당신! 자꾸 누구보고 족제비래?"

"족제비를 족제비라고 하지 그럼 뭐라고 하냐? 미안하지만, 내 양심상 너한테 원빈이라고는 못하겠다."

현진이 씩씩거리며 거실 바닥에 주저앉았다. 윤영은 재영을 향해 어깨를 으쓱해 보이며, 들고 있던 주스를 꿀꺽꿀꺽 목구멍 안으로 삼켰다.

"원빈은 아무나 하나, 뭐."

현진이 얄미운 소리를 하는 그녀를 째려보았다.

심각하게 테이블에 둘러앉은 세 사람 사이에 무거운 기류가 흘렀다. 양반 다리를 한 채 앉아 있는 현진과 재영. 그리고 그들 사이에서 두 팔로 기다란 치마에 싸인 얇은 다리를 감싸 안고 있는 윤영.

"가지가지 하시네요, 진짜. 일주일치 저녁값을 달라고?"

"야, 족제비. 너 자꾸 말 짧게 할래, 형님 앞에서? 내가 아무리 동안이긴 하지만서도, 너 우리 윤영이랑 동갑이라며?"

"동갑이고 나발이고 시끄럽고. 하던 이야기나 마저 해요."

"큼큼. 아무튼 내 말은 일주일치 저녁값을 달라는 게 아니고. 일주일치 저녁을 사라는 거다."

"그거나, 그거나!"

"다른 거야. 잘 들어봐, 족제비. 나는 지금 한꺼번에 배상비를 받겠다는 게 아니라, 매일매일 일주일 동안의 저녁 식사로 그걸 갚으라는 말을 하는 거야."

"내가 왜?"

갑작스런 재영의 제안에 윤영 역시 놀란 눈으로 자신의 오라비를 바라보았다. 일주일 동안 이 남자애와 저녁을 같이 먹겠다는 이상한 이야기를 하고 있는 재영. 윤영은 유치한 복수만 늘어놓을 줄 알았지 정작 이 상황에서는 아무런 말도 못 하고 있었다.

어쨌든 일주일치 저녁이면……. 안 그래도 재영의 원고료가 나오려면 일주일이나 있어야 되는데 그때까지 굶어 죽지는 않겠구나 싶었다.

그동안 자신의 등록금 내랴, 세금 내랴, 생활비 쓰랴. 아마 재영의 등골은 빠져도 벌써 수십 번은 빠졌을 거다.

잠시 그들의 티격태격하는 모습을 보며 무언가 생각에 빠져 있던 윤영이 조심스레 한 손을 들어 올렸다. 두 남자의 시끄러운 목소리가 윤영의 작은 행동에 멈추었다.

"난…… 그 일주일 동안 매일매일 햄순이 볼 수 있게 해 줘."

윤영의 말을 마지막으로 현진의 머릿속은 끊임없이 이들에게 무언가를 외치고 있었다. 계속 자신과 엮이려 드는 남매의 발언에 그의 표정은 아주 좋지 못했다.

제발 좀! 난 더 이상 니들이랑 엮이고 싶지 않단 말이야!

\#
2.

현진이 돌아가고 윤영은 방 안에서 카메라를 정성스레 닦고 있었다. 거실에 앉아 학생을 주제로 한 〈수험생을 위하여 수업 종은 울리나〉라는 글을 새로 시작해 쓰고 있던 재영은 몇 줄 쓰다 막히는지 한 손으로 머리를 긁적이다 이내 코에 걸친 뿔테 안경을 벗어 내렸다.

터벅터벅. 부엌에 물을 마시러 가던 재영이 쏘옥 고개를 내밀어 윤영의 방 안을 엿보았다. 마른 수건을 들고 카메라를 슥삭 슥삭하는 그녀의 모습이 그의 눈 안에 담겼다. 그의 표정이 조금 심각해졌다.

"찍지도 않는 카메라에 광택만 번쩍번쩍 내면 뭐해?"

"찍지도 않는 카메라니 광택이라도 내 줘야지."

"에휴."

자신은 쳐다보지도 않고 대꾸하는 윤영의 모습에 재영이 한숨을 푹 내쉬었다. 간만에 정상인다운 모습을 한 재영은 자신의 뾰족한 콧날을 손끝으로 긁으며 여전히 동생을 눈 안에 담았다.

　"이제 그 셔터 한 번쯤은 누를 때도 됐는데, 설윤영. 그치?"

　"……."

　"옆집 그 녀석 비주얼도 좋고. 뭐 나보다는 좀 못하지만 그래도 모델로 쓰면 딱이겠더라. 네가 봐도 그렇지 않냐?"

　"……."

　"그러니까 일주일 동안 저녁 얻어먹으면서 네가 살살 잘 꼬드겨……."

　이어지던 재영의 말은 탁! 하고 윤영이 손바닥으로 바닥을 치는 소리에 의해 끊기고 말았다.

　"아싸! 바퀴벌레!"

　"히익!"

　손바닥으로 방 안을 꼬물꼬물 기어가던 바퀴벌레를 쳐 낸 윤영이 뿌듯한 얼굴로 널브러진 사체를 바라보았다. 그런 그녀의 모습에 재영은 못 볼 거라도 봤다는 듯한 눈빛이었다.

　"내 동생이지만, 넌 진짜 설사 똥보다 더 비호감이야!"

　"큭큭큭. 그러니까 앞으로 그런 이야기 하지 마. 다음엔 이 손으로 오빠를 잡을지도 몰라."

　"이 살벌한 계집애! 그럼 왜 그렇게 열심히 개똥 주워 모으고, 걔 나타날 때마다 폭죽 터뜨리고! 왜 그 짓 한 건데! 관심 있는 거 아니었어?"

"그런 거 아니야."

"거짓말!"

"거짓말 아니야!"

"하여튼, 하여튼 설윤영 넌 진짜 비호감이야!"

"차암내. 김치 국물 묻은 오빠 티셔츠가 더 비호감이야!"

콰앙!

재영이 씩씩거리며 윤영의 방문을 닫고 나왔다. 하여튼 저 계집애 다른 데로 말 돌리는 건 세계 챔피언급 선수라니까.

재영은 잔뜩 찡그린 표정으로 새집 지은 자신의 머리를 털어내렸다. 풀썩. 다시금 거실 벽면에 붙어 있는 폭신한 쿠션형 의자에 주저앉았다.

"너 이상하게 즐거워 보였다고! 이 비호감아."

중얼중얼. 며칠 동안 옆집 족제비에게 복수한다며 이리저리 싸돌아다니던 그녀의 웃는 얼굴을 떠올린 재영이 푸욱 다시 한숨을 내쉬었다.

재깍재깍. 일순간에 조용해진 집 안에는 잠시 동안 시계 초침이 움직이는 소리만이 들려왔다.

"자장면 세 그릇에 탕수육 하나. 맞으시죠? 30,500원입니다."

"여기요, 돈."

중국집 배달원에게 돈을 내미는 현진의 손길이 굉장히 신경질적이었다. 하지만 그런 그의 태도에도 아랑곳 않고 자장면 앞으로 달려든 이상한 남매는 자장면 세 그릇과 탕수육을 거실에 놓인 테이블로 재빨리 옮기기 시작했다. 재영은 벌써 나무젓가락을 꺼내 반으로 쫙 쪼개고 있었다. 즐거워 보이는 얼굴이었다.

"어?"

계산을 마치자마자 그들의 집에서 나가려고 신발을 신는 현진의 모습에 윤영이 놀란 눈으로 그의 뒷모습을 바라보았다.

호로록, 호로록. 재영은 이미 빛의 속도로 자장면을 비벼 입속에 면발을 잔뜩 넣은 상태였다.

"안 먹어? 자장면 세 그릇 시켰는데?"

의아한 얼굴로 윤영이 묻자 현진은 턱 끝으로 그녀의 오빠 재영을 가리켜 보였다. 저 사람이 있는데 자장면 한 그릇이 뭔 대수냐는 얼굴을 하고 운동화에 발을 다 밀어 넣은 현진이 자리에서 일어서 현관 문고리를 향해 손을 뻗었다.

윤영은 왠지 미안한 마음에 계속해서 우물쭈물하고 있었다.

철컥. 그가 문고리를 잡아 돌리자 문이 열리며 또다시 노을빛이 윤영의 집 안으로 들어왔다. 발걸음을 옮기려던 현진은 뒤통수를 하염없이 찔러 오는 시선에 우뚝 멈추어 섰다.

"뭘 봐?"

붉은 노을빛을 등진 그가 여전히 긴팔 옷에 긴 치마를 입고 있는 윤영과 눈을 마주했다.

"뭘 보냐니까?"

"자장면 먹고 가, 햄순이 아빠."

"그놈의 햄순이 아빠! 휴. 됐다, 됐어. 자장면 너나 실컷 먹어라."

"그래도……."

"너나 실컷 먹으라고! 너희 남매만 보면 이상하게 밥맛이 뚝 떨어져."

윤영의 말을 뚝 잘라먹은 현진이 인상을 푹푹 쓰며 말했다. 입술을 뾰족 내민 윤영이 고개를 도리도리 저었다.

"너 말이야. 인상만 좀 펴면 참 예쁠 텐데."

"남이사."

현진은 여전히 심드렁한 말투였다.

"다시 한 번 생각해 봐도, 너는 참 싸가지가 없어."

싱긋싱긋 웃는 꼴이라니. 현진은 해맑은 얼굴로 저리 직설적으로 이야기하는 윤영의 모습에 실소가 터졌다. 도대체 누가 누구한테 싸가지 없다고 하는 건지 모르겠다는 표정이었다.

쾅!

현진은 거센 소리와 함께 현관문을 닫아 버리곤 사라졌다. 윤영은 조금 놀란 듯 몸을 움찔했지만 이내 알 수 없다는 얼굴로 어깨를 으쓱하며 다시 거실로 돌아가기 위해 몸을 돌렸다.

그런데 곧이어 다시금 철컥, 하는 소리가 윤영의 귓가에 들려왔다.

"야!"

현진의 쩌렁쩌렁 울리는 커다란 목소리에 자장면을 먹던 재영까지 놀랐다. 까만 자장을 입가에 잔뜩 묻힌 재영이 캑캑거렸고, 윤영은 아까 전보다 조금 더 놀란 얼굴로 현진과 시선을 마주했다.

여전히 노을빛은 윤영의 집 안을 비집고 들어왔고, 그녀는 조금 눈이 부셨다.

"너 한 번만 더 집 앞에 개똥 가져다 놓기만 해!"

"……."

"후춧가루도 마찬가지야! 낙서도! 폭죽도! 생각해 보니까 살다 살다 별꼴을 다 당해, 내가!"

다시 쾅!

윤영이 대답할 새도 없이 현진은 순식간에 다시 사라졌다. 윤영은 잠시 두 눈을 깜빡거리며 닫힌 현관을 향해 우두커니 서 있었다.

"……."

목에 걸린 자장면 때문에 물을 따라 마시던 재영은 그런 동생을 가만히 바라보았다. 웃고 있는 윤영의 얼굴엔 평소와는 조금 다른 무언가가 담겨져 있었다. 가족이기 때문에 알아챌 수 있는 무언가.

재영은 씨익, 자신도 모르게 입꼬리를 올리며 웃었다.

"햄순이 아빠!"

버스 안이었다. 정말 최대한 모른 척하고 싶어 눌러쓴 모자를 더 푹 눌러쓰고 창가에 기대어 잠자는 시늉까지 했건만 윤영은 그 만원 버스 안 구석에 앉아 있는 현진을 찾아내어 기어이 알은체를 하고 말았다.

그녀의 외침에 눈꺼풀 위까지 푹 눌러썼던 모자를 신경질적으로 올린 현진이 스윽 어느새 자신의 앞쪽 기둥을 붙잡고 서 있는 윤영과 눈을 마주했다.

여전히 오늘도 그녀는 답답한 느낌이 한가득이었다. 구멍이 송송 뚫려져 있긴 했지만 팔목까지 길게 내려오는 얇은 긴팔 니트 티와 무겁게 목에 걸려 있는 까만색 카메라.

"학교 가?"

"어."

"와, 법대생인가 봐?"

현진의 무릎 위에 놓인 그의 전공 서적을 내려다보며 윤영이 흥미롭다는 듯 말했다. 그는 무심한 표정으로 그저 고개를 한 번 끄덕일 뿐이었고, 윤영은 뭐가 그리 신기한지 그가 들고 있는 책 이곳저곳을 훑어보았다.

현진은 여전히 골치 아프다는 표정이었다. 이사 오고 나서 한

45

동안은 시험 기간인 터라 학교 도서관 앞에서 먹고 자고 한 덕에 이 이상한 여자와 안 부딪칠 수 있었지만, 이제 얼굴까지 튼 마당에 매일 이렇게 자주 윤영을 볼 것 같은 곤란한 예감이 들었다.

"이런 어려운 공부 하는 사람들 대단해 보여. 졸려 죽겠는 아침에 버스에서 이런 어려운 책 읽는 남자는 더더욱."

"어, 그래."

"공부해. 난 방해 안 하고 여기 서 있을 테니까."

씨익 웃는 얼굴로 현진을 내려다보며 윤영이 말했다. 하지만 현진은 긍정의 말이나 부정의 말 한마디 없이 고개를 내려 서적으로 시선을 옮겼고, 그를 향해 윤영은 여전히 부드러운 표정을 하고 있었다.

사람이 가득 찬 덜컹이는 버스 안에서, 두 사람은 아무 말 없이 목적지에 도착하길 기다렸다. 현진은 여전히 책을 보면서, 윤영은 그런 현진의 옆 기둥에 매달려 밖을 바라보면서.

사실 현진은 옆에 서 있는 윤영 때문에 제대로 책을 읽지 못하고 있었다. 집중이 안 돼, 집중이. 옆에 서 있는 것만으로도 이상하게 사람을 정신 사납게 만드는 재주를 지녔다, 이 이상한 여자애는.

어느 순간 현진은 한 손을 들어 올려 모자를 만지는 척하며 그녀를 향해 시선을 옮겼다.

"……."

살짝 열린 창문 밖에서 흘러온 바람이 윤영의 다갈색의 구불 거리는 머리카락을 조금씩 흐트러뜨리고 있었다. 그 바람을 따라 주위에 퍼진 윤영의 비누 향이 현진의 코끝에 맴돌았다.

개똥이나 주워 모으는 주제에.

윤영은 편안한 얼굴로 희고 얇은 두 손을 뻗어 버스에 이어진 기둥을 감고 있었고, 무엇을 내다보는지 어딘가로 향해 있는 동그란 두 눈에는 파르르 자연산 속눈썹이 깜빡깜빡하고 있었다. 길쭉한 팔다리에 전체적으로 예쁘다기보다는 귀염성 있는 얼굴이었다.

"우악."

갑자기 버스가 덜컹이며 윤영의 몸이 흔들렸다. 작은 비명에 현진은 놀란 눈을 떠 그녀를 바라보았다. 그와 눈을 마주친 그녀가 아무것도 아니라는 듯 빙긋 웃었다. 하지만 다시금 일그러지는 현진의 표정을 확인하며 그녀는 입술을 뾰족 내밀었다.

"앉아."

저 신경질적인 표정은 아무래도 습관인가 보다. 신경질적인 눈빛으로 윤영을 바라보던 현진이 갑자기 자리에서 일어섰다. 윤영이 꼭 잡고 있는 기둥의 위쪽으로 손을 뻗어 일어선 그가 그녀보다 한 뼘 정도 커다란 키로 그녀를 내려다보았다.

"앉으라니까?"

"괜찮은데……."

"아, 그러냐?"

현진이 다시 앉으려는 모션을 취하자 윤영이 놀란 얼굴로 후다닥 그의 팔 밑으로 고개를 숙이고 들어가 따뜻하게 데워진 자리에 엉덩이를 주저앉혔다. 그녀가 씨익 웃는 맑은 얼굴로 현진을 올려다보았다.

"쌩유. 네가 이런 매너남인지 몰랐어."

"괜찮다며? 비켜."

"드르렁. 드르렁."

심드렁한 현진의 목소리에 카메라를 두 팔로 꼭 끌어안은 윤영이 금세 자는 척을 했다. 말도 안 되는 드르렁 소리. 참 가지가지 한다 싶어 그가 작게 혀를 끌끌거렸다.

두 사람은 어느덧 자리가 바뀐 채 목적지로 향하고 있었다. 무거운 전공 책을 든 현진은 튼실한 다른 손을 들어 버스 위쪽 손잡이를 잡았다. 윤영은 아까 잠든 척한 게 실제가 되어 버렸는지 어느 새근새근 잠들어 있었다.

"잘도 자네."

현진은 자기가 자리를 내어 주고서도 심술 난 목소리로 구시렁거렸다.

"……."

잠시 후, 윤영이 잠에서 깨어났을 때, 그녀의 옆에서 손잡이를 잡고 서 있던 현진은 없었다. 누가 집어 가도 모를 정도로 깊게 잠이 들어 있던 그녀는 졸린 눈을 비비며 일어나 주위를 둘러보았다. 사람으로 가득 차 있었던 버스에는 어느덧 한두 사람

밖에 남지 않았다.

"여기 어디야?"

멍한 얼굴로 앉아 있던 윤영이 정신을 차린 곳은 사람이 거의 없이 휑한 종점이었다. 그 사실을 알아차린 그녀는 자신을 깨우지도 않고 심드렁한 얼굴로 버스에서 내렸을 현진을 상상했다.

"하여튼 진짜진짜 싸가지 없다니까."

윤영은 학교로 가는 내내 듣지도 못할 그를 향해 구시렁거렸다.

❖

"야, 윤영아. 미키가 방금 내 손가락 앞니로 찍었다. 이 자식 궁디를 그냥……."

"미키 아니라니까? 얘는 햄순이, 얘는 햄돌이, 몇 번을 말해?"

"촌스럽게. 요새는 이름도 아메리칸식으로 지어 줘야 폼이 난다고. 쥐니까 미키, 미니가 더 낫다고 봐. 족제비, 넌 어떻게 생각해?"

"밥이나 먹어요."

오늘로 이 이상한 남매에게 손해 배상을 하느라 저녁을 산 지 사흘째 되는 날이었다. 오늘의 메뉴는 감자탕이었고, 설씨 남매 집 거실에는 보글보글 감자탕이 끓는 소리와 함께 맛있는 냄새가 흘러넘치고 있었다.

"까짓 거 밥 산다고 너무 잘난 척하는 거 아니야, 족 군?"

"……."

"국물 쫀다, 쫄아. 얼른 먹어, 오빠. 너도."

"야, 윤영아. 나 감자 한 덩이 더 줘."

"욕심 부리지 마. 이건 햄순이 아빠 거야."

"치사 빤쓰."

오늘은 어제, 그제와는 다르게 저녁을 먹는 자리에 현진이 끼어 있었다. 평소와 다름없이 저녁값만 내주려 했던 현진을 이렇게 묶어 놓을 수밖에 없었던 일이 일어나고야 말았던 것이었다.

어쩔 수 없다는 듯 정신없는 남매 틈에서 잔뜩 인상 쓴 얼굴로 숟가락을 들고 있는 현진. 하지만 제게 그릇을 건네는 윤영과 시선이 맞닿자 현진은 스르르 표정을 풀 수밖에 없었다.

그릇을 주는 윤영의 손바닥에 난 작은 상처를 보며 그는 씁쓸한 기분에 사로잡혔다.

그럴 수밖에 없었다.

시간을 거슬러 올라 지금 시점에서 한 시간 전쯤으로 간다.

학교가 끝나고 집으로 돌아오는데 현진은 제집 현관 앞에 쪼그려 앉아 있는 윤영을 발견했다.

인기척을 느낀 그녀가 시선을 옆으로 돌렸다. 두 사람의 눈길이 슥 부딪치고, 오늘 아침 일은 잊었다는 듯 윤영이 생긋 웃었다. 자리에서 일어난 그녀는 그에게 다가가 두 손바닥에 놓인 무언가를 보여 주었다.

"뭔데 이게?"

"햄순이가 많이 외로울 것 같아서."

그녀가 다시 한 번 씩 웃는다.

"커플이야, 이제."

윤영이 보여 준 건 그녀의 작은 손바닥을 돌아다니고 있는 햄스터였다.

"어쩌라고."

그것을 잠시 내려다보던 현진이 무심한 얼굴로 그녀를 지나쳐 도어록 키를 눌렀다. 삑삑거리는 소리. 그에게 심술이 난 듯 윤영의 입술이 뾰족 나왔다. 뭔가 어리둥절한 일이 있으면 늘 입술을 뾰족거리는 것, 그녀의 습관이었다.

"오늘은 저녁 뭐 먹을 거야?"

"니들 마음대로 해."

"오빠가 감자탕 먹자던데. 너는 감자탕 좋아해?"

"너희 먹을 거나 시켜. 난 안 먹으니까."

"밥 거르는 거 별로 좋은 버릇 아니야."

"너희 남매랑 먹으면 장 꼬여."

"우리 집에 소화제 있으니까 걱정 마."

"아, 진짜. 그만 좀 좋알거려! 시끄러우니까!"

신경질적인 현진의 음성에 윤영이 대꾸하는 것을 멈췄다. 그는 자신이 말해 놓고도 너무 심했나 싶었지만 이내 마음을 다잡았다.

심하긴 뭐가 심해. 저 계집애는 자기가 얼마나 시끄러운지 알아야 해.

하지만 윤영은 왠지 모르게 조금 침울한 표정이었다.

"미안. 대신 이것만 넣어 놓고 갈게."

손에 쥔 햄스터를 내려다보며 윤영이 말했고, 현진은 마음대로 하라는 듯 현관문을 열어 놓은 채 집 안으로 들어갔다.

그녀가 쪼르르 그를 따라 집 안으로 들어섰다. 자신의 집과 구조가 같은 그의 집을 둘러보느라 주위를 두리번거렸다. 현진은 방 안에 가방을 내려놓은 뒤 편한 반팔 티셔츠로 옷을 갈아입고는 거실로 나왔다.

그때 윤영은 그녀가 갖고 있던 햄스터를 현진의 햄스터 우리 안으로 조심스레 넣어 주고 있었다. 서로 처음 만난 햄스터들은 서로를 응시하며 어리둥절한 표정을 지었다—라고 윤영은 생각했다.

"싸우지 말고 잘 지내야 한다."

"……."

"텃세 부리지 말고 햄순이, 너."

저걸 좋게 해맑다고 해야 되는 건지, 멍청하다고 해야 되는 건지. 스물네 살씩이나 먹어서.

그런데 생각해 보니까 윤영은 햄스터에 대해서 잘못 알고 있는 거 같았다.

민애는 저 햄스터보고 햄돌이라고 했었던 것 같은데 그럼 수 놈 아닌가 저거……. 아, 몰라. 무슨 상관이냐. 햄순이든 햄돌이든.

"야, 여기 저녁값."

현진이 지갑에서 만 원짜리 몇 장을 꺼내 윤영에게 건넸다. 쭈그리고 앉아 햄스터들을 바라보고 있던 그녀가 시선을 돌려 현진이 건넨 돈을 응시했다.

"우리 오빠가 말한 건 이게 아니었던 것 같은데."

"아니긴 뭐가 아니야?"

"저녁값을 받는 게 아니라, 함께 저녁을 먹자는 거였어. 그러니까 같이 먹고 내, 그 돈은."

윤영이 치마를 털어 내며 자리에서 일어섰다. 하지만 현진은 개의치 않고 손에 쥔 지폐를 그녀를 향해 펄럭거렸다. 그녀는 가만히 그의 눈동자를 응시할 뿐 돈은 절대 받지 않았다. 현진은 또다시 짜증이 치밀어 오르기 시작했다.

"나 너희랑 밥 먹기 싫어. 그냥 돈으로 한꺼번에 배상해 주면 되지, 왜 지랄들이야 지랄들이?"

"이웃끼리 말 참 못되게 한다."

윤영이 미간을 찌푸리며 대답했다.

"이웃이고 뭐고, 이상한 정신세계들이라 그냥 봐주려고 했는데 도저히 짜증 나서 못해 먹겠다."

"우리가 봤을 땐 너도 그다지 안 이상하지는 않아."

"말에 토 달지 마."

"엄청난 다혈질에 싸가지. 제 기분대로 위아래 없이. 우리 오빠 그래 봬도 스물일곱 살이다 너?"

"난 위로 다섯 살까지는 다 친구 먹어. 됐냐?"

"너무해. 개념은 프랑스로 유학 보냈어?"

"너 무하고, 너 당근하고, 너 배추하고, 너 오이하고 간에. 빨리 돈이나 받아. 팔 떨어져."

"대체 저런 몹쓸 개그는 어디서 배워 오는 건지, 차암내."

고개를 도리도리, 혀를 쯧쯧 차며 윤영이 또 한 번 뭐 저런 놈이 다 있냐, 라는 눈빛으로 현진을 바라보았다. 또다시 머리꼭지까지 성질이 찬 그가 허리를 굽혀 돈을 바닥에 내려 둔 채 그녀에게서 돌아섰다.

일주일만 지나 봐라. 내가 저것들을 상종하나.

그가 구시렁거리며 자신의 방으로 발걸음을 옮겼다. 아침저녁으로 윤영을 만나고 나니, 머리가 아파 당장이라도 쓰러져 잠들고 싶은 마음이 가득했다.

"야, 밥 같이 먹자."

터덜터덜 걸음을 옮기는 현진의 뒤꽁지에 대고 말하는 윤영.

"너 우리 동네 감자탕집이 얼마나 끝내주는지 모르지? 셋이 먹다 넷이 죽을 수도 있다니까?"

"……."

"얼른 집으로 가서 같이 먹자. 아마 오빠가 벌써 시켜 놨을 거야."

"……."

"저기 햄순이 아빠, 내 말 듣는 거……. 아!"

쿠와앙.

갑자기 커다란 소음이 들려온 건 그때쯤이었다. 윤영이 뒤돌아서 제 방으로 걸어 들어가는 현진의 팔목을 그녀도 모르게 두 손으로 잡았던 그때. 갑작스레 힘이 실린 현진의 손이 반사적으로 윤영의 손을 떼어 내려 힘을 쓰고 말았다.

"……."

윤영은 순식간에 저 멀리로 밀려나 테이블 모서리에 손바닥을 찍힌 채 넘어졌다. 현진은 그녀가 만진 자신의 손목을 내려다보며 세상에서 제일 불결한 것이 닿았다는 듯 이상한 표정을 지었다.

넘어진 그녀는 그런 그를 올려다보며 알 수 없는 표정을 짓고 있었다. 모서리에 찍힌 손바닥이 아플 텐데도 윤영은 아무 소리도 하지 않고 넘어진 자세 그대로 현진과 눈을 마주했다.

"……."

"……."

두 사람은 잠시 동안 서로를 마주 보고 있었다. 자신의 손목을 반대편 손으로 꽉 쥔 채 윤영을 노려보던 현진이 이내 자신이 무슨 짓을 저지른 건지 파악한 듯 눈동자에 힘을 풀었다.

돌아왔다. 다시.

정상으로 돌아온 그의 눈동자를 제 눈으로 확인하자마자 윤영도 조금은 편안해진 표정으로 자리에서 일어섰다. 그리고 테이블 모서리에 찍혀 피가 송글거리는 손바닥을 내려다보았다. 처음으로 듣는 현진의 짙고 낮은 목소리가 그녀의 귓가를 간질였다.

"……미안해."

왠지 그하고는 어울리지 않는 말이었다. 윤영의 맑은 눈이 다시 그를 응시했다.

참 이상한 눈이었다. 윤영을 쳐 낸 건 현진 자신이면서 이상하게 제가 상처받은 눈을 하고 있었다.

윤영은 그런 그의 눈동자를 마주하는 잠시 동안, 이상하게 마음이 아프다는 생각이 들었다. 금방 어둠으로 꺼져 버릴 듯한 붉은 노을처럼, 그의 눈이 위태로워 보였다.

감자탕 냄비를 싹 비운 재영이 부른 배를 퉁퉁거리며 거실에 뻗었다.

윤영은 마치 설거지를 해 놓은 듯 깨끗해진 냄비 안에 테이블 위에 널린 반찬 접시들을 하나하나 집어넣어 정리를 시작했다. 그리고 바깥에 내다 놓기 위해 냄비의 양쪽 손잡이를 잡아 올렸다.

하얀 벽지로 둘러싸인 벽면에 기대어 있던 현진은 종종걸음으로 작은 발을 옮기는 그녀를 따라 시선을 움직였다. 이내 귀찮은 표정으로 다가선 그가 그녀의 손에 들린 냄비를 빼앗았다.

"내가 할게."

"……."

"내가 한다고."

무뚝뚝한 음성이었지만 윤영은 조금 놀랐다. 무거운 냄비를 든 현진이 성큼성큼 바깥으로 걸어 나갔다.

윤영이 시선을 내려 아직까지도 조금 욱신거리는 손바닥을 내려다보았다. 오른쪽 손바닥에 자리한 짙은 푸른색 자국. 잠시 그 자국을 내려다보던 그녀가 싱긋 웃으며 현진의 뒤를 졸졸 쫓아갔다.

"여자한테 이런 상처를 내다니."

복도 한쪽에 냄비를 내려놓은 현진이 굽혔던 허리를 펴며 일어서자 윤영이 오른쪽 손바닥을 그의 눈앞에 슥 내밀어 보였다.

"아파, 이거."

"……."

"약 안 사 줄 거야?"

입술은 아프다고 말하고 있지만 동그란 윤영의 눈은 왠지 장난스러워 보였다. 하지만 현진의 눈에는 오로지 자신으로 인해 생긴 그녀의 생채기만 들어올 뿐이었다.

그녀가 쫙 편 손바닥을 바라보다 시선을 돌린 그가 바지 주머니에 손을 꽂아 넣은 채 복도를 따라 걸어갔다.

"따라와."

"응?"

미안하긴 참 미안한가 보다. 처음 만난 후 며칠 동안 버럭버럭 소리 지르는 그만 보아 온 것 같았는데, 지금 그의 목소리는 뭐랄까. 정말 주눅이 든 목소리랄까.

윤영은 그의 뒤꽁지를 향해 씩 웃었고, 곧 저만치 걸어가는 현진을 쫓아 발을 움직였다.

"말렸어, 완전."

두 사람이 엘리베이터를 기다리려고 섰을 때, 현진이 무표정한 얼굴로 중얼거렸다. 윤영은 흘긋 그를 넘겨다보며 여전히 웃고 있었다.

"너희 남매 만나고부터 되는 일이 없어."

"그렇게 따지면 나도 마찬가진데?"

"네가 뭐가 마찬가지야! 밥 얻어먹어, 잘생긴 내 얼굴 봐. 네가 뭐가 되는 일이 없냐?"

그가 또 버럭 윤영을 향해 소리 질렀다. 그럼에도 뭐가 그리 좋은지 윤영은 큭큭거리며 웃었다.

"넌 그게 어울려."

"뭐?"

땡, 하는 소리와 함께 엘리베이터 문이 열렸다. 안으로 쏙 몸을 집어넣은 발랄한 윤영을 잠시 응시하던 현진이 터덜터덜 성의 없는 발걸음을 옮겼다.

"버럭버럭. 그게 어울린단 말이야, 너는. 아까 그런 얼굴은 전혀 안 어울려, 최현진."

"웃기지 마. 네가 뭘 안다고……."

대답을 하던 그의 말소리가 갑자기 멈추었다. 신경질적인 손길로 머리를 쓸어내리던 현진의 동작이 말과 함께 뚝 끊어졌다.

아까 그런 얼굴은 전혀 안 어울려, 최현진. 전혀 안 어울려, 최현진.

그의 이름을 알고 있었다. 네가 내 이름을 어떻게 알아? 라는 듯한 그의 시선이 윤영에게 박혀 들었다.

"너 스토커야?"

"그런 걸 기대했다면 미안. 그렇게 한가한 사람은 아니야."

"그럼 내 이름을 어떻게 알아?"

"네 책에 쓰여 있던데. 또박또박한 글씨로, 최. 현. 진. 아까 아침에 말이야."

그제야 기억이 난다는 듯 현진은 구겨진 인상을 폈다. 그가 보고 있던 전공 책에 예전에 민애가 정갈한 글씨체로 써 주었던 이름을 윤영이 본 것이었다.

엘리베이터가 또 한 번 땡 하는 소리를 내고 문을 슥 열었다. 그 속에서 여전히 윤영은 발랄한 걸음으로 걸어 나왔고 현진은 늘 그렇듯 귀찮은 걸음이었다.

깜깜한 하늘 아래에서 걷는 두 사람은 잠시 동안 아무런 말이 없었다. 윤영은 왠지 모르게 신나는 발걸음으로 현진보다 조금 앞서 걸었고, 그는 밤이지만 후덥지근한 날씨인데도 긴 소맷자락을 펄럭이는 그녀를 바라보았다.

고개를 삐딱하게 기울인 그가 윤영의 뒤꽁지를 향해 낮은 목소리로 말을 건넸다.

"안 덥냐?"

"아니, 더워."

대수롭지 않은 질문이라는 듯 대답은 빠르게 돌아왔다.

더우면 반팔을 입으라고. 보는 사람까지 덥게 만드니까 그놈의 긴 옷 좀 벗으라고.

현진은 다시금 목 끝까지 올라온 이 말을 삼켜 냈다. 역시 아직까지도 자신이 무슨 상관이랴 싶어 그저 그녀를 향해 혀만 끌끌 찰 뿐이었다.

"손 내."

집 앞의 작은 놀이터 안이었다. 동네에서 제일 가까운 약국으로 가 이것저것 약을 산 그들은 놀이터에서 발걸음을 멈추었다. 벤치에 앉아 현진이 사 준 약봉지를 뒤적이고 있던 윤영은 의아한 얼굴이었다.

"손 펴라니까."

"아니. 내가 해도 되는데……."

"잔말 말고 손 펴랬다."

손을 숨기며 고개를 젓는 윤영을 향해 현진이 눈썹을 찡긋거렸다.

"대충 막 치료해서 나중에 책임지라고 하면 죽일 거니까."

"말 차암……"

"말 차암, 뭐."

"말 차암 싸가지 없게 해."

입술을 뾰족이며 윤영이 손바닥을 쫙 펴서 내밀었다. 물론 아까 전 그녀의 살갗이 닿자 망나니처럼 변해 버린 그를 떠올리며 그녀는 자신의 손이 그의 몸 어디에도 닿지 않게 조심했다. 현진 역시 조금도 그녀의 살결은 건드리지 않은 채 면봉에 묻힌 약을 살살 발라 주었다.

손바닥 끝 부분쯤에 난 상처와 그 주변에 푸르게 자리한 멍들. 면봉으로 톡톡 두드리며 윤영의 상처에 약을 발라 주는 현진의 눈동자가 진지했다. 그런 그를 내려다보는 그녀의 눈동자 역시 알 수 없는 빛으로 일렁였다.

"아프냐?"

현진이 멍을 빨리 없애 준다는 연고를 꺼내 들어 다시 새로운 면봉에 약을 묻혔다. 그의 물음에 윤영은 고개를 설레설레 저었다. 그는 다시 그 무뚝뚝한 얼굴을 내려 그녀의 상처 주위에 생긴 멍에 연고를 바르기 시작했다.

톡톡톡. 톡톡톡.

그가 움직여 닿는 면봉이 윤영의 손바닥을 살살 간질였다.

"이런 게 정말 병 주고 약 주는 거구나."

"시끄러."

쿡쿡. 웃는 소리에 현진이 고개를 들어 그녀의 웃는 얼굴을 찡그린 채 바라보았다. 하지만 그녀는 웃음을 감추지 않았다. 현진은 못 말린다는 표정으로 다시 고개를 숙였다.

톡톡톡. 톡톡톡.

"아까 감자탕 맛있었지?"

"별로. 그거 뭐 입으로 들어가는지 코로 들어가는지⋯⋯."

현진의 대답에 윤영이 또 한 번 웃었다.

"나한테 미안해서?"

"⋯⋯."

"완전한 싸가지는 아니었군."

"너 한 번만 더 싸가지란 말 해 봐."

현진은 기분이 나빴는지 곧바로 톡 쏘는 어투로 응수했다.

"하면 어쩔 건데?"

"너도 집 앞에서 개똥 밟는 기분 느끼게 해 줘?"

"쿡쿡. 아니, 사양할게."

자신이 한 짓이 떠올랐는지 윤영이 고개를 도리도리 저었다. 그러고 보니 참 잘 웃는다, 이 여자애.

현진이 다시 그녀의 상처를 눈 안에 담았다. 그리고 면봉으로 상처 부위를 토닥이던 중 그녀의 긴 소매가 손바닥 끝 부분의 멍 자국을 조금 덮고 있자, 소심하게 엄지와 집게손가락으로 그녀의 긴 소매가 팔목 위로 올라가도록 집어 올렸다.

"치워 봐. 발라야 될 거 아니야."

갑자기 자신의 소매가 슥 올라가는 느낌에 윤영이 놀란 듯 왼손을 들어 오른쪽 손목을 움켜쥐었다. 방금 전 웃고 있던 얼굴은 어디로 감춘 건지 잔뜩 놀라 있는 윤영의 얼굴.

"치워 봐."

현진이 귀찮은 어투로 재차 말했다. 윤영의 표정이 조금 이상했지만 그는 눈치채지 못했다.

"아니. 괜찮은데."

윤영의 대답에도 그는 개의치 않는 얼굴이었다.

"나중에 흉터 남아서 책임지라 그러면 죽여 버린다고 했지."

"……."

"치워, 빨리."

윤영이 무거운 빛을 띤 눈동자로 그를 바라보았다. 현진은 말을 안 듣는 그녀의 눈을 가만히 응시했고, 그녀는 여전히 우물쭈물했다. 하지만 곧.

"……."

"……."

배시시. 입가에 엷은 웃음을 띤 윤영이 손목을 감쌌던 왼쪽 손을 스르르 풀었다. 방금 전 그런 이상한 표정은 지은 적 없다는 듯 다시 해맑게 그를 향해 손을 내밀었다.

진작 그럴 것이지. 현진의 표정이 편안해졌다. 곧이어 약을 바르기 위해 다시 고개를 숙인 그가 또다시 면봉에 약을 묻혔다. 톡톡거리며 면봉을 움직이던 그의 표정이 갑작스레 굳어진 건 그 순간이었다.

"……."

"……."

면봉을 톡톡거리던 손이 정지하고, 그의 시선이 어느 한 곳에 멈추었다. 윤영은 그럴 줄 알았다는 듯 고개를 숙이고 있는 현진의 부슬거리는 머리통을 내려다보았다.

현진의 두 눈에 보인 건 윤영의 하얀 오른쪽 팔목에 자리한 기다란 상처였다. 억지로 일부러 그은 것 같은 팔목의 상처. 꽤 오래되어 보이는 상처였지만 아픔이 고스란히 느껴지는 것 같은 이상한 상처.

"너 왼손잡이야?"

"아니."

"그럼?"

"양손잡이."

윤영이 장난스레 웃으며 대답했지만 현진은 아무 대꾸가 없었다.

"걷으니까 시원하다."

조근한 윤영의 목소리에도 그는 눈 하나 깜빡이지 못하고 그 흔적을 바라보고 있었다. 이 맑고 맑은 여자애에게는 도저히, 1퍼센트도 어울리지 않는 그런 상처였다.

현진이 천천히 고개를 들어 올려 동그란 윤영의 눈동자와 시선을 마주했다. 더운 바람이 그들의 볼을 흐르듯 지나갔다. 그의 움직임 없는 동공이 그녀의 상처를 다시 담았다.

"약 발라 줄 거야?"

여름 하늘과 어울리는 목소리였다. 순간 현진은 그렇다고 생각했다.

"응?"

하지만 만난 지 얼마 되지도 않은 누군가의 이런 커다란 상처를 보기에는 현진은 아직까지 나약한 남자였다.

그의 시선이 매몰차게 윤영의 상처에서 멀어졌다. 스윽. 그가 자리에서 일어섰고 윤영의 시선이 그를 따랐다.

"아니."

"……."

"아니. 소매 내려."

3.

슥삭슥삭. 팔꿈치까지 소매를 걷어 올리곤 마른 수건으로 카메라를 닦고 있는 윤영을, 재영은 열린 문 사이에 기대어 바라보는 중이었다. 늘 그랬듯 평온한 얼굴로 카메라를 닦고 있는 그녀였지만 재영은 심상치 않은 느낌이 들었다.

　　잠시 동안 아무 말도 없이 손만 움직이고 있던 윤영이 조근조근 분홍색 입술을 열어 그에게 말을 건넸다.

　　"아무래도 자퇴서 내야 할 것 같아."

　　"뭐, 뭐야?"

　　재영의 눈썹이 산처럼 솟아올랐다.

　　슥삭슥삭슥.

　　곧 카메라를 닦던 윤영의 손이 멈추었고, 미안한 얼굴을 한 그녀가 오빠와 시선을 맞추었다.

"미안. 대신 취직해서 돈 많이 벌어 올게, 나."

"집어치워! 졸업도 안 한 놈이 취직은 무슨 취직이야!"

"글쎄. 내가 할 수 있는 일이 뭐가 있을까. 동물농장 메이드는 어때?"

윤영이 장난스레 웃으며 대답했다. 하지만 재영은 여전히 씩씩거리며 잔뜩 골이 난 표정으로 그녀를 바라보았다. 진짜 저 계집애 때문에 미치고 팔짝 뛰겠다 하는 표정이었다.

"사진 찍어."

"……."

"오라버니 스팀 돌게 하지 말고, 취직 따위 안 해도 좋으니까 학교 다니면서 사진 찍어. 너 그러려고 복학한 거 아니었어? 그리고 자꾸 잊어버리는 거 같은데 너 말이야 사진과다, 윤영아. 응?"

아직 졸업은 2년이나 남았다. 비록 사정 때문에 2년여 동안이나 휴학해 조금 늦어지기는 했지만 나이는 상관없다고 생각했다. 그래, 재영은 취직해 돈을 벌어 오지 않아도 윤영이 사진을 찍을 수만 있다면 상관없었다. 그런데 자꾸만 이 계집애가 사람 간이 쪼그라들 정도로 엇나가고 있었다.

얼굴까지 새빨개진 재영이 큰 소리로 이야기했지만 윤영은 여전히 평온한 얼굴이었다.

"알아. 안 잊어버려. 그래서 관두려는 거야."

오른쪽 팔목에 가로로 그어진 윤영의 상처가 소매를 내리자 슥 모습을 감추었다.

"등록금 내줬는데 미안해. 나 실기 시험도 하나도 못 치렀고, 그래서 교수님들한테 찍혔고. 과 애들 사이에서는 괜히 이상한 복학생으로 소문났어."

"윤영아."

"나 아마 평생 가도 셔터는 더 누를 수 없을 거야. 카메라는…… 그냥 이렇게 닦는 걸로 충분해, 오빠. 그러니까 우리 얼른 현진이 불러서 밥 먹자."

"……."

"오늘은 현진이가 좋아하는 거 먹자. 내가 어제 걔 좀 놀래켜 줬거든."

카메라를 한쪽으로 치우고 자리에서 일어선 윤영을 재영이 멍하니 바라보았다. 속눈썹이 길게 드리워진 두 눈을 깜빡거리며 심각한 얼굴의 오라비와 눈을 마주쳤지만, 윤영은 여전히 웃는 얼굴을 거두지 않았다.

"자퇴서 내고 금방 취직해서 돈 많이 벌어 올게. 개고기도 많이많이 사 줄게, 오빠."

어차피 재영은 윤영을 이기지 못했다. 무언가를 결정하면 웬만해선 바꾸지 않는 윤영의 성격을 그는 아주 잘 알고 있었다.

"스테파니 보내 놓고 개고기가 먹고 싶냐?"

"큭큭. 그럼 소고기로 해."

"설윤영. 넌 정말 저질이야, 이 계집애야."

"오빠도 고질은 아니야. 스테파니 앞에서 입맛 다신 적도 있
는 주제에 누구보고 저질이래."

"내가 언제!"

결국은 또다시 유치한 싸움으로 마무리가 지어졌지만, 윤영을
바라보는 재영의 시선에는 알 수 없는 일렁임이 가득했다. 그녀
가 다시 사진을 찍을 수 있도록 만들 수 있는 사람이 자신이 되
지 못할 거라는 느낌이 더욱더 확고해졌다.

"저기, 시스터. 나 오늘은 약속이 있어."

재영이 어색하게 머리를 긁적이며 윤영을 향해 말했다.

"응? 약속? 무슨 약속?"

오늘 저녁은 삼겹살을 먹기로 약속했었다. 그녀는 갑자기 약
속이 생겼다는 그를 의아하게 바라보았다.

"아, 출판사 고영식 편집장 알지? 새 소설 출간 문제로 그 사
람 좀 보려고. 〈수험생을 위하여 수업 좋은 울리나〉 그거 있잖
아."

"편집장…… 어, 근데 그 사람 얼마 전에 만나지 않았어?"

"어? 어? 아, 아니, 안 만났는데? 얼마 전에 만난 건 쇠스코
김인철이지. 스테파니 죽은 거 겨우 얼마 전에야 보상받았잖아.

너 좋아하는 취킨으로."

사실 그는 오늘 일부러 저녁 모임에 빠져 주려는 계획을 세웠다. 윤영과 현진이 둘만 있을 수 있게 무언가 계기를 주고 싶어서였다.

다행히도 허둥지둥 설명하는 재영의 모습을 보면서도 윤영은 눈치채지 못했다.

"뭐, 그랬나? 그럼 현진이가 사 주는 저녁밥 안 먹는 거야?"

"응. 그러니까 니들 둘이 오붓하게 먹어. 아주 오붓하게. 오빠가 와인도 한 병 사다 놨다?"

"삼겹살에 웬 와인이야? 시끄러운 너희 오빠는 어디 갔어?"

윤영의 집에 들어선 현진이 거실에 차려진 커다란 상 위에 있는 불판과 그 옆에 놓인 삼겹살, 상추, 마늘, 쌈장 그리고 와인을 둘러보았다.

수저를 챙겨 온 윤영이 자신의 부름을 내치지 않고 와 준 현진을 바라보며 엷은 웃음을 폈다. 그가 가져온 플라스틱 햄스터집 안으로 시선을 옮긴 그녀가 찍찍거리는 햄순이와 햄돌이에게 손 인사를 건네며 말했다.

"안녕, 얘들아. 우리 오빠는 약속 있어서 나갔어. 오늘은 너랑 나랑 둘이 먹어야 해."

"그래? 뭐 나도 오늘은 이거만 가져다주러 온 거야. 받아."

현진은 자리에 앉지도 않은 채 손을 뻗어 윤영에게 햄스터 우리를 내밀었다. 이거만 주러 왔다는 그의 말에 그녀의 표정이 조금 울적해졌다. 그녀가 가만히 햄스터 집을 두 손으로 받아 들었다.

"그럼 나 혼자 먹어야 되는데."

"혼자 먹든 햄스터랑 먹든 마음대로 해."

"……싸가지."

"그래. 싸가지는 이만 가신다."

더욱더 울적해진 얼굴이 된 윤영이 긴 다리를 휘적이며 뒤돌아 걸어가는 현진의 뒷모습을 바라보았다.

테이블 앞에 앉아 있는 윤영을 지나쳐 현관 앞에서 신발에 발을 구겨 넣은 현진이 손을 들어 문고리를 잡았다. 이제 문고리를 돌리고 나가기만 하면 되는데 자꾸만 제 뒤통수를 찔러 오는 윤영의 시선에 문고리를 돌리려던 손을 멈추었다.

"레이저 광선 쏘지 마."

"쏠 거야."

"쏘지 마."

"쏠 거다!"

고개를 돌린 현진의 삐딱한 시선이 윤영의 얼굴에 꽂혔다. 두 사람은 잠시 동안 서로의 얼굴을 마주 보며 서 있었다. 그러나 결국 뚫어져라 자신을 바라보는 윤영의 시선에 결국 그가 다시 신발을 벗고 집 안으로 들어왔다.

사실 혼자 밥을 먹는다는 게 얼마나 쓸쓸한지 혼자 살고 있는 자신이 제일 잘 알고 있었다. 이대로 윤영을 혼자 두고 갈 수가 없었다. 아무리 맛있는 삼겹살도 혼자 먹으면 퀴퀴한 맛이 날 것 같았다.

"구워."

"응!"

생각보다 참 말을 잘 듣는 여자애였다. 현진이 옆에 앉아서 명령조로 말하자마자 기쁜 얼굴이 된 윤영이 조심스레 가스레인지 불을 당겼다.

따닥거리는 소리와 함께 파랗고 빨간 불이 화륵 솟아올랐고, 그녀는 삼겹살을 하나하나 불판 위에 올려놓았다.

"삼겹살은 앞, 뒤로 딱 한 번씩만 뒤집어야 제 맛이야."

"뭐, 별……."

"아, 우리 오빠가 삼겹살 굽기 제왕인데. 아쉬워."

"침 튀어. 잔말 말고 고기나 구워."

"싸가지."

윤영이 눈을 가느다랗게 뜬 채 현진을 흘깃거렸다. 하지만 곧 맛있게 고기를 굽는 것에 다시 온 정신을 집중했다. 점점 맛있는 냄새가 솔솔 집 안에 퍼졌고, 현진은 해맑은 얼굴로 고기를 굽고 있는 그녀의 옆모습을 가만히 바라보았다. 어제 일이 생각 났던 것이다.

"나도 오늘 삼겹살 굽기의 제왕으로 재탄생하리라."

"하."

저렇게 해맑은 주제에, 저렇게 아무것도 모른다는 순수한 얼굴을 한 주제에, 그딴 자국이라니. 제 손으로 그은 게 분명한 그런 추접스런 자국이라니.

삼겹살을 구우며 땀을 뻘뻘 흘리는 윤영은 여전히 긴 옷을 입고 있었다. 이렇게 더워도 긴 옷을 입고 있는 것을 보면 아마 자신의 흔적을 가리기 위해 여름에도 겨울에도 그녀는 늘 저렇게 축 늘어진 긴 옷을 입고 다녔을 거라는 생각이 들었다.

현진의 시선이 보이지는 않지만 어제 보았던 그녀의 상처 자리에 한참이나 머물렀다.

윤영은 다 익은 고기를 접시 위에 놓아 주며 빨리 먹으라는 듯 그를 향해 눈짓했다. 그가 젓가락을 들어 그녀가 구운 고기를 입에 넣었다. 앞, 뒤로 한 번씩만 뒤집어야 제 맛이라더니. 정말 맛은 있었다.

"그거 나한테 왜 보여 줬냐?"

고기를 몇 점 집어먹던 젓가락을 내려놓고, 현진이 윤영을 향해 물었다.

지글지글, 지글지글. 사실 그런 심오한 이야기를 하기엔 타이밍이 영 아니라는 생각도 들었지만, 아무렴 어떠랴 싶었다.

현진의 질문에 고기를 굽던 그녀의 손이 조금 멈칫거렸다.

"흉터. 그거 나한테 왜 보여 줬어, 너?"

"약 발라 달라고."

"뭐라는 거야."

"진짠데. 약 발라 달라고."

윤영이 개의치 않는다는 듯 싱긋 웃었다. 여전히 한 손은 젓가락을 들고 맛있는 냄새를 폴폴 풍기는 삼겹살을 굽고 있었다.

"치사하게 약 발라 주다 말고 가고. 넌 정말 지상 최대의 싸가지야."

"그놈의 싸가지는 진짜……. 아무튼 난 그렇게 감추고 싶어 하는 거 나한테 왜 보여 줬냐고 묻는 거야."

"……."

"더워 죽겠는데도 긴 옷 입고 다니는 주제에. 왜 나한테 그걸 보여 준 건지, 왜 하필 나한테."

왜 하필이라는 대목에서 윤영의 표정이 조금 딱딱해졌다. 삼겹살을 굽던 손을 멈춘 그녀가 재영이 사다 놓았다는 와인을 들어 쪼르르 예쁜 유리잔에 가득 따라 담았다. 가득, 넘치도록 한 가득.

"넌 무슨 와인을 그따위로 먹냐? 그리고 잔은 그게 뭐야, 촌스럽게."

현진은 아직 대답을 듣지 못했으면서도 다른 질문을 꺼냈다. 유리잔을 든 윤영이 그를 빤히 바라보았다.

"와인은 어떻게 먹어야 안 촌스럽게 먹는 건데?"

"일단 삼겹살부터 에러다, 에러. 와인에 삼겹살이 뭐냐, 하여튼 이놈의 4차원 집구석……."

현진이 혀를 끌끌거리며 집 안을 돌아보았다.

"삼겹살이 왜? 넌 와인으로 숙성시킨 삼겹살도 못 봤어? 돼지day 가면 그런 거 있는 거 몰라?"

"하이고. 그래. 와인으로 숙성시킨 삼겹살 댁이나 많이 드세요."

"말투 정말 유치하다, 너."

"너만 하겠냐?"

"싸가지."

"암만 해도 너는 개똥 밟고 후춧가루를 맞아 봐야 정신을 차리겠다."

윤영은 이런 유치한 싸움을 어디선가 많이 해 본 것 같은 느낌이었다. 그건 재영과의 대화였다. 오라비와의 대화는 대부분 이런 유치한 싸움으로 끝나곤 했다.

사실 현진보다 재영이 쬐끔 더 이상하기는 하지만 그래도 뭐랄까. 그는 재영만큼 편안한 느낌이었다.

와인을 한 모금 더 마신 그녀가 결국 웃음을 터뜨렸다. 실컷 싸우고서 웃는 그녀가 못마땅했는지 현진은 미간 사이를 잔뜩 찡그렸다.

잠시 동안 윤영은 홀짝홀짝 와인을 목구멍 안으로 삼켰고, 현진은 젓가락을 들어 그녀가 구운 삼겹살을 입에 쑤셔 넣었다.

사실대로 말하자면 집에서 이렇게 먹는 밥이 그립기도 했었다. 집에서는 늘 가사를 돌봐 주시는 아주머니의 밥을 먹어야 했고, 집을 나와서부터는 나가서 사 먹기에 바빴다. 물론 설 남매와 함께 먹은 밥도 결국 산 음식들이기는 했지만, 이상하게 여기에서는 무엇을 해도 기분 자체가 달랐다.

"아팠어. 이거 그었을 때."

딴 생각을 하고 있는 현진을 다시 현실로 되돌려 놓은 건 다름 아닌 윤영의 목소리였다. 그녀는 긴 치마로 무릎을 감춘 채 쪼그리고 앉아, 자신의 오른쪽 팔을 흔들어 보이며 그를 향해 씩 웃었다.

"긋고 나서 의식이 점점 몽롱해져 가는데도 이상하게 너무너무 아팠어."

"⋯⋯."

"이상하지? 의식을 잃어 갈 때쯤이면 다들 아픈 것도 뭣도 신경 안 쓰인다고 하던데."

하마터면 웃는 얼굴로 할 이야기가 아니잖아! 라고 외칠 뻔했다. 마치 다른 사람의 이야기를 하고 있는 것 같은 윤영의 말투에 현진은 저절로 인상이 찌푸려졌다. 전혀 아팠다고 이야기하는 얼굴이 아니었다. 저 얼굴은 정말 그런 얼굴이 아니었다.

쑤셔 넣었던 삼겹살을 목구멍 안으로 다 삼켜 낸 그가 찌푸린 얼굴로 그녀를 응시했다.

"으. 정말 끔찍해. 난 아마 다시는 자살 따위 할 수 없을 거야."

"대부분의 정상인들은 원래 다 못 해."

"그런가. 그럼 난 이제 정상인이 된 건가?"

"뭐 그다지……. 도대체 예전엔 얼마나 이상했냐? 한 30차원 쯤 됐냐?"

윤영이 큭큭거리며 웃었다. 현진은 다시 한 번 그녀를 향해 혀를 끌끌거리며, 앞에 놓인 와인 잔에 쪼르르 그녀처럼 와인을 한가득 흘러넘치게 따랐다. 자신을 따라하는 그의 모습에 그녀 가 웃었다. 하지만 지금 그녀의 웃음에는 정말 웃음에 담겨 있 어야 할 기쁨이나 행복 같은 게 하나도 없었다.

두 사람 사이엔 또다시 알 수 없는 침묵이 흘렀다.

"내가 나를 죽인다는 건, 생각보다 훨씬 고통스러운 일이야."

오른팔의 소매를 살짝 걷어 내자 윤영의 팔목에 일자로 그어 진 상처가 다시 드러났다. 그의 말처럼 그렇게도 숨기고 싶어 늘 감추고만 있던 상처를 그에게 스스럼없이 보이다니.

흉터를 내려다보는 현진은 아무런 말이 없었다. 갑자기 두 사 람이 앉아 있는 공간에 싸늘함이 느껴졌다.

"그래서 보여 줬어."

"뭐가 그래서야?"

"나는 내 몸에 상처를 냈지만, 넌 네 마음에 상처를 내고 있 는 것 같아서."

이어진 윤영의 말에 현진의 눈빛이 점점 굳어져 갔다. 그가 상처에서 시선을 돌렸다. 대체 이 여자애가 무슨 이야기를 하는 건지 머리가 아파 왔다.

마음에 상처를 내고 있는 것 같다니. 그래서 이 상처를 보여
줬다니. 자기가 뭘 안다고 갑자기 이런 말을 꺼내는지 현진은
우스울 지경이었다.

윤영은 그런 마음을 가득 담고 있는 현진의 표정에도 아랑곳
않고 말을 이어 갔다.

"손목을 그으면 죽기라도 할 수 있지만…… 마음을 그으면
죽을 수도 없잖아."

"……."

"그래서 보여 줬어, 내 상처. 네 스스로 너무 많이 상처를 내
서, 이렇게 흉터가 남을까 봐."

현진의 눈빛은 이제 심하게 흔들리고 있었다. 더 이상 어떤
말도 듣고 싶지 않다는 얼굴이었다. 그는 그저 그녀에게 왜 흉
터를 보여 줬는지를 물었을 뿐이었는데, 벌써 술에 취한 건지
그녀는 정신 나간 소리를 하고 있었다.

손목을 그으면 죽기라도 할 수 있지만…… 마음을 그으면 죽
을 수도 없잖아.

'네가 내 마음을 알아?'

그런데 그녀는 꼭 다 안다는 듯한 표정이었다.

윤영은 현진의 눈빛을 빤히 바라보며 여전히 평온한 얼굴로
질문을 던졌다.

"이제 내가 물어봐도 돼? 왜 사람과 닿는 걸 싫어해?"

그 순간 쾅 하는 소리와 함께 현진이 그들의 앞에 있던 테이

블을 뒤집어엎었다.

쿠당탕.

놀란 윤영은 일어설 생각도 못 한 채 또다시 그전처럼 푹 꺼질 듯한 눈빛의 그를 응시했다. 저 표정을 본 적이 있었다. 윤영은 분명 저 표정을 본 적이 있었다.

테이블에 올려놓은 모든 걸 다 엎어 낸 현진이 자리에서 일어섰다. 그리고 우습다는 얼굴로 윤영을 내려다보았다.

참 웃긴다. 웃기고 있다, 이 계집애.

"네가 뭘 안다고 그딴 소리를 해?"

방금 전까지 우습다는 듯 비웃던 그의 얼굴은 온데간데없었다. 잔뜩 화가 난 얼굴이었다.

"알지도 못하면서 함부로 이야기하지 말고, 그딴 소설은 네 오빠한테나 쓰라고 시켜."

"……."

"이웃에 산다고 좀 어울려 줬더니, 별 개소리를 다 듣네."

엎어진 상에서 흘러내린 것들이 바닥을 지저분하게 만들고 있었다. 하지만 윤영은 그쪽엔 관심도 주지 않은 채 오로지 현진만 바라보고 있었다.

그는 그런 그녀의 눈빛이 더욱더 마음에 들지 않았다. 꼭 다 알고 있다는 듯이 바라보는 저 눈빛. 네가 뭐라고. 네가 나에 대해서 뭘 안다고.

현진이 다시 한 번 쿵 하고 테이블을 발로 걷어찼다.

"왜 사람과 닿는 걸 싫어하냐고?"

"⋯⋯."

"웃기지 마. 난 그저 너 같은 계집애가 닿는 게 싫은 거뿐이야. 알아?"

쾅.

테이블을 발로 차고 거실을 걸어 나간 현진이 거세게 문을 닫으며 집 밖으로 사라졌다. 거실은 생고기와 익은 고기, 상추, 쌈장, 와인이 한데 섞여 뒤범벅이 되었다.

윤영은 잔뜩 흐트러진 거실 안에서 그의 뒷모습도 바라보지 못하고 멍하니 앉아 있었다. 그가 사라지자 집 안이 너무나 고요해졌다.

"⋯⋯."

윤영은 그녀가 현진을 만졌을 때 지었던 그의 표정과 똑같았던 오늘 그의 표정을 머릿속에 떠올렸다. 그러곤 입술을 꼭 다물었다.

이상하다고 생각할지 모르겠지만 상처를 보여 줄 수밖에 없었다. 감추고만 싶었던 상처를 그에게 스스럼없이 보여 줄 수밖에 없었다.

윤영은 몽롱한 얼굴을 들어 천천히 고개를 돌렸다. 현진을 삼켜 버린 대문을 가만히 바라보았다.

내 얼굴이었어.

조용해진 집 안에서 그녀의 목소리가 작게 울렸다.

"거울 속의 내 얼굴이었어, 너."

어느 날 거울 속에서 보았던 절망에 가득 찬 그녀의 얼굴을 현진이 그때도 지금도 똑같이 하고 있었다.

\#
4.

"왜 이렇게 늦게 오는 거야?"

오늘은 조금 지치는 일정이었다. 강의도 많았고, 도서관에서 해야 할 공부도 많았다. 그러다 보니 어느새 어슴푸레 저녁이 찾아오려 했다.

1119호 대문 앞에 쪼그려 앉아 현진을 기다리고 있는 건 다름 아닌 어깨까지 내려오는 생머리를 질끈 묶어 올린 민애였다.

현진은 온다는 말도 없이 서울로 올라와 자신을 기다리고 있는 그녀의 모습에 놀란 얼굴이었다. 그녀는 한참을 이곳에 앉아 있었는지 작은 손으로 다리를 퉁퉁 두드리며 자리에서 일어섰다. 그녀의 옆에는 두둑하게 쌓인 반찬통이 보자기에 둘러져 있었다.

"뭐야. 왜 왔어?"

"오랜만에 보는 동생한테 말하는 꼬라지하고는. 햄돌이 잘 있나 보러 왔다, 왜!"

"참내. 그려서? 그렇게 아끼는 걸 왜 나한테 줘서 사서 고생하시나 몰라."

"됐으니까 문이나 열어, 다리 아파! 비밀번호는 왜 바꿨냐?"

옆에 놓인 보자기 더미를 손에 들며 민애가 입술을 삐죽거렸다. 현진은 자신도 모르게 옅은 미소를 지으며 도어록 번호를 눌렀다.

고3 수험생이 되면서부터 휴대폰을 없앤 민애라, 더운 날 꼼짝없이 이 집 앞에서 기다릴 수밖에 없었다. 바뀐 비밀번호를 민애에게 알려 주는 걸 깜빡했지만 현진은 미안하다는 말을 하지 않았다. 그는 원래 그런 표현들이 어색한 사람이었고 민애 역시 그걸 알고 있었다.

문을 열고 남매가 나란히 집 안으로 들어가려는 순간, 끼익하는 소리와 함께 옆집 문이 열렸다. 자연스레 두 사람의 시선이 그쪽으로 향했고, 외출을 하려는 듯 밖을 나선 재영, 윤영 남매를 보게 되었다.

"어? 내 햄돌이?"

윤영의 손에 들린 플라스틱 우리를 보자마자 민애가 외쳤다. 윤영의 둥그런 눈이 현진의 옆에 서 있는 민애에게 시선을 보냈다.

"최현진, 이 자식 너! 햄돌이 안 버렸다며!"

세모눈을 뜬 민애가 제 오빠를 노려보았다. 잠시 멈칫하며 윤영을 바라보던 현진의 시선이 다시 민애에게로 돌아왔다.

"안 버렸어, 저기 있잖아. 근데 너 방금 나한테 이 자식이라고 했냐? 죽고 싶어?"

"저 사람들한테 준 거야?"

"주긴 뭘 줘? 빌려준 거지."

"아니, 왜 내가 준 애완동물을 함부로 막 빌려줘?"

"그럴 일이 좀 있었으니까 고만 좀 뗵뗵거려!"

"귀청 터지겠네. 왜 소리를 지르고 난리야?"

문 앞에 서서 아웅다웅하는 두 사람을 재영과 윤영이 의아한 눈으로 바라보았다. 그러면서 윤영은 현진과 처음 만났던 그날을 머릿속에 떠올렸다. 햄스터 우리를 손에 쥐고 나와 전화에 대고 큰 소리를 지르던 현진의 모습.

아아, 저 여자애가 이 햄스터를 집에 가져다 놓았구나.

그런데 대체 저 여자애는 누구지?

윤영의 머릿속에서는 민애의 존재에 대해 하염없이 물음표를 그리고 있었다.

"쪼그만 게 되게 목소리 크다. 그치, 윤영아."

가늘게 뜬 눈으로 민애를 바라보며 혀를 끌끌거린 재영이 윤영에게 귓속말로 속삭였다. 하지만 갑자기 귀가 쫑긋해진 민애는 말다툼을 멈추곤 재영을 돌아보았다.

"뭐예요? 쪼그만 게?"

"어? 미안. 들었어?"

"뭐야, 이 아저씨가 지금 누구한테 쪼끄맣대. 지는 크면 얼마나 크다고!"

"뭐, 뭐? 아저씨? 이 학생이 지금 나한테 아저씨라고 한 거야? 하! 이거 최강 동안 설재영 인생에서 들은 제일 빤타스틱한 이야긴데?"

팔짱을 낀 재영이 고개를 흔들며 말했다. 한꺼번에 들려오는 떽떽거리는 소리에 정신이 없어진 현진은 한숨을 내쉬며 윤영에게 다가가 그녀의 손에 들려 있는 햄스터 우리를 빼앗아 들었다. 이상하게 오늘따라 아무 말이 없는 그녀가 조금 의아했지만, 다시 걸음을 돌려 민애의 뒷덜미를 잡아채 집 안으로 들어섰다.

"이거 놔 봐! 놔 보라니까? 저 아저씨가 지금 나한테……."

"햄돌이 찾았으니까 입 닫고 얼른 들어와."

윤영 역시 광분한 재영의 뒷덜미를 잡아끌며 복도를 걸어갔다.

"윤영아, 좀 놔 봐. 저 쪼그만 게 계속 나한테 아저씨라고……."

"스테파니 무덤 가기로 했잖아. 입 닫고 얼른 따라와."

쾅. 현진의 집 현관문이 닫히고 재영도 윤영에게 끌려 엘리베이터 앞에 도착했다. 재영은 윤영 때문에 구겨진 옷을 정리하며 입술을 씰룩였다.

"대체 누구야, 저 싸가지 없는 계집애는?"

"내가 알아?"

히스테릭한 윤영의 대답에 동작을 멈춘 재영이 시선을 돌려 물끄러미 그녀를 바라보았다. 무언가 잔뜩 꼬여 있는 것처럼 보이는 그녀의 옆모습에 그의 표정이 조금 묘해졌다.

"저렇게 어린 애를 좋아하다니."

재영이 듣건 말건 혼잣말을 중얼거렸다. 외관상으로만 보면 윤영이나 아까 그 여자나 별 차이 없었는데.

그리 생각하며 재영은 자신도 모르게 입가에 웃음을 띠고 말았다. 그녀는 지금 마음과 머리가 배배 꼬여 있는 상태였다. 현진 때문에. 현진의 옆에 있던 여자 때문에.

그녀 자신은 그것을 깨닫고나 있는 건지 모르겠지만, 재영은 어쨌든 이만큼이라도 누군가에 대한 감정을 발전시킨 윤영이 고맙고 대견했다.

윤영은 여전히 굳은 얼굴로 씩씩거리며 발걸음을 옮겼고, 그런 그녀의 옆에서 재영은 아무런 말이 없었다.

잠시 후. 뒷동산에 묻은 스테파니의 무덤 앞에 도착한 설씨 남매는 더운 바람을 맞으며 풀밭에 앉았다. 곱실거리는 머리카락이 자꾸만 볼을 간질이자 윤영이 무심한 손길로 슥 머리를 귀 뒤로 넘겼다.

재영은 무슨 생각을 하고 있는지 여전히 입을 앙다문 채 아무 말이 없는 그녀를 바라보았다. 그러다가 으챠, 하는 소리와 함께 풀밭에 드러누웠다.

"흰옷이잖아. 그러다가 더러워져."

벌러덩 누운 재영을 바라보며 윤영이 혀를 끌끌 찼다.

"난 후리한 남자라 괜찮아. 김치 국물 묻은 티셔츠도 예술로 승화하는 사람이라고, 내가."

윤영이 실소를 내뱉었다.

"웃기시네."

"왜. 뭘 해도 간지나는 오빠가 질투 나니?"

진심으로 하는 소리야? 미간을 찡긋거린 윤영이 고개를 도리도리 저었다.

"하여튼 우리 오빠지만 지인짜 비호감이야. 너무 개성 강해."

"비호감은 맨손으로 바퀴벌레를 때려잡는 너 같은 여성을 위해 태어난 말이고."

"흐응. 벌레 무서워서 손도 못 대는 남자는 어떻고?"

따박따박 잘도 대답하는 윤영이 얄미운지 그가 입술을 씰룩였다.

"말싸움하기 전국 챔피언 대회 이런 건 없냐? 너 나가면 딱인데."

"이상한 정신세계 전국 챔피언 대회, 이런 건 없어? 오빠 나가면 대상이야."

결국 또 재영의 완패였다. 더 이상 대꾸할 말을 찾지 못한 그는 잔뜩 심술이 난 표정이었다. 윤영이 씩 웃음을 터뜨렸다.

"이기지도 못할 거 왜 만날 이기려고 기를 쓰는 거야?"

웃는 그녀를 바라보는 재영의 얼굴에도 곧바로 다시 웃음이 찾아왔다. 저렇게 웃는 게 좋았다. 제 동생이 웃으면 오빠인 그도 참 기분이 좋았다.

둘 사이에 잠시 침묵이 흘렀다.

"스테파니 죽었을 때 슬펐어?"

갑작스럽게 들린 목소리였다. 풀밭 위에 둥그렇게 솟아올라 있는 스테파니의 무덤을 바라보며 재영이 윤영을 향해 물었다. 침묵을 깬 그의 목소리에 조금 의아한 얼굴이 되었지만 그녀는 단 1초의 망설임도 없이 대답했다.

"당연하지."

하지만 그녀의 대답에는 아무런 감정이 없었다.

"그래? 정말?"

햇살을 온몸으로 받아들이듯 팔베개를 하고 누운 재영이 물었다. 허공을 향해 있던 그녀의 시선이 천천히 누워 있는 오빠를 향했다. 눈을 감은 그의 입술이 곡선을 그렸고, 그녀는 조금 당황했다.

"나 울었어, 죽은 스테파니 보고서."

"당장 쓸 발수건이 없어져서겠지."

눈을 뜬 재영이 예리한 눈동자로 윤영을 바라보았다. 그녀는 흠칫 놀랐다.

"내가 사 온 치킨보다도 못한 강아지였어, 너에게 스테파니는."

"아니야. 그렇지 않아!"

"스테파니 작전은 실패했다. 그치?"

"……."

무언가 반박하려던 윤영은 이내 아무 말도 내뱉지 못했다. 그녀의 시선이 풀밭으로 곤두박질치자 재영은 다시 웃는 얼굴로 머리를 받치고 있던 한 손을 빼내어 그녀의 곱슬머리를 쓰다듬었다. 아까 전과 같은 장난스러움은 조금도 없었다.

윤영은 고개를 들어 그의 시선과 마주했다. 스테파니의 이야기에 갑자기 미안함이 가득한 얼굴이 되었다.

애초에 재영이 왜 강아지 스테파니를 사다 그녀에게 안겨 줬는지, 윤영 자신이 그 이유에 대해 제일 잘 알고 있었기 때문이었다. 그녀를 되돌리기 위해서였다. 조그마한 생명 하나가 사라져도 진심으로 눈물을 뚝뚝 흘리던 원래의 그녀로 돌려놓기 위해서.

"괜찮아. 천천히 하자."

"……."

"사진 찍으라고, 학교 가라고 더 이상 강요하지 않을 테니까."

아까와는 너무나 다른 따뜻한 목소리였다. 윤영은 오빠의 목소리에 더욱더 고개를 수그리고 말았다. 비록 조금 이상한 오빠이긴 했지만, 그날 이후로 2년이 넘는 시간 동안 아무것도 할 수 없었던 그녀를 든든하게 지켜 주던 버팀목이었기에 너무나 미안하고 죄스러웠다.

"빨리 취직할게."

"그것도 서두르지 마. 오라버니 생각보다 그렇게 안 가난하다? 거기다 이번 책은 분명 베스트셀러감이라고."

"그래. 내가 볼 때 오빠 책은 전부 다 베스트셀러감이야. 조금 독특해서 그러지."

"정말? 아, 나 쑥스럽게……."

윤영이 억지로 웃고 있는 게 다 보였지만, 재영은 개의치 않고 그녀에게 환한 웃음을 지어 주었다.

더운 여름 바람에 흔들리는 동생의 긴 옷자락을 바라보며 재영은 웃었다. 하지만 두 사람 사이에는 알 수 없는 기류가 흘렀고, 재영도 윤영도 그 느낌을 눈치채고 있었다.

"네가 너를 용서하면, 그땐 다시 진심으로 슬플 수도 진심으로 무언가가 좋을 수도 있을 거야, 윤영아."

하늘을 올려다보고 있던 재영이 다시 윤영에게로 시선을 옮겼다. 진심이든 아니든, 엷은 웃음을 담고 있던 그녀의 입가에서 서서히 미소가 사라져 갔다.

네가 너를 용서하면, 그땐 다시 진심으로 슬플 수도 진심으로 무언가가 좋을 수도 있을 거야, 윤영아.

'정말 그럴까? 내가 나를 용서하면 모든 게 다 괜찮아질까, 오빠?'

"엄마, 아빠는 진작 너를 다 용서하셨을 텐데……. 하여튼 내 동생이지만 넌 참 찌질이야."

재영은 풀밭에서 서서히 몸을 일으켰고, 윤영은 저도 모르게 모든 동작을 멈추었다. 이 세상에서 그녀를 진심으로 슬프게 할 수 있는 딱 두 마디였다.

엄마, 아빠.

맛있는 치킨으로도 달랠 수 없는 그 단어에 윤영은 잔뜩 흔들리는 눈동자로 그를 바라보았고, 재영은 너무나 슬픈 얼굴이 되었다.

엄마, 아빠는 진작 너를 다 용서하셨을 텐데……. 하여튼 내 동생이지만 넌 참 찌질이야.

늘 그가 하던 이야기였다. 엄마, 아빠는 벌써 그녀를 용서하셨을 거라고. 그건 그저 사고였을 뿐이라고.

하지만 윤영은 자신을 용서할 수가 없었다. 2년이라는 시간 동안 꼼짝없이 그 마음의 감옥에 갇혀 살며 아무것도 하지 못했다. 그녀는 팔목을 그어 그 죄를 지워 보려고도 했지만, 재영 때문에 다시 살아났다. 살아 있다는 게 그토록 끔찍할 수가 없었다.

재영이 꺼낸 이야기에 윤영은 지난날을 회상하듯 멍한 눈동자로 허공을 바라보았다.

"사고였다니까."

2년 내내 몇 차례나 반복되었던 그 말이 재영의 입술에서 또다시 흘러나왔다. 하지만 윤영은 그 말에 긍정도 부정도 할 수가 없었다. 그래, 분명 사고였다. 커다란 사고. 윤영 자신이 그렇게나 사랑하던 부모님을 죽음으로 몰아넣었던 사고.

아무 말도 하지 못하고 멍하니 앉아 있는 윤영을 품 안에 넣은 재영이 그녀의 등을 토닥거렸다.

슬프게 할 생각은 아니었는데, 어쩌다 보니 노파심에 또 이런 이야기를 하고 말았다. 그녀가 어서 그 커다란 늪에서 헤어나길 바라는 마음에 또 이야기를 꺼내 버리고 말았다. 그의 눈동자가 조금씩 흔들렸다.

그 뒤로 두 사람은 아무 말도 없었다. 즐겁고 쾌활한 설씨 남매는 잠시 잃어버린 듯, 두 사람 사이에는 무거운 침묵만이 흘렀다.

멍한 표정을 한 자신의 동생을 내려다보며 재영은 늘 해 오던 생각을 또다시 머릿속에 가득 채웠다.

누구라도 상관없으니, 제발 윤영이를 좀 도와주었으면. 가족인 그는 도저히 꺼내 줄 수가 없으니, 누구라도. 제대로 알지 못하는 옆집의 햄순이 아빠라도 좋으니 윤영이를 이 깊고 깊은 수렁에서 건져 내 주었으면.

그는 윤영을 위한 가족다운, 오빠다운, 그리고 설재영다운 바람을 끊임없이 바라고 또 바랐다.

※

정확히 삼겹살을 뒤집어엎은 사건이 일어나고 민애가 다녀간 이후부터 윤영이 현진을 피하기 시작했다. 아니, 피한다기보다는 신경을 안 쓴다는 말이 맞을 것이다.

대문 앞에서 마주쳐도 윤영은 그저 슬쩍 고갯짓만 하며 그를 본체만체했다. 아직 일주일을 채우지 못한 현진의 저녁 사기도 이제 됐다고, 그럴 필요 없다며 미안한 마음에 삼겹살을 사다 나른 그를 무시했다.

그녀는 자신이 커플로 채워 준 햄순이, 햄돌이—사실상 햄돌이, 햄돌이지만—도 더 이상 보고 싶어 하지 않았다. 그런 윤영의 행동을 재영도 수긍하는 눈치였다.

"너 뭐야?"

밖에서 들려오는 인기척에 재빨리 현관문을 연 현진이 도어록 비밀번호를 누르는 윤영을 향해 말했다. 윤영은 갑자기 집에서 튀어나온 현진의 모습에 놀란 듯했지만 이내 다시 무심한 표정으로 돌아왔다.

"뭐가?"

여전히 긴 옷을 입고 카메라를 목에 건 윤영이 평온한 어조로 대답하자 현진은 슬리퍼를 신고 복도로 나와 그녀의 앞에 섰다.

"너 말이야."

"응."

"너 왜 나 무시해?"

"내가 언제?"

여전히 아무렇지도 않은 말투였다. 현진은 더욱더 기가 찼다.

"무시했잖아, 네가! 며칠 내내!"

"그런 적 없어. 그럼 이만."

짧은 대답을 하고 윤영이 집 안으로 들어서려 하자, 다급한 얼굴을 한 현진이 닫히려는 1118호 현관문을 턱 잡았다.

그는 너무나 기분이 나쁜 표정이었다. 그리고 실제로 기분이 나쁘기도 했다. 그동안 귀찮게 쫓아다니면서 알은척할 때는 언제고, 이제 와서 모르는 사람인 양 안면을 몰수하다니.

특이한 애란 건 애초부터 알았다. 그치만 지금 사람 가지고 장난치는 거야? 내가 아무리 삼겹살을 뒤집어엎었다고 해도 그렇지. 그래서 미안한 마음에 다시 삼겹살도 사 갔는데 무시한 건 너였어, 이 계집애야!

"지금 이게 무시하고 있는 거잖아! 뭔데? 왜 그러는데?"

점점 더 언성을 높이는 현진의 모습에 윤영이 미간을 찌푸렸다. 지금 대체 누가 누구한테 화를 내고 있는 건지 모르겠다.

"네가 언제부터 그렇게 내가 무시하고 안 무시하는 걸 신경 썼다고 그래?"

"뭐?"

"이웃에 산다고 좀 어울려 준 거뿐이라며? 이제 그럴 필요 없으니까, 문 좀 놔 줘."

"야, 너!"

삿대질을 하며 윤영을 향해 소리친 현진이 그녀의 눈동자를 마주 보았다. 다급한 마음에 불러 놓긴 했지만 더 이상 할 말이 생각나지 않은 그가 아무 말도 못 하고 씩씩거렸다.

"할 말 없지?"

"……"

"들어갈게, 비켜 줘."

결국 문을 잡고 있던 현진의 손이 스르르 떨어져 내렸다. 자신이 왜 이렇게 오버하고 있는지에 대해 이제야 의문이 들었기 때문이었다.

쾅 하는 소리와 함께 1118호 문이 닫히며 윤영이 집 안으로 사라졌다. 시원한 옷차림을 한 현진은 멀뚱히 서 굳게 닫힌 윤영의 집 대문을 바라보았다. 기분이 이상했다. 예전엔 잘도 종알거리더니 이젠 잠시도 말할 시간을 안 주었다.

"뭐야. 왜 이렇게 더러워, 내 기분?"

조용히 중얼거리며 부슬거리는 머리카락을 슥슥 쓸어내린 현진이 그의 집을 향해 다시 발걸음을 돌렸다. 아무리 생각해도 정말 이상한 기분이었다.

❖

"이봐요, 작가 선생!"

쭈쭈바를 손에 들고 집 안으로 들어서려는 재영을 누군가의 건방진 목소리가 멈춰 세웠다.

재영이 쭈쭈바를 한입 크게 베어 물며 옆을 돌아보자 그곳에는 이제 막 학교에서 돌아오는 길인 현진이 있었다. 그는 여느 때와 다름없이 반듯한 옷차림에 가방을 메고 무뚝뚝한 얼굴을 한 채 재영을 바라보고 있었다.

재영은 작가 선생이라는 그의 호칭이 마음에 들지 않는 듯 입술을 삐죽였다.

남매가 습관도 참 비슷하네, 라고 현진은 생각했다.

"형이라는 고상한 호칭도 있을 텐데?"

"글쎄, 별로 형이라고 부르고 싶진 않은데……."

"이런 건빵진 놈."

재영은 고개를 절레절레 흔들며 쭈쭈바를 또다시 한입 크게 베어 물었다. 터벅터벅 그에게 다가간 현진은 괜히 그의 옆에서 1118호 문간을 훑어보았다.

"용건이 뭐야, 쪽 군?"

가자미눈을 뜬 재영이 물음을 던지자 그제야 현진이 현관문을 훑어보던 눈길을 거두었다. 수상하다는 재영의 눈과 시선을 마주한 그가 조금 흠칫거렸다.

"왜. 우리 집에 볼일 있어?"

"볼일? 볼일은 무슨."

"그럼 나한텐 무슨 볼일이야?"

그를 보자마자 '이봐요, 작가 선생!' 이라고 외치긴 했는데, 사실 현진 자신도 그에게 무슨 볼일로 그를 불러 세웠는지 몰랐다.

현진의 찡그린 눈동자가 의아함을 담았다. 자기 자신에 대한 의아함이었다. 그러다 결국 그도 모르게 덥석 이상한 이야기가 튀어나왔다.

"동생 불러 줘요."

"뭐?"

현진의 말에 놀란 듯 재영의 눈이 둥그레졌다. 현진은 가방을 추켜올리며 다시 건방진 표정으로 그를 바라보았다.

"당신 동생 불러 달라고요."

다시 신경질적으로 변한 현진의 말투에 재영의 얼굴에는 기가 막히다는 표정이 떠올랐다.

"뭐야. 지금 부탁하는 주제에 너무 시건방진 말투야, 족 군!"

"족 군이라고 부르지 말고 당신 동생이나 불러!"

"아니, 이 자식아! 네가 뭔데 감히 내 사랑스러운 여동생을 부르라 마라야!"

"빨리 불러 줘! 걔 햄스터 때문에 지금 내 집에 똥 냄새가 두 배로……!"

"뭐가 이렇게 시끄러워?"

재영을 향해 시건방지게 이야기하던 현진의 말이 급작스럽게 멈추었다. 1118호 문을 열고 얼굴을 빠끔 내민 윤영 때문이었다.

재영은 문을 밀고 나온 자신의 여동생을 돌아보다, 다시 현진을 바라보았다. 현진의 시선은 이미 재영에게서 벗어난 지 오래였다.

며칠 만에 현진과 윤영의 눈동자가 나란히 부딪쳤지만, 윤영은 매몰차게 시선을 돌려 자신의 오빠를 바라보았다. 요즘 학교에 가지 않고 집에만 틀어박혀 있었던 그녀는 지난번 재영과 다르지 않은 꼬질꼬질한 몰골이었다.

"왜 그래, 오빠?"

윤영의 물음에 곧 노여움을 가라앉힌 재영이 쭈쭈바를 입에 털어 넣으며 모른다는 듯 어깨를 으쓱해 보였다. 그리고 현진을 턱 끝으로 가리켰다.

"족 군 재, 윤영이 너한테 볼일 있나 봐. 난 들어가서 글 써야 되니까 둘이 얘기해."

재영이 윤영의 어깨를 슬쩍 밀어 내며 집 안으로 들어섰다. 그를 들여보내고 다시 문틈에 고개만 뾰족 내민 윤영이 현진을 올려다보았다. 현진은 오늘도 미간이 잔뜩 주름진 얼굴이었고, 그녀는 그 얼굴을 들여다보며 입술을 삐죽거렸다.

"무슨 일이야?"

"나와 봐, 고개만 내밀지 말고."

"왜?"

"나와 보라니까."

고개를 삐딱이 한 현진이 윤영에게 말하자 그녀는 의아한 얼굴이 되었다.

"그냥 이렇게 얘기했으면 좋겠는데."

"나와 봐. 나와서 우리 집에 좀 따라와 봐."

"왜 그러는데."

윤영의 동글동글한 눈을 들여다보며 현진은 잠시 심호흡을 했다.

왜냐고? 왜냐고 물었냐, 지금 나한테? 나도 모르는 걸 지금 네가 나한테 물은 거냐?

하지만 현진은 그렇게 대답하지 못했다.

"햄스터 똥 치워."

"뭐야?"

이어진 현진의 대답에 윤영의 얼굴이 찌푸려졌다.

"한국말 못 알아들어? 여러 번 말해야 되냐? 햄스터 똥 치우라고, 똥!"

"아니, 내가 왜?"

"네가 사다 넣은 햄스터 때문에 똥이 두 배가 됐어. 네가 들어와서 냄새 맡아 봐, 아주 질식하기 일보 직전이야. 한 마리였을 땐 이렇지 않았다고! 빨리 네가 와서 치워!"

정말 치졸한 이유였다. 윤영은 아까 재영만큼이나 기가 막힌 얼굴이 되어 그를 올려다보았다. 하지만 그녀는 곧 슬리퍼를 직직 끌고 밖으로 나왔고, 현진이 열어젖힌 그의 집 안으로 들어갔다.

집 안에서 남은 쭈쭈바를 입안에 털어 넣으며 윤영의 뒷모습을 바라보던 재영은 왠지 이상하다는 눈빛을 했다. 그도 그럴 것이 저 두 사람한테 오묘한 분위기가 흘렀다.

토라진 윤영과, 똥이란 이유가 구리긴 하지만 그녀를 찾아온 현진 사이에 앞으로 무슨 일이 일어날지 기대된다는 눈빛을 하고 한참을 닫힌 현관문을 바라보았다.

현진의 집으로 들어선 윤영은 아무리 코를 킁킁거려도 질식할 것 같은 햄스터 똥 냄새를 맡을 수 없었다.

하지만 그는 현관문을 열자마자 오버하며 손으로 코를 막았다. 그녀의 동그란 눈이 아무리 생각해도 이해할 수 없다는 듯 현진을 바라보았지만, 그는 괜스레 딴청을 했다.

햄스터 두 마리가 나란히 든 플라스틱 우리는 여전히 현진의 집 거실에 놓여 있었다. 윤영은 그래도 오랜만에 보게 된 햄스터들이 반가워서 그 작은 동물들과 눈을 맞추었다.

현진은 자기 방으로 들어가 가방을 벗어 놓고 바로 나와 그녀의 뒷모습을 바라보았다. 그녀는 여전히 얇은 긴팔과 치마를 입고 있었지만, 오늘은 날이 조금 쌀쌀해서 그런지 이상해 보이지 않았다.

"이렇게 가까이 와야 냄새나잖아."

햄스터 한 마리를 손에 든 윤영이 뒤에 서 있는 현진을 돌아보며 말했다.

"한 마리는 네 거거든? 그니까 네가 들고 있는 고놈은 네가 책임져."

윤영은 곧 뭐 저런 치사쫌팽이가 다 있나는 표정이 되었다. 그리고 햄스터를 두 손으로 보듬어 든 채 자리에서 일어섰다.

"그럼 내 햄스터 집으로 가져갈래."

"뭐?"

"얘 내가 가져갈게. 여기서 돌볼 수는 없잖아."

"됐어! 줬다 뺏지 말고 여기서 돌봐!"

현진의 목소리는 집 안을 쩌렁쩌렁 울릴 정도로 컸다. 자신의 목소리에 자신이 놀란 그가 눈을 동그랗게 뜬 채 윤영을 바라보았다. 그녀는 놀랐다기보다도 심술궂은 얼굴이었다.

"왜 그래야 되는데?"

"내 거니까!"

윤영의 눈썹이 찡긋거렸다.

"아깐 내 거라며?"

"그래, 내 거!"

"네 거 말고 내 거라며?"

"그래, 내 거! 내 거라고!"

"무슨 소리야! 아깐 내 거라고 나보고 책임지라며!"

"그래, 내 거야!"

두 사람은 도무지 자신들이 무슨 말을 하는지 모르겠다는 표정이 되었다. 윤영은 계속해서 대화가 제대로 이루어지지 않자 여전히 심술궂은 표정을 한 채 입술을 꾹 다물었다.

"이리 내. 여기서 돌봐. 이제부터 햄스터 바깥출입하면 민애한테 혼나니까."

언제부터 내가 동생 말을 그렇게 착실히 듣는 오빠가 되었지?

현진은 스스로 의구심을 던졌고, 윤영은 점점 더 찡그린 표정이 되었다. 이렇게 속에서 열불이 솟아오르다니. 도대체 언제가 마지막이었는지도 모를 만큼 이 감정이 낯설게 느껴졌다. 윤영은 현진을 흘겨보며 한참을 씩씩거렸다. 햄스터를 포개어 쥔 두 손이 숨소리에 맞춰 슬며시 오르락내리락했다.

"이 왕싸가지야! 그럼 네 애인 시키면 되잖아!"

빽! 이번엔 윤영의 외침이 집 안을 울렸다.

이 왕싸가지야! 그럼 네 애인 시키면 되잖아!

애인이라는 윤영의 목소리가 현진의 머리를 뱅글뱅글 맴돌았다. 언제부터 자신도 모르는 애인의 존재가 생겨난 건지 이해할 수 없던 그가 눈을 동그랗게 떴다. 그녀는 씩씩거리며 햄스터를 들고 발걸음을 옮기고 있었다.

"잠깐만."

윤영의 말을 곰곰이 되씹던 현진이 뒤돌아 나가려던 그녀를 불러 세웠다. 아까 그 정신없는 소리를 할 때보다는 조금 차분해진 목소리였다.

"혹시 민애 말하는 거야?"

얼마 전에 왔다 간 민애를 떠올리며 현진이 물었다. 윤영은 아까부터 민애, 민애 하는 그가 못마땅한 얼굴이었다.

민애인지 뭔지 내가 알게 뭐야?

그녀는 아무 대답도 않은 채 서 있었고, 현진은 민애가 다녀 간 이후부터 싸늘해진 윤영의 태도를 이제야 알아차린 듯 얼굴에 놀라움을 담았다.

질투하는 거야, 지금?

입 밖으로 나오진 않았지만 그의 표정은 충분히 윤영에게 그 것을 묻고 있었다.

그랬다. 윤영은 민애가 현진의 집을 다녀간 날부터 괜스레 그 에게 화가 나 며칠 내내 그를 피했던 것이었다. 물론 윤영 자신 도 아직까지는 그 감정을 완벽히 알아차리지는 못했다. 그리고 화를 냈다는 사실이 그녀에게 얼마나 많은 변화를 가져다준 것 인지 알지 못할 것이다.

우두커니 서 있는 윤영을 바라보며 현진이 실소를 터뜨렸다.

"죽을래?"

"……."

"네가 뭔데 내 동생을 애인으로 만들어?"

현진의 말에 힘을 가득 주고 그를 바라보던 윤영의 눈동자가 스르르 풀렸다. 현진은 혀를 끌끌 차며 햄스터를 손에 든 채 두 눈을 껌뻑이는 그녀의 곁으로 터벅터벅 다가갔다. 그리고 이어 지는 그의 말에 윤영은 소스라치게 놀란 표정을 지었다.

"꼴에 질투는."

"지, 지, 질투 아냐."

말을 더듬는 그녀의 모습에 현진의 입가에 저절로 미소가 지 어졌다. 하지만 금세 원래의 얼굴로 돌아왔다.

"아님 뭔데?"

현진이 팔짱을 낀 채 윤영을 향해 물었다. 잠시 눈을 굴리던 그녀가 곧 말을 이었다.

"부, 불쌍해서 그렇지!"

"뭐?"

"네 여자 친구든 네 여동생이든 참 안됐다. 너같이 싸가지 남자 친구, 오빠 둔 여자가 안 불쌍할 수 있겠어?"

역시나 이쪽도 치졸한 이유였다. 그의 여자 친구든, 여동생이든 제삼자가 불쌍하다고 화를 냈다고? 그를 피했다고?

하지만 단순하기로 둘째가라면 서러울 현진은 이미 눈썹을 씰룩이고 있었다.

"네가 애인이 없는 건 너무 당연하잖아."

"……."

"아주 웃겨 정말. 누가 질투했다고. 누가 너한테. 누가 너 같은 족제비 싸가지한테."

결국 현진은 폭발했다.

"이 콩알만 한 게! 지금 당장 죽고 싶냐!"

#
5.

"자, 자. 화해들 해, 화해들."

재영과 윤영의 집 거실 안에는 맛있는 냄새가 지글지글 피어오르고 있었다. 현진은 테이블 한 귀퉁이에 앉아 어느덧 싱긋 웃는 얼굴로 고기를 굽고 있는 윤영을 세모눈으로 바라보았다.

그들의 앞에는 술잔이 하나씩 놓여 있었다. 재영은 어서 화해하라는 말과 고기는 앞뒤로 한 번씩만 뒤집으라는 말만 계속 번갈아 했다.

"화해는 무슨. 난 아무렇지도 않아. 현진아, 근데 아까 그건 정말로 아니야."

"너만 풀리면 다냐?"

현진은 더욱더 찡그린 얼굴로 윤영을 바라보았다. 그녀는 슬쩍 한 손을 들어 입을 가린 채 그를 향해 "질투는 정말 아니야."

라고 재영 몰래 속삭이듯 이야기했다.

이번엔 세 사람의 삼겹살 파티가 시작되었다.

"현진이 너 저번처럼 테이블 엎으면 당장 죽을 줄 알아."

"화 좀 돋우지 말고 얌전히 있어."

윤영이 장난스레 말하자 현진이 심드렁한 얼굴로 면박을 주었다.

오랜 시간 앞뒤로 한 번씩만 뒤집어 익히는 윤영표 삼겹살은 오늘도 너무나 맛이 있었다.

아직 그들에게 저녁을 사기로 한 기한인 일주일을 다 채우지 못하고 지금은 그저 손님 자격으로 이들과 함께하고 있는 거였지만 현진은 이상하게 마음이 편안했다. 어렸을 적에도 이렇듯 떠들썩한 식사를 해 보지 못했었다. 아마도 그래서 지금처럼 편안해지기까지 조금 시간이 걸렸는지도 모르겠다.

현진은 지금 이들과 함께하면서 조금씩 마음을 열어 가고 있었다. 언젠가부터 누구에게도 마음을 열지 못했던 그에게는 참 이상하게 느껴지는 일이었다.

조그마한 동물에게 먼저 마음을 열라며 햄스터를 선물해 준 민애의 정성이 효과가 있긴 했던 걸까?

"속이 꾸룩거려."

"취했어?"

소주를 세 잔째 마셨을 때 윤영이 한 말이었다. 윤영의 얼굴은 빨갛게 달아올라 있었고, 재영은 그 옆에서 손부채로 그녀의 얼굴을 식혀 주고 있었다.

겨우 세 잔에 저러고 있는 그녀를 보며 현진은 쯧쯧 혀를 찼다. 재영과 그는 벌써 한 병씩 비운 뒤였다.

"아이고오. 어지럽다아."

"야, 설윤영. 그러게 오빠가 조금만 마시라고 했잖아."

"와아, 현진이는 얼굴이 두 개나 되네."

"쯧쯧."

현진은 다시 한 번 혀를 끌끌 차며 앞에 놓인 잔을 들어 소주를 삼켰다. 술을 좋아하는 편은 아니었지만, 한번 먹기 시작하면 마셔도 마셔도 취하는 법이 없었다. 이것도 술을 잘 마시는 아버지의 유전이 아닐까 하는 생각이 머릿속에 들자마자 현진의 얼굴이 딱딱하게 굳어졌다.

하지만 이미 소주 세 잔에 넋을 잃어버린 윤영도, 그녀를 챙기는 재영도 그의 표정을 보지 못했다.

"졸려."

털푸덕. 이 한 마디를 남기고 윤영은 재영의 다리에 풀썩 쓰러져 눈을 감았다. 이미 제정신이 아닌 듯했다.

"얘 기절한 건 아니겠지?"

재영이 묻자 현진이 고개를 도리도리 저었다.

"완전 자는 거 같은데요."

"그러네. 완전 자네."

색색. 벌써 아이같이 숨을 고르는 윤영을 들여다보며 재영은

씩 웃음을 지었다. 친혈육은 친혈육인 모양이었다. 이런 동생의
모습마저 귀여워 보이는 거 보니.

곧 윤영에게서 시선을 뗀 재영이 앞자리에 앉은 현진을 바라
보았다. 하지만 현진의 눈동자는 윤영을 담고 있었다.

그는 무언가를 생각하는 듯 톡톡, 손가락으로 바닥을 두드렸
다. 재영은 지금 앞에 앉은 햄순이 아빠가 무슨 생각을 하고 있
는지 궁금해졌다. 지금 윤영을 바라보고 있으니 윤영의 생각을
해 줬으면 좋겠다고 생각했다.

"화냈어, 요 자식이."

재영이 헝클어진 윤영의 곱슬머리를 손으로 쓸어 넘기며 현진
에게 말했다. 그의 목소리에 현진이 퍼뜩 정신이 든 듯 재영을
바라보았다. 현진과 눈동자를 마주한 그가 싱긋 웃었다. 현진은
웬일로 지금 재영의 모습이 정상적인 오빠처럼 보인다고 생각했
다.

윤영이 잠들자 조용해진 집 안엔 그녀의 숨소리와 잔잔한 침
묵만이 흘렀다. 재영을 바라보던 현진은 의아한 얼굴이 되었다.

"거의 2년 동안 윤영이가 감정적으로 화내는 거 처음 봤어."

현진은 놀란 얼굴이었다.

"그게 말이 돼요?"

"응. 돼."

2년 동안 어떻게 화를 내지 않는단 말인가. 사람이 아니고서
야……

하지만 흘깃 윤영을 내려다본 현진은 그녀라면 그럴 수도 있을 것 같다는 느낌이 들었다. 이 이상한 여자애는 어쩌면 외계인일지도 몰라.

"남자 때문에 마음 상해하는 것도 오랜만에 봤어."

이어진 재영의 말에 현진의 미간이 살며시 구겨졌다. 아까 전에 잔뜩 흥분해서 질투가 아니라고 부인하던 윤영의 모습이 떠올랐다.

"거봐, 이 계집애. 질투 아니라고 뻥치기는."

재영이 큭큭거리며 웃었다.

현진은 고개를 비스듬히 한 채 다시 시선을 돌려 윤영을 바라보았다. 색색거리는 숨소리와 함께 소주 세 잔에 맛이 간 그녀의 어깨가 오르락내리락했다. 그녀를 보고 있자 또다시 머릿속에 오만 가지 생각이 들었다.

그에게 상처를 보여 주던 그날, 왜 사람과 닿는 걸 싫어하냐고 묻던 그때, 민애 때문에 그에게 쌀쌀맞게 굴던 며칠.

거의 한 2년 동안 윤영이가 이렇게 감정적으로 화내는 거 처음 봤어. 남자 때문에 마음 상해하는 것도 오랜만에 봤어.

재영의 목소리가 다시 현진의 귓가를 맴돌았다.

"왜 이렇게 살아요?"

갑작스레 현진의 눈동자가 진지해졌다. 까만 카메라를 목에 건 채 더운 날씨에도 긴 옷을 걸치고 폴랑거리는 그녀가 눈 속에 아른거렸다.

술을 마셔서 그런가? 아닌데. 여태껏 절대로 취해 본 적이 없는데. 그럴 리가 없는데.

"얘 왜 이렇게 살아요?"

다시 재영을 바라본 현진이 낮은 저음을 내뱉는 바람에 그의 웃는 표정은 금세 자취를 감추었다. 현진은 계속해서 궁금하다는 얼굴로 재영을 향해 말을 이었다.

"자기 손목을 긋고, 그걸 감추고, 정신없이 밝은 척……. 뭐예요, 얜 도대체 정체가?"

불판 위엔 지글거리는 삼겹살이 점점 새카맣게 변해 가고 있었다. 집 안은 고요했다. 현진의 질문에 재영이 아무 대답도 하지 못했기 때문이었다.

현진이 윤영의 손목 상처에 대해 알고 있다는 사실이 재영의 입술을 굳어지게 만들었다. 그가 아는 한 그녀는 누구에게도 자신의 손목을 보여 준 일이 없었다. 그동안에 윤영의 상처를 알아차릴 만큼 그녀에게 다가온 사람도, 그녀가 다가간 사람도 없었다.

재영의 머릿속에 2년 전 1월의 사고에서부터 윤영이 손목을 긋게 되기까지의 일이 파노라마처럼 스쳐 지나갔다. 원고 마감일을 앞두고 있던 그를 두고 부모님과 짧은 여행을 떠나던 윤영의 모습이 머릿속에 아직도 선명했다.

'재영아. 집 잘 보고 있어. 밥 잘 챙겨 먹고.'

활짝 웃던 어머니의 모습도 선명했다.

'걱정 마세요, 어머니. 아버지는 운전 조심하시고요.'
'그래. 피곤해 보인다, 너. 좀 쉬어 가면서 해.'

근엄하셨지만 마음은 늘 자상하셨던 아버지의 모습도.

'죄송해요. 제가 운전해서 가면 좋은데 하필 이때 마감일이 앞
당겨져 가지고.'
'하는 수 없지. 우리 재영이가 잘나가려고 그러나 보지.'
'하하하. 원고료 받으면 제가 제대로 한턱 쏠게요. 윤영이 넌
또 팔랑거리다가 넘어지고 하지 말고.'
'걱정을 마세요. 사진 잔뜩 찍어 올 생각하니까 너무 행복해.'
'조심해서 다녀와.'

하지만 그 짧은 여행에서 돌아온 건 피투성이가 된 윤영과 그
녀가 꼭 끌어안고 있던 카메라뿐이었다. 그녀는 모든 게 다 제
탓이라며 부모님의 싸늘한 시신 앞에서 목이 터져라 울부짖었
다.

'오빠, 내가…… 내가 엄마 아빠 죽게 했어.'

재영은 반쯤 미쳐 있는 여동생을 보며 아무런 말도 하지 못했다. 그저 떨리는 손으로 그녀를 안아 주는 것밖에는 할 수가 없었다. 그 역시도 두려웠으니까.

'오빠. 오빠…… 엄마가, 아빠가. 엄마 아빠가 나를…….'

사진을 찍느라 정신없던 딸에게 부모님은 몇 번이고 안전벨트를 매라고 이야기했지만 윤영은 귀담아듣지 않았다고 했다.

'나를…….'

죽음은 정말 한순간이었다. 안전벨트를 매지 않은 딸이 걱정되어 아버지가 뒤를 돌아본 그 짧은 순간, 아슬아슬하게 옆 차선에서 달리던 화물차와 부딪혀 부모님을 세상에서 떠나보내게 될 줄은 꿈에도 몰랐다.

운전을 하던 아버지와 조수석에 앉아 있던 어머니의 마지막은 윤영의 사진기 안에 고스란히 남아 있었다. 사진 속의 부모님은 열심히 뷰파인더로 달리는 차창 밖의 세상을 보고 있었을 윤영을 마지막까지 감싸 안았다.

윤영은 왜 제 자신이 죽지 않은 건지에 대해 끊임없이 자책

했다.

'나는 명줄이 엄청 긴가 봐.'

그해, 스물두 살 5월에 윤영은 자신의 손목을 그었다. 어디서 본 건 있었는지 욕조에 물을 가득 받아 놓고 그은 손목을 담갔다. 재영이 조금만 늦게 발견했어도 윤영 역시 죽음을 맞이할 뻔했지만, 깨어난 그녀는 멍청한 얼굴로 저런 말을 토했을 뿐이었다.

그리고 그때부터였다. 그때부터 윤영은 학교를 가지 않았고, 사진을 찍지 않았고, 어떤 것에도 정을 주지 않았고, 울지 않았다.

손목을 가리라며 이것저것 사다 주던 재영을 만류하고 타들어 가는 여름 날씨에도 긴팔을 입고 다녔다. 죽지 못한다면, 그녀는 어떤 식으로든 자신을 벌할 방법이 필요했을지도 몰랐다.

시간이 흐르면서 조금씩 나아지기는 했지만, 그뿐이었다. 윤영은 늘 고만고만하게 웃었고, 고만고만하게 슬퍼했고, 고만고만하게 화를 냈다. 고만고만하게 따뜻했고, 고만고만하게 차가웠다. 그냥 그뿐이었다.

예전에 작은 동물 한 마리만 죽어도 사흘 밤낮을 우울해하던, 지나치게 따뜻했던 그녀는 어디에도 없었다. 멍멍탕을 먹는 재영을 보며 비호감이야! 라고 당당하게 소리치던 윤영은 사고가 난 그해에 망설임 없이 몸보신을 하자며 재영을 보신탕 가게로 끌고 갔다.

작년에 사다 준 스테파니만 해도 그랬다. 윤영을 변화시키기 위해 재영이 데려온 그 강아지에 대한 애정은 고작 치킨 뒷다리만큼도 못 키운 채 끝이 났다.

윤영은 꼭 예전의 자신을 모두 잊은 사람처럼 행동했다. 그리고 서랍 안에 든, 사고가 난 그날의 필름은 그 이후로 단 한 번도 꺼내 보지 않았다.

"우리 윤영이는 친구가 필요해."

머릿속에 스쳐 지나간 이야기들을 현진에게 모두 꺼내 놓은 재영이 윤영을 내려다보았다. 재영의 무릎을 베고 바닥에 널브러져 있는 그녀의 옷 틈새로 살짝 긴 상처가 보였다.

"윤영이가 너한테 관심이 많은 것 같지 않아? 내가 보기엔 그런데."

"……."

"그래서 나도 너한테 많은 관심을 가져 볼 참이야, 족제비."

씨익. 재영이 고개를 들어 현진을 보며 웃었다. 하지만 현진은 그의 웃음을 보고 어떤 표정도 짓지 못했다. 족제비란 말을 듣고도 화가 나지 않았다.

그는 그저 오르락내리락 숨을 내쉬고 있는 윤영의 얼굴만 뚫어져라 바라볼 뿐이었다.

'손목을 그으면 죽기라도 할 수 있지만…… 마음을 그으면 죽을 수도 없잖아.'

'그래서 보여 줬어, 내 상처. 네 스스로 너무 많이 상처를 내서, 이렇게 흉터가 남을까 봐.'

테이블을 뒤엎었던 그날 윤영의 목소리가 현진의 머릿속을 하염없이 맴돌았다.

"……."

현진은 아무 말도 할 수 없었다. 친구가 필요하다는 재영의 말이 무슨 뜻인지 아주 잘 알아들었지만 자신은 누군가의 상처를 나서서 치료해 줄 만큼 마음의 여유가 있는 사람이 못 됐다.

멍하니 다른 생각을 하고 있던 현진의 정신이 퍼뜩 들어온 건 갑자기 몸을 뒤척인 윤영 때문이었다. 재영의 무릎에 머리를 대고 몸을 웅크리고 있던 그녀가 천천히 반대 방향으로 돌아누웠다.

"엄마……."

고요한 집 안에 윤영의 작은 목소리가 산산이 흩어졌다. 꿈을 꾸고 있는 모양이었다. 울고 있지는 않았지만 잔뜩 눈물 젖은 목소리였다.

재영과 현진은 더 이상 말을 할 생각도 못 한 채 그녀만 내려다보았다. 속이 울렁거렸다. 윤영을 내려다보는 내내 현진은 속이 울렁거렸다. 아무래도 이 못 말리는 남매가 술에다 무슨 짓을 한 게 틀림없다고 생각했다.

집으로 돌아온 현진은 거실에 드러누워 두 마리의 햄스터가 분주하게 돌아다니고 있는 플라스틱 우리 안을 유심히 들여다보고 있었다.

'야, 이 계집애야. 이거 언제 집에 갖다 놓은 거야? 온 집 안이 햄스터 똥 냄새로 뒤덮여 있잖아!'

'오빠 때문에 가져다 놓은 거니까 잔말 말고 잘 키워!'

'뭐? 나보고 키우라고, 이걸? 미쳤냐? 내가 왜?'

'이렇게 작은 놈한테 정 주기도 힘들어? 참고로 수컷이니까 친하게 잘 지내 봐.'

'밟아서 터뜨려 버리기 전에 갖고 가. 이딴 거 찍찍거리는 집에서 절대 못 살아!'

'네가 못 살면 어쩔 거야! 보다 보면 엄청 귀여워! 밥 굶기면 죽여 버릴 거야!'

'이딴 거 너나 가져가서 키우라고. 냄새나니까!'

윤영을 처음 만난 노을이 가득했던 그날, 민애와 통화했던 내용을 떠올리며 현진은 자신도 모르게 입가에 웃음을 띠웠다. 민애가 왜 이 작은 동물을 주었는지 그 자신이 가장 잘 알고 있었다. 아마 윤영에게 강아지 스테파니를 선물했던 재영과 비슷한 마음이었을 거다.

그의 입가에 웃음이 서서히 사라져 갔다.

뚜르르르. 뚜르르르.

마침 현진의 주머니 속에서 휴대폰이 울리는 소리가 들렸다. 그에게 전화를 건 주인공은 발신자 번호를 확인할 것도 없이 민애였다.

현진의 전화번호를 알고 있는 사람은 겨우 다섯 손가락에 꼽을 정도였고, 그중에서도 그에게 이리 자주 전화를 거는 사람은 오직 그의 여동생뿐이었기 때문이다.

― 밥은 잘 먹고 다니는 거야?

여느 때와 다름없이 쨍쨍거리는 목소리였다.

"네 햄스터는 밥 잘 먹고 다니니 걱정 마."

현진이 무뚝뚝하게 대답했다. 그렇게 두 사람의 유치한 언쟁은 또 시작되었다.

― 당연하지. 내 햄스터 밥 굶기면 알아서 해. 옆집에 그 요상한 아저씨한테 팔아넘기기만 해 봐!

"아, 그렇게 불안하면 네가 데려가지 그래? 안 그래도 냄새나서 집에서 공부가 안 되니까."

― 웃기셔, 오빠 네가 언제부터 열심히 공부했다고.

언제나 그렇듯 이런 종류의 것들이었다.

― 하여튼 미워, 최현진.

씩씩거리며 대화를 마무리 지으려는 민애의 목소리에 현진은 그녀 모르게 피식 웃음을 터뜨렸다.

이렇게 동생과 싸우기라도 해야 사는 것 같은 기분이 들었다. 아무에게도 마음을 열지 못했던 그간의 날들을 여동생이 보상해 주는 것 같은 느낌이었다. 화내고 싸우고…… 그러는 순간순간 생동감 느껴지는 자신이 좋았다.

"민애야."

그가 동생의 이름을 불렀다. 오랜만에 듣는 나지막한 그의 목소리에 민애가 조금 놀란 듯한 목소리로 대답했다.

— 어?

"큭큭. 쫄았냐?"

— 뭐야!

현진이 다시금 장난스럽게 이야기하자 민애가 네가 그럴 줄 알았다는 듯 소리쳤다. 하지만 그 뒤로 이어진 그의 이야기를 듣자마자 그녀의 목소리가 금세 걱정스러운 목소리로 변했다.

"야, 내가……."

— 오빠가, 뭐.

"내가 말이야."

현진은 진지한 얼굴이었다. 거실에 드러누워 한 손으로는 휴대폰을 잡은 채 나머지 한 손으로는 그를 보고 있는 햄스터를 플라스틱 문을 사이에 두고 통통 두드렸다.

"네가 준 햄스터보다 더 큰 것에 마음을 연다면……."

— …….

"그럼 좀 네가 바라는 오빠가 되는 거냐?"

그 뒤로 민애의 목소리는 수화기 안에서 들려오지 않았다.

말하지 않아도 뻔하잖아. 당연하잖아. 오빠가 누구에게라도 마음을 열 수만 있다면…….

현진은 민애의 숨소리에서도 그녀의 대답을 읽을 수 있었다. 읽지 않으려 해도 어쩔 수 없었다. 그 둘은 남매였다.

비가 내렸다. 이 우중충한 날씨에 재영은 출판사 고영식 편집장을 만나러 간다며 휭하니 나가 버렸고 집 안엔 윤영 혼자만이 덩그러니 남아 있었다.

아무 할 일 없이 유치한 케이블 방송을 보며 뒹굴거리던 그녀가 자리에서 일어섰다. 그리고 방으로 들어가 카메라를 목에 걸더니 거울을 보며 카메라 줄에 낀 곱슬머리를 빼냈다.

작은 스크래치가 여기저기 나 있는 카메라를 물끄러미 내려다보던 윤영이 큰 숨을 내쉬며 발걸음을 옮겼다. 그리고 신발장 앞에 서 흰 운동화에 발을 욱여넣었다. 지금 문을 열고 나가면 어쩌면 학교에서 돌아오는 현진을 만날 수 있을지도 몰랐다.

끼이익.

"엄마야."

현관문을 열자마자 윤영의 눈에 보인 건 학교에서 돌아오고 있는 현진이 아니라 그녀의 집 앞에 서 있는 현진이었다.

윤영의 동그란 두 눈이 앞에 서 있는 그를 올려다보았다.

"나 네 엄마 아니거든."

"놀라서 한 소리야, 바보야."

"하. 다른 사람은 몰라도 너한테 바보 소리 듣고 싶진 않아."

"무슨 일이야?"

입술을 삐죽이며 묻는 윤영의 말에 현진은 조금 당황한 눈초리였다. 학교에서 돌아오는 길. 자신의 집으로 들어가지 않고 어쩌다가 1118호, 이 지랄 맞은 호수 앞에 서 버린 건지 그 자신도 모르겠다는 얼굴이었다.

"우리 집인 줄 알았어."

유치한 그의 변명에 윤영이 큭 웃음을 터뜨렸다.

"너희 집은 여기 맨 끝이야. 정신줄을 놓은 모양이네."

"죽을래? 누가 정신줄을 놨다고. 그리고 놔 봤자 너만큼이나 놓겠냐?"

"왜? 난 멀쩡해."

"그건 네 생각이지."

윤영의 얼굴이 뚱해졌다. 그녀의 얼굴을 내려다보며 현진은 승리자의 비열한 웃음을 씩 지었다. 그녀는 그의 웃음이 못마땅하다는 듯 눈을 흘겼다.

이내 고개를 도리도리 흔들며 집에서 나온 윤영은 우산을 옆구리에 낀 채 문을 닫았다. 그녀의 목에 굳건히 매달려 있는 까만색의 카메라를 본 현진은 자신도 모르게 재영이 했던 이야기를 머릿속에 떠올렸다.

그 사고 현장에서 기적적으로 살아 돌아온 두 가지.

윤영과 카메라.

"후덥지근하다."

비가 오는데도 날씨는 윤영의 말처럼 후덥지근했다. 불쾌지수가 높은 날씨였다. 아직도 멀뚱히 자신의 앞에 서 있는 현진을 올려다보던 윤영이 곧 그를 지나쳐 한 발 한 발 발걸음을 옮기기 시작했다. 하지만 그녀의 신경은 등 뒤에 서 있는 그에게 온통 쏠려 있었다.

윤영이 스쳐 지나가자 현진의 코끝에는 그전에도 한 번 맡아본 적 있었던 그녀의 비누 향이 맴돌았다. 사랑스러운 향기였다. 현진 자신만이 그렇게 느끼는 것이 아닐 거라는 생각이 들었다. 아마 다른 사람 모두가 그 향기를 맡았다면 분명 그렇게 느꼈을 거라고 확신할 수 있었다.

"같이 갈래?"

우산을 들고 몇 발자국을 옮기던 윤영이 어느새 뒤돌아서 있었다. 현진과 그녀의 시선이 허공에서 부딪쳤다.

"너 아직 밥 사 주기 몇 번 남았잖아. 몇 번이더라?"

"두 번."

망설임 없이 대답하는 현진을 보며 윤영이 빙그레 웃었다.

"오늘 그 두 번 중에 한 번을 쓸 기회를 줄게."

"지랄도……."

"욕 좀 하지 마!"

현진의 주름지는 미간을 보며 윤영이 외쳤다.

"내 마음인데?"

"네 마음만 있어? 내 마음도 있어."

현진은 어느새 저만치 걸어간 윤영의 옆으로 다가섰다. 흔들거리는 우산을 손에 든 윤영과 그는 나란히 엘리베이터 쪽으로 향했다.

"그거 나 초등학교 때 유행했던 거다. 아냐?"

"어? 우리 학교에서도 유행했었는데. 너 초등학교 어디 나왔어? 난 금성초등학교 나왔다?"

"우주에서 졸업했냐? 난 토성초등학교 나왔는데 어쩔 거야."

"저 비호감 개그도 참. 진짜 금성초등학교란 말이야."

두 사람은 우산을 쓰고 걸어가는 내내 서로를 향해 투닥거렸다. 팔랑팔랑, 노란 우산을 쓰고 자신보다 앞서 걸어가는 윤영을 바라보며 현진은 못 말린다는 듯 혀를 끌끌거렸다.

남들이 보기에 윤영은 딱 비 오는 날 정신을 놓은 팔랑개비 아가씨 같았다. 현진도 그녀에 대해서 몰랐더라면 지금도 뭐 이런 정신없는 여자가 다 있지? 라고 생각하며 그녀를 바라봤을 거다.

찰팍찰팍 빗물이 튀는 데도 상관하지 않고 윤영은 경쾌한 발걸음으로 걸어갔다. 현진은 재영이 한 이야기 중에 윤영이 늘

고만고만하게 웃고, 고만고만하게 슬퍼하고, 고만고만하게 화를 내는 부분이 떠올랐다. 그리고 생각했다. 뭐든 다 고만고만할지는 모르겠지만 밝은 척하는 것 하나는 참 지나치다고.

"배고파."

"좀만 기다려. 금방 주문했잖아."

동네에 있는 돈가스집이었다. 윤영과 현진은 작은 테이블에 서로 마주 보고 앉아 각각 치즈 돈가스와 피자 돈가스를 주문했다.

카메라를 옆 의자에 내려놓은 윤영이 그의 말에 고개를 끄덕였다.

어느덧 그녀의 시선은 아직도 추적추적 비가 내리는 창밖으로 향했다. 현진은 왠지 어색한 느낌에 의자 등받이에 기대어 괜스레 가게 안을 두리번거렸다.

"오늘은 하늘이 많이 슬픈가 봐."

유리창에 미끄러져 내리는 빗방울을 보며 윤영이 뜬금없이 말했다.

"시를 써라, 시를 써."

현진이 핀잔을 주며 앞에 놓인 물 잔을 들어 목을 축였다. 하지만 윤영은 그의 말에도 아랑곳 않고 흔들림 없는 눈으로 밖을 바라보았다.

"저 빗물만큼 울려면 얼마나 더 슬픈 일이 일어나야 할까?"

"뭐?"

아예 테이블에 왼쪽 팔꿈치를 대고 턱을 괸 윤영을 바라보며 현진이 되물었다.

저 빗물만큼 울려면 얼마나 더 슬픈 일이 일어나야 할까?

그녀는 부모님 사고 이후로 어떤 일에도 진심으로 울어 본 적이 없었다고 했다.

현진은 단정한 윤영의 옆선을 바라보며 잠시 생각에 잠겼다. 무슨 말을 해야 할지 알 수 없었다.

"우리 오빠가 확 세상을 뜨면 또 저만큼 울어질까?"

윤영이 장난스러운 목소리로 말하자 그제야 현진이 대답을 했다.

"작가 선생한테 이른다. 댁이 죽기를 동생이 간절히 바라고 있다고."

"큭큭. 그러다 우리 오빠 정말 죽으면 현진이 네 탓이야."

윤영이 싱긋 웃는 얼굴로 현진을 돌아보며 말했다. 그는 물컵을 내려놓으며 자신을 향한 그녀의 동그란 눈을 빤히 들여다보았다.

"우리 오빠 정말 그럴 수도 있는 사람이니까. 말조심해야 해."

재영이 자신을 얼마나 사랑하고 있는지 윤영은 알고 있었다. 현진이 픽 웃으며 고개를 절레절레 저었다. 그 웃음에 윤영은 신기하다는 눈빛이 되었고, 그녀의 반짝이는 눈에 그는 잠시 멈칫거렸다. 짧은 웃음이 금세 사라진 현진의 얼굴을 들여다보며 윤영이 다시 씩 웃었다.

"심봤다."

"뭐래."

"웃으니까 예쁘잖아."

반달로 접힌 그녀의 눈을 피한 현진이 말했다. 윤영의 미간이
살짝 구겨졌다.

"꺼져."

"칭찬을 들으면 욕을 하는 타입이군."

"지랄."

"진실을 들으면 욕을 하는 타입이기도 하군."

"……."

이번엔 윤영이 깔깔 웃으며 턱을 괸 손을 바꾸었다. 오른쪽
손으로 턱을 괸 윤영의 옷소매가 살며시 흘러내려 그녀의 팔목
이 드러났다. 얇은 실로 촘촘히 뜨개질한 그녀의 풀럭이는 옷에
감춰진 손목 자국이 현진의 눈 안에 들어왔다.

여전히 그 자국은 싱긋 웃고 있는 그녀와는 너무 언밸런스했
다. 그는 자신을 짓뭉갠 듯한 그 상처가 마음에 들지 않았다.

"이리 내."

현진은 옆에 놓은 자신의 가방을 뒤적거리며 그녀를 향해 말
했다.

"뭘?"

윤영의 의아한 표정.

무엇을 찾는지 한참 가방을 뒤적거리던 현진의 손에 잡혀 나온 건 다름 아닌 연고였다. 그가 연고와 면봉이 담긴 통을 집어 올려 테이블 위에 올려놓았다.

윤영은 그전에 현진 때문에 생겼던 손바닥의 상처를 생각하며 고개를 도리도리 저었다. 이제 그녀의 손바닥에는 푸른빛이 도는 멍 자국만 살짝 남아 있을 뿐. 연고를 발라야 할 상처는 없었다.

"이리 내."

하지만 여전히 고집스런 얼굴을 한 현진의 모습에 그제야 윤영의 얼굴에서 스르르 웃음이 사라져 갔다.

"……"

"……"

여전히 사람과 살이 닿는 걸 싫어하는 현진은 손을 뻗어 그녀의 얇은 옷을 끌어당겼다. 턱을 괸 윤영의 손이 힘없이 현진의 손길을 따라 그에게로 향했다. 그녀는 아무 말도 하지 못한 채 둥그런 눈으로 그를 바라보기만 했다.

"약 발라 줄 거냐며?"

언제 적 얘기를 지금 하고 있는지 모르겠다. 그전에는 매몰차게 소매 내리라고 해 놓고 쏙 사라져 놓고서는.

윤영의 손이 테이블 위에 길게 늘어졌고 그녀의 상처가 조금 더 선명히 그의 눈 안에 들어왔다. 그녀는 여전히 눈을 깜빡거리고 있었다. 그는 그녀의 시선을 외면하며 면봉 하나를 빼내

연고를 듬뿍 발랐다.

"저기. 풀칠하는 거 아니잖아 이거."

투명한 연고가 덕지덕지 발린 면봉을 그녀의 흉터에 가져다 댄 현진을 보며 윤영이 웃음을 담은 목소리로 말했다.

"그냥 해 주는 대로 가만있어라. 이것도 안 해 주는 수가 있어."

"정성을 좀 담아 봐."

"약 바르는 데 정성은 개뿔."

까칠한 목소리였지만 윤영은 전혀 기분 나쁘지 않았다. 서투른 손길로 그녀 손목의 흉터에 연고를 발라 주는 그를 내려다보며 윤영은 입가에 알 수 없는 묘한 미소를 띠웠다.

기쁨만이 담긴 웃음도 아니었고 그렇다고 슬픔만이 담긴 웃음도 아니었다. 연고를 바르기엔 너무 늦은 상처였지만 현진은 듬뿍듬뿍 짜낸 연고로 그녀의 손목을 치료해 주고 있었다.

재영 오빠, 나 이상해. 나 이상하게 가슴이 쿵쿵 뛰어. 이 애가 내 손을 잡아 준 것도 아닌데, 이 애의 살이 내게 닿은 것도 아닌데. 그저 이 작은 솜방망이만 내 상처를 쓸고 있을 뿐인데. 나 자꾸 가슴이 쿵쾅대.

"주문하신 치즈 돈가스, 피자 돈가스 나왔습니다."

그녀의 긴 상처 끝까지 연고를 바르고 나서야 주문한 돈가스가 그들의 테이블 위에 놓였다.

현진은 휴지에 싼 면봉을 테이블 한쪽에 두고, 남은 면봉과 연고는 다시 가방 안으로 집어넣었다. 그녀는 테이블 위에 돈가스가 놓였음에도 약을 발라 번들번들 빛나는 자신의 팔목만 들여다보고 있었다.

이상했다. 지금 이 순간엔 연고로 인해 더욱더 눈에 띄는 상처를 보고 있는데도 마음이 아프지 않았다.

현진은 벌써 돈가스를 썰고 있었다. 사각사각. 그가 칼질하는 소리에 가만히 고개를 들었다. 윤영의 눈에 알 수 없는 일렁임이 흘렀다.

"여기까지야."

현진이 그런 윤영은 쳐다보지도 않고 포크와 칼을 든 채로 말했다. 윤영은 의아한 얼굴이 되었다.

"딱 여기까지만 다가갈 거야."

여기까지야. 딱 여기까지만 다가갈 거야.

윤영은 그의 말을 이해하려 애쓰고 있었다.

"그러니까 혹시 뭐 남자 친구가 돼 달라는 둥 애인 하자는 둥 그런 얘기 하지 말라고, 이 여자야."

이어진 현진의 이야기에 윤영의 입가에서 풋 웃음이 터져 나왔다.

"예에? 둘 다 수놈이라고요?"

"그래, 아가씨. 이것 봐. 딱 뒤집어 보면 몰라?"

"이렇게 뒤집어 보니 진짜 그런 것 같기도 하고……."

작은 화원이었다. 슈퍼로 치자면 구멍가게 정도라고 쳐야 할 정도로 작은 화원이었다. 이 화원에서는 꽃이나 화분 이외에도 햄스터나 다람쥐 같은 동물들, 그리고 이런 동물들에게 필요한 집과 톱밥, 쳇바퀴를 팔기도 했다.

윤영은 톱밥도 살 겸, 햄스터들 바깥 구경도 시켜 줄 겸 아이들을 데리고 나왔는데 청천벽력 같은 소리를 들었다. 현진이 학교 가기 전에 그녀에게 주고 간 햄스터 우리를 내려다보며 작은 한숨을 내쉬었다.

처음부터 왜 아무 의심 없이 현진의 햄스터를 암컷이라고 생각했을까? 실제로 지금 저 통 안에 들어 있는 두 동물은 이성이 아닌 동성이었고, 고로 햄순이의 이성 친구를 붙여 주려 사 온 그녀의 햄돌이는 절대로 서로 아이를 낳을 수 없는 사이였다.

귀엽고 꼬물거리는 작은 새끼를 보고 싶었는데 윤영은 어쩐지 기운이 빠지는 느낌이었다.

"앞으로 애 이름은 햄둘이야."

"……."

학교에 다녀온 현진이 문 앞에 앉아 그를 기다리고 있던 윤영에게 처음 들은 말이었다. 잘 다녀왔냐는 인사도 없이 그저 민애가 사 온 햄스터를 가리키며 애 이름은 햄둘이야, 라고 말했을 뿐이었다.

현진은 인상을 쓴 채 도어록 비밀번호를 누르고 문을 열었다. 쪼르르. 윤영이 그를 따라 집 안으로 자연스럽게 들어갔다.

"밥 먹었어, 현진아?"

"지금이 몇 신데 밥 얘기야? 난 학교에서 점심 먹었어."

"난 점심 쫄쫄 굶었어. 오늘도 오빠가 많이 바빠서 같이 먹을 사람이 없었어."

거실 바닥에 앉아 햄스터 우리를 얌전히 내려놓은 윤영이 말했다.

"어쩌라고?"

간편한 옷차림으로 갈아입고 나온 현진이 퉁명스레 대꾸했지만, 곧 자신도 모르게 냉장고 속에 자리한 민애가 가져온 반찬통을 떠올렸다. 안 그래도 현진은 집에서 밥을 먹는 일이 거의 없었기 때문에 반찬통 속의 반찬들은 아직도 처음 그녀가 가져온 그대로 수북이 남아 있었다.

어째서 자기가 상을 펴고 윤영에게 밥을 대접해야 되는지는 알 수 없었지만, 어쨌든 현진은 오랜만에 부엌을 서성이고 있었다.

특별히 하는 일은 없었다. 부엌 찬장 한구석에 쌓아 놓은 일회용 밥을 뜯어내 전자레인지에 돌리고 냉장고에서 반찬통을 꺼내 상으로 옮겼을 뿐이었다.

윤영은 혼자서 척척 움직이는 현진을 두 다리를 감싸고 앉아 찬찬히 바라보았다. 이렇게 앉아서 올려다보니까 더욱더 그가 커다란 느낌이 들었다. 180cm도 훌쩍 넘어 보이는 키를 가진 그의 긴 다리가 휘적휘적 움직이는 것이 신기해 보였다.

어쩜 저리도 다리가 길까? 그녀의 앞에 반찬통을 내려놓느라 구부정하게 몸을 낮출 때 정면으로 보이는 현진의 얼굴이 꼭 아기 피부처럼 맨질맨질했다.

짧은 머리를 보니 머리발도 아니었고, 저리 매끄러운 얼굴을 보니 화장발도 아니었고, 형광등이 이렇게 밝은 것을 보니 조명발도 아니었다. 정말 딱 정석으로 잘생긴 얼굴이었다. 윤영은 그의 부드러울 것 같은 뺨을 한 번만 쓸어 보고 싶었다.

"너 혹시 아냐?"

"응?"

벌써 3분이 다 지났나 보다. 전자레인지에서 일회용 밥을 꺼내 든 현진이 윤영을 향해 시선을 돌렸다. 그는 늘 그렇듯 눈썹을 찡긋거렸다.

"내가 왜 네 밥을 차리고 있는지 혹시 아냐? 난 진짜 모르겠다."

이어진 말에 윤영의 입가에 웃음이 터졌다. 큭큭거리는 그녀를 얄밉게 바라보던 그가 마지막으로 상 위에 밥을 올려놓았다. 그리고 윤영에게로 상을 밀어 주었다.

"혹시 나 좋아하니?"

윤영이 싱글거리며 물었다.

"미치지 않고서야."

"그런 대답 너무해, 너."

"너 무하고, 너 당근하고……."

"너 배추하고, 너 오이하고 간에 밥이나 먹으라고?"

또 나온 현진의 몹쓸 개그 때문에 얼굴을 찌푸린 그녀가 그의 말을 싹둑 잘랐다. 어느새 제 개그의 유형을 알아 버린 그녀의 말에 현진은 조금 놀란 눈이 되더니 피식 짧게 웃었다.

"잘 아네. 나 곧 시험 기간이라서 공부해야 되니까 빨리 먹고 가라."

"아……. 이제 대학생들 시험 기간인가?"

"응."

현진의 짧은 대답에 고개를 끄덕거린 윤영이 깨끗한 은색 숟가락을 들어 길쭉한 쌀알들을 한 움큼 퍼 올렸다. 밥과 민애가 싸 온 반찬 중 하나가 그녀의 입안으로 쏙 사라졌다.

"이 반찬 되게 맛있어."

"요리를 잘하니까."

"누가? 네가? 아니면 네 동생?"

윤영이 입술을 오물거리며 물었다.

"대전 집에서 일하시는 아주머니. 요리 하나는 끝내주게 하셔."

윤영은 긍정한다는 듯한 얼굴이었다.

현진은 자신이 차려 준 밥을 맛있게 먹는 윤영을 잠시 바라보다가 정수기에서 물을 떠 와 밥상 위에 올려 주었다. 목을 축이는 윤영이 유리컵 사이로 싱긋 웃는 모습이 보였다. 현진은 상 맞은편에서 다리를 뻗고 무표정한 얼굴로 앉아 있었다.

"진짜 집은 대전에 있는 거구나. 오늘 처음 알았어."

"내가 처음 얘기했으니까 처음 안 거지."

"까칠하기는."

까슬한 목소리에 그를 슬쩍 흘겨본 윤영이 다시 수저를 들어 올려 밥과 반찬을 입으로 가져갔다. 혀끝에서 느껴지는 맛있는 음식 맛에 그녀의 표정은 금세 또 밝아졌다.

"부모님이랑 동생이랑 떨어져 살아서 싫겠다."

"이제 반년만 참으면 되니까 상관없어."

"반년?"

"응. 민애 졸업하면 여기 데려와서 같이 살 거니까."

그 이야기를 하며 현진은 바닥에 벌러덩 드러누웠다. 벌써 반이나 비운 플라스틱 밥그릇을 보던 윤영은 눈을 껌뻑이며 그를 바라보았다. 그의 말 속에는 어쩐지 그리움보다는 어떠한 결의 같은 게 담겨져 있는 것 같았다. 더군다나 부모님이란 존재는 아예 그 대상에서 제외되어 입 밖으로 나오지도 않았다.

왠지 이상한 기분에 윤영은 다시 시선을 내려 밥 먹는 데에만 집중했다. 두 팔을 포개어 머리를 올리고 누워 있는 현진의 표정이 왜 그런지 편치 않아 보였다.

잠시 방 안에서는 상 위에서 부스럭거리는 윤영의 소리만이 들려왔다. 현진은 여전히 무슨 생각을 하는지 멍한 얼굴이었다.

곧이어 깨끗이 밥을 비운 윤영이 탁, 상 위에 수저를 내려놓았고, 그 소리에 현진은 퍼뜩 정신을 차렸다. 윤영의 동그란 눈이 그의 얼굴을 향하고 있었다.

"그런 얼굴 하지 마."

"무슨 얼굴?"

윤영의 말이었다. 갑작스런 말에 현진은 의아한 눈이 되었다. 뜬금없이 그런 얼굴을 하지 말라니. 내가 어떤 얼굴을 했다고.

"지금 그런 얼굴. 앞에서 그런 얼굴 하고 있으니까 밥맛이 뚝 떨어졌잖아."

눈살을 찌푸리며 이어진 그녀의 말에 현진은 슬쩍 플라스틱 밥그릇으로 시선을 돌렸다. 누워서 보기에도 밥 한 톨 남기지 않고 깨끗하게 비워져 있었다.

"어디서 거짓말이야. 밥맛 뚝 떨어진 것치고는 심하게 잘 먹은 거 아니냐?"

상을 치우려 자리에서 일어난 현진이 그녀를 보며 빈정거렸다.

"네가 차려 준 거니까 다 먹은 거야. 밥맛 뚝! 떨어졌는데도."

"아, 그래? 그래서 뭐, 감사라도 하라고?"

윤영의 미간이 꿈틀거렸다.

"말하는 거 봐. 싸가지 없어."

"이게 밥까지 차려 줬고만. 자꾸 기어오를래?"

"아니. 걸어 오를 거야."

"장난해? 그런 저차원 개그 하지 마."

"웃기셔. 내 개그를 저차원이라고 무시할 권리가 너한텐 없어!"

어느새 둘은 또다시 서로를 향해 으르렁거리고 있었다.

"아오, 이것도 여자라고 때릴 수도 없고……."

현진은 조용히 중얼거리며 윤영 앞에 놓여 있는 밥상을 들어 부엌 한쪽에 놓았다. 그리고 반찬 뚜껑을 차례차례 닫고 다시 냉장고 속에 차곡차곡 넣었다. 도대체 싸가지 없다는 이야기를 저 여자한테 몇 번이나 들은 건지 머릿속으로 헤아리느라 잔뜩 찡그린 얼굴이었다.

그러는 사이 갑자기 쿵쿵. 방바닥을 울리는 소리가 들렸다. 왠지 전투적인 발걸음 소리에 윤영이 싸우자고 달려드는 건가 싶어 그가 뒤를 돌려는 찰나였다.

전투적인 발걸음이 아니었나?

이상하게 그의 몸으로 따뜻한 기운이 몰려들어 왔다.

"……."

"……."

현진이 놀라서 눈을 크게 떴다. 쿵쿵쿵. 그의 집 안을 쿵쾅거리며 뛰어온 윤영이 갑자기 현진의 허리를 끌어안았기 때문이었다.

"야, 너……!"

현진은 당황한 얼굴로 뒤를 돌아보려 했지만, 뒤에서 그의 허리를 꽉 끌어안은 윤영은 그가 돌아보지 못하게 더욱더 손에 힘을 주었다. 윤영 역시 아까 현진의 표정처럼 결의에 찬 얼굴을 하고 있었다. 그녀가 그의 허리를 놓지 않자 현진은 아무 말도 못 하고 놀란 눈을 깜빡거렸다.

"또 저만치 집어 던질 거니?"

그의 등 전체에 윤영의 옅은 목소리가 울렸다. 직접적으로 살결이 닿은 건 아니었지만 현진은 점차 숨이 가빠지고 있었다. 하지만 그렇다고 그전처럼 윤영을 뿌리칠 수는 없었다. 그가 거세게 뿌리치는 바람에 손에 작은 상처가 났던 그녀를 떠올리며 현진은 입술을 꾹 깨물었다.

윤영은 현진의 표정을 보지 못했지만, 급하게 쉬는 숨 때문에 오르락내리락하는 그의 등을 느꼈다. 그의 얇은 허리를 감은 두 손을 깍지 꼈다.

"놔."

강압적이라기보다는 부탁을 하는 말투였다. 그녀의 어디에도 닿지 못하는 현진의 두 손은 무겁게 허공에 멈추어져 있었다. 그녀가 감싸 안은 허리가 금방이라도 닳아 없어져 버릴 것 같은 기분이었다.

"내가 이렇게 손대면 아파?"

"……."

"응? 그래?"

윤영이 그의 등 뒤에 대고 물음을 던졌다.

"그래, 아파. 그러니까 놔."

스르르. 현진의 말에 윤영이 순순히 깍지 낀 손을 풀었다. 사실 그의 말을 들은 거라기보다는, 돌아선 그의 눈동자와 마주하고 싶었다.

윤영이 손을 풀자 현진이 천천히 몸을 돌려 그녀를 내려다보았다. 그녀는 미세하게 떨리고 있는 그의 눈동자를 바라보았다. 마주 본 두 사람 사이엔 잠시 아무 말도 오고 가지 않았다.

시간이 조금 지나자 찡그려져 있던 현진의 얼굴이 다시 원래의 모습으로 돌아왔다. 윤영은 자신이 손을 놓자 점차 편안해지는 그를 보며 우울한 표정을 짓고 있었다.

"난 여자 싫어해."

현진의 무거운 목소리가 조용한 집 안을 울렸다. 윤영은 당황스러웠다.

"나도 여잔데⋯⋯."

"그러네. 꼴에."

무거움이 흐르려던 두 사람 사이가 그의 말 한마디로 인해 조금씩 균열이 생겼다. 윤영은 입술을 삐죽였고, 현진은 그 표정을 보며 픽 웃었다.

하지만 그 장난스러움도 오래가지는 못했다. 다시금 둥글게 눈을 뜬 윤영이 긴 속눈썹을 깜빡거리며 현진의 눈동자를 지긋이 응시했다.

현진의 입술에 머금어졌던 미소도 점점 자취를 감추었다. 윤영은 무척이나 고민스러운 얼굴이었지만, 그는 그녀를 똑바로 바라보려고 하지 않았다. 그는 아무 말도 않고 그대로 몸을 돌려 싱크대 앞으로 다가가려 했다.

"정말 오랜만에 함께 웃고 싶은 남자가 생겼는데. 난 재수도 참 없지."

등 뒤에서 들려오는 윤영의 목소리에 현진의 몸이 멈칫했다. 그가 다시 고개를 돌려 윤영과 눈을 맞추었다.

"하필 싫어하는 게 여자라니. 되게 곤란하다, 지금."

이런 말을 얼굴색 하나 변하지 않고 뻔뻔하게 하는 여자라니.

"못 말리겠네, 진짜."

현진의 저음을 들으면서도 윤영은 여전히 흔들림 없는 눈으로 그를 바라보았다.

그는 이 순간 하나의 의문이 생겼다. 윤영은 부모님이 사고가 나기 이전에도 이렇게 솔직하고 당당한 아이였을까? 하는. 지금 이 모습은 변한 모습일까, 아니면 예전 모습 그대로일까?

"말했지, 내가? 남자 친구 돼 달라고, 애인 하자고, 그런 말 하지 말라고."

"그런 말 안 했다, 뭐."

윤영이 작게 소리쳤다. 현진은 손을 들어 자신의 머리를 쓸어내렸다.

"그 말만 안 했지 뭐가 다르냐?"

"달라!"

"뭐가 다른데?"

현진의 말에 윤영이 숨을 크게 몰아쉬었다. 그녀는 너무나 진지한 눈빛이었다.

"소중한 사람이 되고 싶어."

현진의 눈을 똑바로 바라보며 윤영이 말했다. 그의 눈동자는 놀란 듯 조금씩 커다래지고 있었다.

"남자 친구, 애인, 이런 가벼운 말보다는…… 나는 소중한 사람이 되고 싶단 말이야, 너한테."

윤영이 입술을 잘근거렸다. 머릿속에 무언가를 떠올린 건지 굉장히 우울한 얼굴이었다.

"요즘엔 가끔 너 때문에 살아남기를 잘 했구나…… 싶어질 때가 있어. 이런 마음을 먹었다는 게 엄마, 아빠한테 너무 미안해."

"……."

"근데 그래도 어떻게 해. 난 이미 이런데."

윤영이 말을 끝내자 집 안은 아무 소리 없이 고요해졌다. 현진은 그녀에게 무슨 말을 해야 할지 모르겠다는 얼굴로 가만히 서 있었다.

그녀의 말에는 거짓이라곤 한 톨도 담겨 있지 않았다. 현진은 알 수 있었다. 그녀의 목소리가 그러했고, 그녀의 표정이 그러했다.

현진은 엄마, 아빠라는 단어를 입에 담을 때 그녀의 표정을 떠올렸다. 자신이 그런 표정일까 싶었다. 윤영이 끌어안았을 때, 어쩌면 자신도 그렇게 윤영처럼 형용할 수 없는 표정을 짓고 있지는 않았을까.

"내 손이 닿아도 안 아프려면 어떻게 해야 할까?"

"……."

윤영이 현진의 짙은 눈동자를 바라보며 말했지만 그는 아무 대답이 없었다. 그녀의 속눈썹이 아래로 길게 드리워졌다.

현진은 찬찬히 자신의 앞에 서 있는 윤영의 얼굴을 바라보았다. 그리고 보는 내내 이렇게 속눈썹이 기다란 눈을 가진 그녀가 예쁘다고 생각했다. 구불구불 웨이브 진 머리가 그녀에게 잘 어울린다는 생각이 들었다. 하얀 얼굴에 오목조목한 이목구비가 참 예뻤다. 그런 자신이 당황스러웠다.

중학교 2학년, '그 사건'이 있던 날부터 현진은 단 한 번도 어떤 여자를 보면서 그런 마음을 담은 적이 없었다. 사춘기 때 겪은 풋사랑 이후로, 그를 지금까지 괴롭히는 그 사건 이후로 현진은 민애 이외에는 철저히 혼자였다.

"……."

"……."

현진은 마음이 복잡해졌다. 자신에게 다가오는 그녀가 한없이 부담스러웠다. 분명 여기까지라고 선을 그었는데도 그 선을 넘어오려는 이 여자가 참 심술궂다고 생각했다.

"나는 네가 무서워."

조용한 집 안에 다시 현진의 목소리가 울렸다. 윤영은 자신이 무섭다는 이야기에 다시 동그란 눈을 들어 그를 바라보았다. 두 사람의 눈빛이 허공에서 부딪쳤다.

"이렇게 자꾸 다가오는 네가 무섭다고, 설윤영."

"그래서 도망가는 거야? 내가 무섭게 생겨서?"

윤영이 인상을 쓴 채 대답하자 현진이 결국 웃고 말았다.

"누가 네가 무섭게 생겼댔냐?"

"그럼 왜? 왜 내가 무서운데?"

이어진 질문에 현진의 미소가 스르르 사라졌다. 윤영은 정말로 궁금하다는 얼굴로 그를 바라보고 있었다.

그리고 혹여나 자신의 상처가 무섭다고 말할까 봐, 자신이 그은 이 손목의 상처가, 부모님을 죽게 만든 자신의 삶이, 제 목숨을 버리려 했던 그 결심이 무섭다고 말할까 봐 그녀는 너무나 두려웠다.

"무서워."

현진은 다시 한 번 그녀를 향해 무섭다고 말했다. 윤영의 얼굴이 점점 어두워져 갔다. 하지만 그는 말을 멈추지 않았다.

"자꾸 내 눈에 예뻐 보이는 네가……."

"……."

"너무 무섭다, 진짜."

말을 마친 현진을 바라보는 윤영의 표정이 서서히 변해 갔다.

그녀의 동그란 눈동자가 더욱더 동그래졌고, 현진은 가만히 쓴 웃음을 머금고 있었다.

❈

　타닥타닥.

　조용한 거실 안에는 재영이 노트북을 두드리는 소리만이 들렸다. 뿔테 안경을 쓴 채 키보드를 치는 그는 꽤나 진지한 얼굴이었다. 하지만 거실 한구석에서 느껴지는 알 수 없는 기척에 그는 곧 빠르게 움직이던 손가락을 멈추었다.

　아까부터 벽 쪽에 붙어 다리를 모으고 앉아 있는 윤영의 모습이 거슬렸는지 한 손을 들어 머리를 쓸어내린 재영은 고개를 돌려 꼼짝 않고 앉아 있는 그녀를 바라보았다. 윤영의 시선은 아무것도 없는 허공을 향하고 있었다.

　"저건 대체 뭐하는 짓이지?"

　자유자재로 변화하는 윤영의 표정에 그녀를 바라보는 그는 심오한 얼굴이 되었다. 그녀의 표정은 웃는 듯하다가도, 갑자기 시무룩해지기도 하고, 다시 밝아지는가 하면 또다시 우울해지고, 그렇게 심한 기복을 보이고 있었다.

　그러나 윤영은 자신을 바라보는 재영을 느끼지 못했는지 여전히 멍한 눈동자로 허공을 바라보며 끊임없이 무언가를 생각하고 있었다.

'자꾸 내 눈에 예뻐 보이는 네가······.'

'너무 무섭다, 진짜.'

그녀는 현진이 했던 말을 다시 머릿속에 떠올리고 있었다. 여자가 싫다고 말한 주제에 내가 예뻐 보인다고 말하다니. 도대체 이게 무슨 모순일까.

그녀는 그의 한마디에 미칠 듯이 쿵쾅거렸던 자신의 심장을 힐책하기도 했다.

'네가 무슨 자격으로 사랑을 해? 어쩌자고 소중한 사람이니 뭐니 그런 말을 한 거야?'

윤영의 머릿속, 마음속은 모두 이리저리 얽힌 실타래처럼 복잡하기만 했다. 여자를 싫어하지만 윤영을 예쁘다고 말한 현진이나, 소중한 사람이 되고 싶다고 말했지만 그럴 수 있을까 끊임없이 의심하는 윤영이나 아직은 어리고 서투른 겁쟁이들임이 분명했다.

윤영의 작은 몸에서 풍겨 나오는 알 수 없는 오라에 재영은 제 동생이 정신이 나간 건 아닐까 싶어 걱정스러운 눈빛으로 자리에서 일어섰다. 그리고 성큼성큼 커다란 발을 들어 쪼그려 앉아 있는 그녀에게로 다가갔다.

"미친 거야, 너?"

"어?"

재영이 다가오는지도 몰랐는지 윤영이 놀란 눈을 떠 앞에 서 있는 그를 올려보았다. 그제야 그녀의 표정이 이상하게 변화하던 것을 멈추었다.

"왜 그래. 그때 내가 한 얘기 신경 쓰여서 그러는 거야?"

재영이 뿔테 안경을 벗어 손에 든 채 그녀의 앞에 함께 쪼그려 앉았다. 현진에게 윤영이 겪은 사고에 대해 털어놓았다는 이야기를 듣고 신경 쓰고 있는 거라 생각한 재영은 미안함을 느꼈다. 하지만 윤영은 고개를 도리도리 저었다.

"그런 거 아니야."

"아니야?"

"응, 아니야. 나한테 물어봤다면 내 입으로 직접 이야기했을 텐데 뭐."

전혀 개의치 않다는 목소리로 윤영이 답했다. 바닥에 엉덩이를 붙이고 앉아 그녀를 바라보는 재영의 눈이 둥그레졌다.

제 입으로 자신의 상처를 현진에게 이야기했을 거라니. 그 말 한마디 속에서 재영은 그녀의 모든 기분을 알 듯했다. 그녀는 점차 변해 가고 있었다. 재영은 현진을 만난 후 빠르게 변화하는 그녀가 놀라웠다.

잠시 놀란 눈으로 윤영과 시선을 마주하고 있던 재영이 천천히 눈에 준 힘을 풀었다. 얇은 속 쌍꺼풀이 진 그의 눈매가 윤영의 동그란 눈매와 미묘하게 닮아 있었다.

"어떻게 하면 좋을지 모르겠어."

윤영의 말이었다. 쪼그려 앉은 무릎에 턱을 댄 그녀가 텅 빈 방바닥을 바라보며 말했다.

"그 애를 정말 어떻게 해야 할지 모르겠어."

재영은 굳이 '그 애'가 누군지 묻지 않았다. 묻지 않아도 누군지 뻔했다.

"그런 마음 알아, 오빠? 마음이 저릿한 느낌."

"……."

"그 왕싸가지스런 얼굴을 보고 있는데도…… 가끔 마음이 아플 때가 있어."

그리고 그 왕싸가지스런 얼굴이 너무너무 예쁠 때도 많아. ……아니, 사실은 처음 본 순간부터 그랬어. 나는 처음 본 순간부터 최현진 그 애가 예뻤어.

윤영의 이야기에 그녀를 바라보는 재영의 눈매가 묘해졌다.

"진짜 족제비 좋아하는구나, 너."

의문이 아니라 확신이었다. 윤영은 이제 어떤 말로도 부인하지 않았다.

윤영이 스르르 턱을 들어 자신의 눈높이에 맞춰 앉아 있는 재영을 바라보았다. 그리고 대답 대신 자신도 모르게 싱긋 웃었다.

"개똥 모을 때부터 내가 알아봤다, 이 계집애야."

처음 현진을 만났을 때부터 괴이한 행동을 하는 윤영이 수상해 자신이 직접 이어 주려고 하긴 했었지만, 왠지 좀 씁쓸한 기분이 들었다. 2년이 훌쩍 넘어가도록 자신 외에는 아무에게도 정을 주지 않았던 그녀여서 그런지 그 기분은 더했다.

하지만 재영은 윤영을 보며 웃었다. 아무리 기분이 씁쓸하다고 해도 기쁜 마음보다 크지는 않았다. 그녀가 누군가를 좋아하게 되다니, 덩실덩실 춤이라도 춰야 할 정도로 대단한 일임에 틀림없었다. 재영은 커다란 손을 들어 윤영의 머리를 부비작거렸다.

"좋아해도 되는 걸까?"

머리를 쓰다듬어 주는 재영의 손길에 따스함을 느끼며 윤영이 물었다. 아무래도 바보 설윤영은 지금껏 쪼그리고 앉아서 이 문제에 대해 하염없이 고민하고 있었나 보다. 재영은 어렵지 않게 대답했다.

"당연하지."

그의 대답은 빨랐다.

"정말? 당연한 거야?"

"어, 당연한 거야."

"……."

"사랑하라고 살아 있는 거야, 넌. 예쁘게 사랑하고 행복하라고, 엄마 아빠가 남겨 놓고 가신 거야."

재영의 대답에 윤영은 자신도 모르게 천천히 고개를 끄덕거렸다. 하지만 완전한 긍정의 의미는 아니었다. 자신이 살아남았다는 건 아직도 그녀에게 있어 완벽히 극복하기 어려운 콤플렉스 같은 것이었다.

현진에게 이야기했던 것처럼 가끔 살아남아서 이 애를 만나기를 잘했어, 라는 생각이 들 때면 돌아가신 부모님께 죄송해서 종일 우울했던 날도 있었다. 하지만 그래도 다시 현진을 만날 때면 기뻤다. 그리고 계속해 그런 생각들을 반복했다.

"무서워하지 마, 설윤영."

무슨 생각을 하는 건지 묘해진 그녀의 표정을 바라보며 재영이 다시 말을 이었다. 멍한 윤영의 눈동자가 다시 그를 향했다.

"넌 변하는 게 아니라 예전으로 돌아가고 있는 거야."

"……."

"그러니까 그런 표정 할 필요 없어."

늘 이런 식으로 위로해 주었던 지난날의 오빠를 머릿속에 떠올리며 윤영은 입술에 희미한 미소를 담았다. 자신을 죽음에서 구해 낸 자상하고 따뜻한 오빠. 가끔 이상한 소리를 하기도 하고, 괴상한 일을 벌이기도 했지만, 그래도 재영은 그녀에게 세상에 유일하게 남은 피붙이였다.

윤영은 재빨리 팔을 뻗어 앞에 있는 그의 목을 끌어안았다.

"내가 예쁘대."

갑자기 그를 끌어당긴 윤영 때문에 재영은 조금 놀란 듯했다. 하지만 이어진 그녀의 말에 입가에 미소를 담은 그가 가만히 그녀의 등을 토닥여 주었다.

"족제비 그 자식이 그러디?"

"응."

윤영이 웃는 얼굴로 고개를 끄덕이며 대답했다. 재영의 목을 놓아준 그녀가 둥그런 눈으로 제 오빠의 눈을 들여다보았다.

"하긴……. 우리 설 씨 남매 미모가 좀 뛰어나긴 하지."

다시 뿔테 안경을 양쪽 귀 사이에 걸친 재영이 장난스레 말했다. 그의 말에 윤영은 쿡쿡거리며 미소 지었다.

"쿡쿡. 근데 솔직히 객관적으로 미모는 옆집에 최 씨 남매가 좀 더 나은 것 같지 않아?"

"무슨 소리야. 그 왕싸가지 남매를 어디다 비교해."

재영은 현진의 여자 친구인 줄 오해했던, 떽떽거리는 목소리가 시끄러웠던 민애를 떠올리며 정색했다.

"그 쪼그만 계집애가 나한테 아저씨라 그런 것만 생각하면 아직도 눈썹이 쭈뼛쭈뼛 솟을 것 같다고."

"그 애 고3이래, 오빠. 그 애에 비하면 오빠 아저씨 맞지 뭐."

"뭐얏!"

재영은 금세 진지한 오빠에서 웃긴 표정을 한 이상한 오빠로 돌아왔다. 그녀를 향해 얼굴을 찌푸리는 그를 보며 편하게 다리를 뻗고 앉은 윤영이 연신 킥킥거렸다.

"내가 아저씨인 게 웃기냐?"

"응, 웃겨."

뭐가 그렇게 즐거운지 그녀는 한참을 웃고 있었다. 입술을 삐죽이며 세모눈을 하고 있던 재영도 결국 그녀의 웃음에 덩달아 입가에 미소를 담고 말았다.

이렇게 즐겁게 웃는 윤영이라니, 어쩐지 선물을 받은 것 같은 기분이 들었다. 자신에게 아저씨라고 말했던 그 고3은 뭐, 윤영을 이렇게 변화하게 해 준 현진의 동생이니 크나큰 아량으로 그냥 넘어가 주자고 생각했다. 윤영만 이렇게 웃을 수 있다면 재영은 아저씨라 불려도 무엇이라 불려도 상관없었다.

❊

주말. 비가 내리고 있었다. 장마가 오려는지 요즘 따라 무더위 뒤에 비가 내리는 일이 아주 잦았다.

집에서 글을 쓰는 도중 군것질이 하고 싶어 슈퍼에 간 재영은 아이스크림을 문 채 즐거운 얼굴로 돌아오고 있었다. 신바람 스텝으로 엘리베이터에서 내려 복도를 걷던 그의 눈에 비에 잔뜩 젖은 누군가의 모습이 보였다.

우뚝.

스텝을 멈춘 재영은 1119호 앞에 쪼그리고 앉아 있는 자그마한 여자애를 유심히 바라보았다. 그리고 금방 그녀가 누군지를 알아챘다.

온몸에서 물을 뚝뚝 흘리며 쪼그려 앉아 있는 저 여자애는 얼마 전까지만 해도 용서해 주자고 다짐했던 현진의 동생 고3이었다. 이름은 몰랐다. 그녀에 대해 아는 거라곤 현진의 동생이라는 것, 고3이라는 것, 떽떽거리기를 잘한다는 것뿐.

"……."

"……."

현진의 집 문 앞에 쪼그리고 앉아 있던 민애가 복도 쪽에서 느껴지는 인기척에 천천히 고개를 돌렸다. 그녀의 이마에서 또르르 물방울이 떨어져 내렸다.

시선을 돌린 곳에는 부스스한 갈색 머리카락을 가진, 흰 얼굴에 아무 표정 없을 때는 정상적인 남자의 모습을 하고 있는, 길쭉한 남자가 그녀를 바라본 채 서 있었다. 그녀의 오빠인 현진이 정석적인 미남이라면, 이 남자는 조금 흐트러진 바람둥이 스타일이랄까?

재영도 민애와 시선을 마주하며 그녀를 살피고 있었다. 하얀 이마를 드러낸 채 긴 머리를 질끈 묶은, 대한민국 고3의 전형적인 헤어스타일을 한 옆집 족제비의 동생. 청순한 얼굴이었지만 앙다문 그녀의 분홍 입술에는 고집이 그대로 보이는 듯했다.

"넌 우산도 없냐?"

남은 아이스크림을 입에 다 욱여넣은 재영이 자신의 집 앞으로 천천히 다가서며 민애를 향해 말했다.

"남이사."

민애는 커다란 눈으로 그를 올려다보며 대답했다. 왠지 현진과 똑 닮은 정떨어지는 말투에 재영이 미간을 찡긋거렸다.

"하여튼 누가 족제비 동생 아니랄까 봐."

"족제비?"

의아한 얼굴이 된 민애를 보며 재영이 고개를 끄덕였다.

"그래. 네 오빠 말이다. 싸가지 족제비."

민애의 눈썹이 꿈틀거렸다.

제 오빠한테 감히 족제비라니……. 족제비는 거기 서 있는 당신한테 더 어울리는 말이다.

"짜증 나. 아저씨가 뭔데 우리 오빠 욕해요?"

"뭐야. 아저씨?"

문을 열던 재영이 민애에게 버럭 소리를 질렀다.

이렇게 감정 컨트롤이 제대로 안 되는 아저씨라니.

민애는 혀를 끌끌 차며 다시 고개를 돌렸다. 아저씨라는 말에 유독 민감한 재영은 잠시 씩씩거린 채 서 있었다. 그렇게 조금 더 가까이에서 재영과 민애의 시선이 맞닿았다.

하지만 가까이에서 그녀의 얼굴을 바라보던 그는 자신도 모르게 서서히 표정을 풀었다. 그제야 그녀의 입술 옆에 난 작지만 아파 보이는 상처가 눈에 들어온 것이다.

상처가 난 지 얼마 안 된 듯 발갛게 부어올라 있는 그녀의 입술 끝을 바라보며 재영은 의아한 얼굴이 되었다.

"안 그렇게 생겼는데 맞고 다니나 봐?"

재영의 물음에 민애가 눈을 몇 번 껌뻑거리더니, 손을 들어 입술 끝을 매만지기 시작했다. 아무런 대꾸 없이 앉아 있는 민애를 물끄러미 바라보던 그가 그대로 현관문을 열고 집으로 들어갔다.

끼익, 쾅.

1118호 대문이 열리고 닫히는 소리에도 민애는 아무런 반응 없이 멍한 얼굴로 입술만 만지작거리고 있었다. 집에서 손찌검을 당하고 나서 정신없이 울며 이곳에 달려오던 몇 시간 전이 다시 그녀의 머릿속을 스쳐 지나갔다.

"……."

자신이 아버지의 몇 번째 여자인지는 알고 있을까?

민애의 뺨을 때렸던, 그들의 아버지보다 훨씬 어린 여자를 떠올리며 그녀는 자신도 모르게 쓴웃음을 지었다.

아버지의 끊임없는 바람기에 익숙해진 건 이미 오래된 일이었다. 아버지는 엄마가 돌아가신 후에도 끊임없이 여자를 데리고 집에 들어왔고, 그런 그를 현진은 죽도록 미워했다.

민애가 아무리 애를 써도 그들의 관계는 조금도 개선되지 못했고, 그렇게 모든 건 계속 악순환이었다. 현진은 늘 아버지를 피하고 외면하며 어떻게 해서든 그 지긋지긋한 집을 떠나려 애썼다. 민애와 함께. 하지만 그녀는 그렇게 하지 못했다.

"야, 땅꼬마."

다시 1118호 문이 열리는 소리가 들렸다. 그제야 정신을 차린 민애가 시선을 돌려 다시 나온 재영을 바라보았다. 재영은 예전에 조그맣다고 했을 때는 엄청 떽떽거리던 그녀가 아무 말 없이 자신을 바라보자 왠지 어색한 느낌에 머리를 긁적거렸다.

"받아."

획.

재영의 손에서 날아온 작은 무언가가 민애의 하얀 팔뚝에 맞고 복도로 툭 떨어졌다. 민애의 둥근 눈이 복도에 떨어진 연고로 시선을 돌렸고, 곧 그녀는 손을 뻗어 그가 준 연고를 집어 들었다.

그 모습을 가만히 바라보던 재영은 자신도 모르게 풋 웃음을 터뜨렸다. 하얀 몸을 말고 앉아 있는 그녀의 모습이 작은 어린아이처럼 느껴졌다.

아. 어린아이 맞나? 내 나이에 비하면.

"꼬마는 꼬만가 보다. 얻어터졌다고 오빠 집에 쪼르르 달려온 것 보면."

재영의 말에 민애는 심기 불편한 표정이 되었다.

"누가 얻어터졌는데요? 그리고 아까부터 누가 꼬마예요, 자꾸?"

왠지 발끈하는 민애의 모습이 재미있었다.

"떽떽거리지 말고, 그거나 발라."

"……."

"그거 좋은 약이다. 하루 만에 새살이 솟아나는 연고야."

하지만 민애는 아무 말 없이 연고를 들고만 있을 뿐이었다. 아무래도 그녀는 그가 준 연고를 입술에 바를 생각이 없어 보였다. 오히려 귀찮다는 눈초리로 바라보고 있었다.

다리가 저리지도 않는지 계속 같은 자세로 앉아 있는 민애를 바라보던 재영이 이내 머리를 긁적이며 다시 문 밖으로 걸어 나왔다.

슥.

민애의 손에 들려 있던 연고가 다시 재영의 손으로 넘어왔다. 그녀는 갑자기 자신의 앞으로 다가온 그를 둥근 눈으로 올려다보았다. 그녀와 눈을 마주친 그가 어깨를 으쓱해 보였다. 곧 그녀의 눈높이에 맞추어 복도 한쪽에 쭈그려 앉았다.

"내가 내 동생 때문에 이런 걸 그냥 못 넘어가."

"……."

"저번에 봤지? 내 옆에 있던 엄청 예쁜 여자애. 걔가 내 동생이야."

재영은 물어보지도 않은 가족관계를 이야기하고 있었다.

"근데요?"

퉁명스러운 대꾸. 하지만 그녀의 앞에서 연고 뚜껑을 딴 재영은 개의치 않는다는 표정으로 집게손가락 끝에 연고를 슥 묻혔다.

"뭐하는 거예요?"

"엄청 세게 맞았나 보다, 너."

그의 손이 천천히 움직여 민애의 입술 끝에 닿았다. 살살 움직이는 손가락의 느낌에 민애는 뿌리칠 생각도 못 한 채 멍하니 재영의 얼굴을 들여다보고 있었다.

"아파?"

"……."

"안 떽떽거리는 거 보니 안 아프네."

자신이 발라 준 연고로 반들반들해진 상처를 바라보며 재영이 픽 웃음을 터뜨렸다. 그리고 다른 쪽 손을 든 그가 민애의 머리를 장난스레 부비작거리곤 자리에서 일어섰다.

\#
6.

"현진아!"

세차게 내리던 비는 언제 그랬냐는 듯 완전히 멈췄다. 키 큰 나무에서 떨어지는 물방울만이 바닥을 톡톡 적시고 있었다. 내내 구름 속에 숨어 있던 해님이 언제부턴가 다시 얼굴을 내밀었다.

현진은 내일모레 치르는 마지막 시험에 대비해 내내 집 앞 독서실에서 공부를 하고 돌아오던 길이었다. 아파트 단지 안으로 들어가는 길에 팔랑거리며 걸어오는 윤영과 마주쳤다.

사실 복학 후 현진은 중간고사 때면 학교 근처에 사는 친구네서 몇 날 며칠을 먹고 자고 하며 집에 들어오는 일이 거의 없었는데, 이번에는 웬일인지 집 앞 독서실이 그렇게도 마음에 끌렸다.

어쩌면 이렇게 집에 오는 길에 우연히 마주칠 윤영을 보고 싶어서였는지도 모른다는 생각이 들자 그는 머릿속이 괜스레 복잡해졌다.

멀찌감치 서 있는 그를 향해 성큼성큼 다가오는 윤영의 말간 얼굴을 보며 현진은 그도 모르게 주춤 뒤로 물러섰다.

"나 취직했다?"

"뭐?"

얼마 전 그렇게 간지러운 이야기를 나눴음에도 불구하고 이 여자애는 여전히 거침없이 해맑았다.

윤영은 브이 자를 그리며 자랑하듯 보고하듯 계속 말을 이었다.

"나 취직했다고!"

"너 학생 아니야? 갑자기 뭔 취직?"

생글거리며 웃는 그녀에게 현진이 물었다.

"그냥 작은 쇼핑몰 회사에 취직했어. 잘됐지?"

"무슨 일 하는데?"

"사진 포토샵 하고, 홈페이지 관리하고, 뭐 기타 등등."

그녀와 나란히 집을 향해 걸으며 현진은 좋알거리는 윤영의 이야기를 귀 기울여 들어 주고 있었다.

날씨는 굉장히 무더웠고, 윤영의 옷차림도 참 무더웠지만 그는 이제 그런 것 따윈 아무렇지도 않다는 얼굴이었다. 재잘재잘 이야기하는 윤영의 목소리조차도 이 여름 햇빛처럼 반짝거린다는 생각이 들었다.

그는 자신도 모르게 점점 그녀에게 **빠져들고** 있었다.

"재미있을 것 같아. 예쁘고 잘생긴 모델들도 보고, 그 사람들 사진 내가 고칠 수도 있고."

"남자도 있냐?"

"응. 남녀 옷 같이 파는 쇼핑몰이야. 그렇다고 너무 걱정하진 말구."

윤영이 싱긋 웃으며 장난스레 말하자 그가 인상을 찌푸리며 **획** 그녀의 시선을 피했다.

"걱정은, 개뿔."

"에이. 남자 있으면 걱정할 거면서."

"도끼병 있냐? 괴상한 짓하다가 며칠도 안 돼서 잘리지나 말아."

"괜찮아. 잘리면 다시 붙이지 뭐."

현진이 더욱더 구겨진 표정으로 그녀를 내려다보며 혀를 끌끌 찼다. 하지만 윤영은 샐쭉 웃으며 가벼운 발걸음으로 그보다 조금 앞서 그들이 사는 아파트 계단을 올랐다.

윤영은 유독 기분이 좋아 보였지만 왠지 모르게 현진은 그렇지 못했다. 그는 그녀 모르게 씁쓸한 웃음을 띠우고 있었다.

매일매일 목에 걸고 다니는 카메라에게 미안하지도 않은지, 그녀가 구한 일이 사진 찍는 일이 아니라 겨우 남이 찍어 놓은 사진을 고치는 일이라는 사실에 그의 기분이 떨떠름해졌다.

두 사람은 나란히 엘리베이터를 탔고 윤영은 얇고 하얀 손가락을 뻗어 11층을 눌렀다. 현진은 오늘도 긴 줄에 묶여 그녀의 목에서 대롱거리는 카메라를 바라보다, 닫히는 엘리베이터 문을 바라보다, 마지막엔 윤영의 옆모습으로 시선을 돌렸다.

"왜?"

현진의 시선을 느낀 윤영이 천천히 고개를 돌려 그와 눈을 맞추었다. 깜빡깜빡. 긴 속눈썹이 드리워진 눈을 깜빡거리며 윤영이 재차 물었다. 왜?

"그렇게 카메라 걸고 다녀도 하나도 안 멋져."

"응?"

엘리베이터는 2층을 지나고 있었다. 현진의 말에 윤영의 얼굴이 의아해졌다.

"하나도 안 스타일리쉬해. 전혀."

"뭐라는 거야, 갑자기?"

엘리베이터는 6층을 지나고 있었다. 윤영은 도대체 그가 왜 갑자기 저런 소리를 하는지 알 수가 없었다. 어쨌든 별로 좋은 이야기는 아니었으니 기분은 별로였다.

현진은 그녀에게서 시선을 돌렸고, 잠시 엘리베이터 안에는 두 사람의 작은 숨소리만이 맴돌았다.

윤영이 현진에게 다시 무슨 말이냐고 물으려는 때에 그가 먼저 입술을 뗐다. 그녀의 분홍빛 입술이 앙 달혔다.

"그냥 나 찍어."

"……"

엘리베이터는 9층을 지나고 있었다. 현진은 전공 책으로 가득
차 무거운 가방을 손으로 추켜올렸다. 아직도 그의 말을 이해하
지 못한 건지 그녀가 두 눈을 깜빡거리며 그의 옆모습을 올려다
보았다. 반듯한 그의 입매가 또다시 움직이기 시작했다.

"모델이 필요해서 망설이고 있는 거라면, 나 찍으라고. 너한
텐 너무 과분한 모델이겠지만."

"……"

"그리고 네 오빠도 있고, 햄돌인지 햄둘인지도 있잖냐. 사진
에 담을 것들이 그렇게 많은데 왜 머뭇거려?"

"……"

"네 카메라가 조만간 썩을 것 같아서 하는 소리다."

땡.

11층에 도착한 엘리베이터가 소리를 내며 문을 열었다. 말을
마친 현진은 터벅터벅 엘리베이터 밖으로 발걸음을 옮겼고, 윤
영은 아무 말 없이 종종걸음으로 그를 따라 내렸다.

긴 복도를 천천히 걸으며 현진은 아무 말 없는 윤영이 답답했
는지 슬쩍 고개를 돌렸다. 고개를 숙이고 있는 그녀의 머리꼭지
가 보였다. 곱실거리는 갈색머리를 흔들거렸다.

가만히 그 모습을 보던 현진이 걸음을 멈추고 그녀 쪽으로 몸
을 돌려세웠다. 그리고 꾸욱. 고개를 숙이고 걷던 윤영의 머리가
갑자기 멈춰 선 그의 가슴팍에 살며시 부딪혔다.

"대답 안 해?"

현진이 그의 트레이드마크인 눈살 찌푸리기로 윤영을 바라보며 물었다. 윤영은 바로 앞에 서 있는 그의 멋진 얼굴을 들여다보며 아주 진지한 목소리로 말했다.

"너 천사야?"

뜬금없는 엉뚱한 질문에 현진의 표정이 더욱더 기이해졌다. 너 천사야? 하고 묻는 그녀의 말을 듣는 순간 두 팔에 닭살이 뽀도독 돋아나는 것 같았다.

"뭐래."

"나 행복하게 해 주러 온 천사야?"

"뭔 소리야."

"천사 맞아. 현진이 너는 천사가 맞는 것 같아."

현진은 피식 웃음을 내뱉고 말았다.

엄청나게 심각한 얼굴로 저런 이야기라니.

너무 특이하고 엉뚱해서…… 예뻐서 눈을 뗄 수가 없잖아, 설윤영.

"언젠 왕싸가지라며?"

"응. 왕싸가지 천사."

"장난하냐?"

"완전 왕싸가지 천사."

자신이 한 말이 저도 우스웠는지 결국 심각하던 그녀의 얼굴에 환한 웃음이 감돌았다. 큭큭거리며 웃고 있는 윤영을 향해 현진이 고개를 설레설레 저었다. '저 계집애는 오랜 시간 예쁘게 보려야 볼 수가 없어'라는 표정이었다.

"어?"

한참을 큭큭대며 웃던 윤영이 갑자기 웃음을 멈추었다. 그리고 무언가를 발견한 듯 현진에게서 시선을 돌려 복도 난간을 향해 다가섰다. 이제야 긴 낮이 사라지고 밤이 오려는 듯, 빨간 햇살이 점점 그들이 서 있는 복도 안으로 들어서고 있었다.

윤영이 난간에 매달려 빨간 노을을 바라보고 있자, 현진도 터벅터벅 걸음을 옮겨 그녀의 곁에 서 불그스름해지는 하늘을 바라보았다.

윤영은 문득 현진을 처음 보았던 그날이 떠올랐다. 뭐가 그렇게 화가 났던지, 노을을 등지고 서서 소리를 버럭버럭 지르던 그가 생각나자 그녀의 입술에 더욱더 부드러운 곡선이 그려졌다.

"닮았어. 너랑."

손가락으로 하늘을 가리키며 윤영이 말했다. 현진은 높이 찌를 듯 솟아 있는 그녀의 손가락을 보며 피식 웃었다.

"알아. 내가 원래 좀 높고 푸르러."

"아니, 하늘 말고 노을."

윤영이 뻗었던 손을 내리고 싱긋 웃었다.

"뭐가 저렇게 화가 났는지 늘 붉으락푸르락하잖아. 노을 쟤도 분명 다혈질일 거야, 너처럼."

"죽으려고 무덤을 파라, 그냥."

심술 가득한 말투에 윤영이 큭큭 웃으며 난간에 매달렸던 손을 뗐다. 여전히 하늘을 바라보고 있는 현진의 옆모습을 바라보며 그녀는 서서히 웃음을 멈췄다.

쿡쿡 찌르는 그녀의 시선에 그가 가만히 고개를 돌렸다.

"어떤 땐 금방 어둠 속으로 사라질 것같이 위태위태하기도 하고, 어떤 땐 너무 따뜻해서 한순간에 사람 마음을 녹일 것 같기도 하고."

"……."

"닮았어."

윤영이 다시금 활짝 웃으며 현진을 바라보았다. 그리고 그녀의 웃음에 현진은 자신도 모르게 멍한 얼굴이 되었다. 사실은 같은 생각을 하고 있었다.

너도 마찬가지야, 설윤영. 어떤 땐 금방 어둠 속으로 사라질 것같이 위태위태하기도 하고, 어떤 땐 너무 따뜻해서 한순간에 내 마음을 녹일 것 같기도 해. 너도 닮았어, 이 노을 같은 여자야.

"무슨 생각해?"

아무 말 없이 우두커니 서 있는 현진을 향해 윤영이 동그란 두 눈을 바짝 가져다 대며 물었다. 차가워 보이기도 하고, 따뜻해 보이기도 하는 그의 눈동자는 윤영의 맨들맨들한 볼을 바라보고 있었다.

여전히 대답 없는 현진을 바라보며 윤영은 의아한 얼굴이 되었다.

"야, 최현……."

다시 그의 이름을 부르려던 윤영의 목소리가 중간에 뚝 멈추었다. 갑작스레 그녀 쪽으로 손을 뻗어 온 현진의 모습에 윤영은 놀란 표정이었다. 그녀는 어느새 자신의 가까이에서 멈춘 현진의 크고 긴 손을 바라보았다.

"내가 돌았나, 진짜."

현진은 그녀의 얼굴 앞에서 잠시 움츠리고 있던 손을 이번엔 그녀의 머리카락 가까이로 뻗었다. 하지만 그의 손은 그곳에서 1cm도 더 가까이 다가가지 못하고 허공에 멈추었다.

윤영은 다가오지도 못하고 그녀의 앞에서 쭈뼛거리고 있는 그의 손을 내려다보며 알 수 없는 미소를 담았다. 현진은 결국 윤영의 얼굴에도 머리카락에도 손끝 하나 대지 못한 채 그녀에게 뻗었던 손을 제자리로 거두었다.

"네 마음 다 알아, 최현진."

"네가 뭘 알아, 이 계집애야."

다 알고 있다는 윤영의 말에 현진이 찡그린 얼굴로 되물었다. 도대체 방금 무슨 생각을 한 건지, 현진은 지금 이 순간 자기 자신이 너무나 어색하게 느껴졌다.

"방금 내 얼굴 만지고 싶었지?"

윤영이 묻자 현진은 조금 놀란 얼굴이 되었다. 아니라고 말해야 하는데, 거짓말이 입 밖으로 나오지 않았다.

그는 긍정도 부정도 하지 않았다. 그러나 윤영은 이미 전부 다 알고 있다는 얼굴이었다.

"내 머리카락 쓰다듬고 싶었지?"

"······."

"나 안아 주고 싶었지?"

현진은 그녀에게 뻗었다가 다시 거둬들인 손을 꼼지락거리며 아무 말도 하지 못했다. 여태껏 여자라면 누구든 닿는 것만으로도 혐오스럽게 느꼈던 그가 그녀의 말처럼 정말 그런 생각을 하고 있었다.

노을 속에서 붉게 변한 윤영의 얼굴을 바라보며 현진은 조금 굳어 있었다. 하지만 그녀는 여전히 맑은 표정이었다.

"다 한 걸로 할 거야. 너 방금 내 얼굴 만졌고, 내 머리 쓰다듬었고, 나 안아 줬어."

"······."

"그렇게 해 줘서 너무 고마워, 현진아."

현진의 입에서 피식 웃음이 터져 나왔다. 비록 모델이 되어 주겠다고 한 말에 대한 생각은 듣지 못했지만 웃고 있는 윤영의 얼굴을 보고 있자니 다 괜찮다는 생각이 들었다.

윤영에게서 돌아선 현진이 집을 향해 발걸음을 옮겼고, 윤영은 목에 걸고 있는 카메라를 만지작거리며 그의 뒤를 졸졸 쫓아갔다.

부정하지 않았다. 그저 아무 말 없이 웃어 주었다. 그가 자신이 하는 말에 조금도 부정하지 않고 웃어 주었다는 사실이 그녀를 너무나 기쁘게 만들었다. 어느덧 현진도 윤영에게 한 발자국 더, 윤영도 그에게 한 발자국 더 다가와 있었다.

"미안해."

삐삐삐삐.

윤영은 집 앞에 서서 도어록 비밀번호를 누르는 현진을 물끄러미 바라보았다. 현진은 현관문을 열며, 자신을 향해 서 있는 윤영과 눈을 마주했다. 하지만 그녀의 조용한 웅얼거림은 한 마디도 듣지 못했다.

"미안해, 엄마 아빠. 나 혼자 이렇게 행복해서…… 너무 미안해."

현진과 헤어져 집으로 들어온 윤영은 방에 들어가 가방과 함께 목에 걸고 있던 소중한 카메라를 내려놓았다. 겨우 쇼핑몰 회사에 면접을 보러 다녀오고, 현진을 만났던 것뿐인데 그녀는 오늘 하루가 왜 이렇게 벅차게 느껴지는지 알 수가 없었다.

카메라 줄에 걸려 흐트러진 곱슬머리를 희고 긴 손을 들어 정리한 윤영은 잠시 방 안을 둘러보다 그대로 자리에 주저앉았다. 방금 전, 현진과 나누었던 간지러운 대화들이-정확히는 혼자만의 이야기들이지만-머릿속에 떠오르자 다리에 힘이 풀리는 느낌이 들었다.

이유는 잘 알 수 없지만 누군가가 닿는 것을 무엇보다도 싫어하는 현진이 그녀에게 손을 뻗으려 했다. 그녀를 어루만지려 했고 그녀를 꼭 보듬고 싶다는 마음을 눈 속에 담았다.

"심장 터지겠다, 윤영아."

방 한구석에 쪼그려 앉아 두 손을 가슴팍에 가져다 댄 윤영이 조용히 중얼거렸다. 살짝 손을 댄 것만으로도 느껴지는 그녀의 심장은 정말 터질듯 두근거리고 있었다.

오히려 아까 현진이 만지려 했을 때보다 더한 두근거림에 가슴이 아프다는 생각까지 들었다.

그러나 그것은 좋아하는 남자를 생각할 때의 그저 단순한 두근거림이 아니었다. 이상하게 마음이 아프고, 이 두근거림이 마냥 설레지만은 않았다.

한편, 재영의 방.

작업을 하고 있던 재영은 어느덧 자신도 모르게 딴생각 속으로 빠져들어 있었다. 한 손은 턱을 괴고, 한 손은 책상 위를 까닥거렸다. 톡톡.

글이 잘 써지지 않아 모니터 안의 깜빡이는 커서를 노려보던 그의 머릿속엔 지금 알 수 없는 생각으로 가득 차 있었다. 며칠 전 현진을 찾아왔던 그의 여동생, 정확히는 입가가 빨갛게 부어올라 자신이 약을 발라 주었던 땅꼬마 민애가 생각 속 주인공이었다.

재영은 높은 콧대에 걸치고 있던 안경을 벗어 책상 위에 두었다. 그리고 한참 모니터를 노려보느라 피곤해진 눈을 두 손으로 비볐다.

'오빠한테 저 왔었다고 말하지 마세요.'
'왜? 우리 집에서 기다려도 되니까 만나고 가.'
'됐어요. 아저씨는 그냥 저 못 본 척 입만 다물어 줘요.'
'부탁하는 주제에 아저씨가 뭐냐? 기분 상하게시리.'
'땅꼬마인 저도 오늘 아저씨 덕에 기분 심하게 상했거든요?'

여전히 이름도 제대로 알지 못했고 그저 나이 차이가 어마어마한 고3이라는 것밖에 모르지만, 그 어린 여자애가 비 오는 날 퉁퉁 부은 입술로 처연하게 앉아 있던 그 상황이 재영은 자꾸만 신경이 쓰였다.

"나 참."

그녀의 부탁대로 현진에게 그녀가 왔었다는 말은 입도 벙긋하지 않았지만, 혹시 이지메라도 당해 도움을 청하러 왔던 건 아닐까 하는 생각에 이렇게 입을 닫고 있어도 되는 건가 싶기도 했다.

"쪼그만 게 매번 강한 임팩트만 남기고 사라지네."

엉덩이 붙이고 앉은 의자를 한 바퀴 뱅그르르 돌리며 재영이 중얼거렸다. 처음 민애를 본 윤영이 그녀를 현진의 애인으로 오

해해 마음 상했던 그 순간, 며칠 전 갑자기 그의 눈앞에 퐁 나타
난 그녀에게 약을 발라 주던 그 순간. 겨우 두 번이지만 이름도
모르는 그 여자애의 얼굴이 그의 마음속에 강하게 남아 있었다.

"에라, 모르겠다, 진짜."

잠시 더 의자에 앉아 고민하던 재영은 곧 노트북을 덮고 자리
에서 일어나 방을 나섰다. 윤영이 들어온 줄도 모르고 정신없이
앉아 있었나 보다. 신발장 앞에 나란히 놓인 윤영의 운동화 한
켤레를 본 재영이 시선을 틀어 그녀의 닫힌 방문을 바라보았다.

요즘 알 수 없는 마음 상태 때문에 정신이 없는 윤영을 생각
하며 그가 피식 웃었다. 그러곤 아무렇게나 흩어져 있는 자신의
슬리퍼를 찾아 신었다. 집 안에 있는 재영을 찾는 것도 잊어버
릴 만큼, 윤영은 부쩍 혼자서 생각할 시간을 많이 필요로 했다.

'오빠한테 저 왔었다고 말하지 마세요.'

집 밖으로 나와 현진의 집 앞에 선 재영은 단호하게 말하던
민애의 얼굴을 다시금 떠올렸다. 누구한테 얻어터진 듯한 그 얼
굴만 아니었다면 그도 절대로 족제비 현진에게 말을 할 것이냐,
말 것이냐 하는 문제로 고민하지 않았을 것이다. 그 역시 남의
집 문제에 끼어들고 싶은 마음은 추호도 없으니까. 그렇지
만…….

"족 군! 나와 봐!"

1119호 문을 퉁퉁 두들기며 재영이 적당한 목소리로 현진을 불렀다.

윤영과 헤어져 집으로 들어간 현진은 그녀와 다를 바 없이 멍한 얼굴로 차가운 맨바닥에 누워 있었다.

'나 안아 주고 싶었지?'

동그란 눈으로 거침없이 묻던 윤영에게 아무런 반박도 하지 못했던 자신이 한심하기도 했고, 왠지 모르게 쑥스럽게도 느껴져 집에 들어온 내내 그 생각만 하고 있었던 그였다. 더군다나 모델 같은 거라곤 해 본 적도 없으면서 윤영의 모델이 되어 주겠다 자처하고 나서다니…….

사실 윤영이 그러겠다, 대답만 한다면 지금도 기꺼이 도와줄 마음이 있기는 했다. 이게 무슨 자신감인지 헛웃음이 나오기도 했지만 진심이었다. 자신감이 아니라 윤영을 기쁘게 해 주고 싶어 꺼낸 이야기라는 것을 현진은 아직 깊숙이 실감하고 있지 못했다.

"야, 족 군!"

갑자기 문을 두드리는 소리에 현진이 생각 속에서 **빠져나왔**다. 그는 아무리 생각해도 알 수 없는 이 어려운 감정에 머리를 흔들며 자리에서 일어났다.

그가 한 번에 들어도 알 수 있는 옆집 작가 선생의 목소리에 누구냐는 말도 없이 귀찮은 듯 문을 열어젖혔다.

윤영과 비슷한 재영의 눈매가 눈앞에 드러나자 또다시 옆집에 있을 그녀가 생각이 났다. 현진을 찾아온 건 재영이었는데 이상하게 그의 눈은 자꾸만 윤영을 찾고 있었다.

헤어진 지 얼마 되지도 않았는데. 너 미쳤냐, 최현진.

"윤영인 없어."

"안 물어봤는데요."

눈치 빠른 재영이 어깨를 으쓱거리며 말하자 현진은 괜스레 헛기침을 하며 퉁퉁거렸다. 화도 잘 내고 남의 페이스에 잘 휘말리기도 하는 그는 이렇게 자신의 감정조차 숨기지 못할 만큼 단순했다. 재영은 씩 웃음이 나왔다.

"무슨 일인데요? 밥 먹자고 부르는 거면 오늘은 거절이요."

재영의 웃음을 무시하며 현진이 애써 거만한 어투로 말했다.

"웃기네. 나는 자존심도 없는 줄 아냐, 족제비한테 같이 밥 먹자고 구걸하러 오게."

"나랑 같이 저녁 먹고 싶다고 이상한 제안한 사람이 누구더라."

"그건 우리 윤영이 때문이었던 거 알잖아?"

능글거리는 재영의 말투에 현진이 입술을 꼭 다물었다. 윤영과 그를 붙여 놓으려고 말도 안 되는 제안을 했다는 건 그 역시 잘 알고 있었다. 너구리 대마왕 같으니라고.

"본론이나 말해요."

"하여튼 요 싸가지 없는 말투는 절대로 고쳐질 수 없는 거냐. 적어도 형님한텐 정중해야지."

갑자기 찾아와서 정중함을 요구하는 재영의 행동에 현진이 귀찮다는 듯 그대로 문고리를 쥐고 있던 손을 당기려 했다. 본론이고 뭐고 지금은 그녀가 아니라면 모든 게 귀찮았다. 거기다 요즘 들어 고민도 많은데 이런 인간까지—비록 윤영의 오빠이긴 하지만—상대하긴 피곤했다.

재영은 닫히는 문 사이에 머리를 쑥 집어넣으며 헤벌쭉 웃어 보였다. 그 모습에 놀란 현진이 문고리를 놓친 틈을 타 재영이 다시 현진의 집 현관문을 열어젖히며 똑바로 그의 앞에 섰다.

"알았다. 들어간다, 본론."

여전히 능글거리는 재영을 향해 현진은 이마에 내 천(川) 자를 새기며 팔짱을 끼고 섰다. 그러나 현진은 그 순간만큼은 몰랐다. 재영의 입에서 자신의 복장을 뒤집어 놓고도 한참 더 긁어 놓을 이야기가 튀어나올 줄은.

현진은 재영의 이야기를 듣자마자 심각한 표정이 되어 집 밖으로 튀어 나갔다. 민애가 누군가에게 맞은 것 같다는 부분에서는 눈에 불을 켜며 길길이 날뛰기까지 했다.

재영은 재빠르게 사라지는 현진의 뒷모습을 보며 무슨 사정이 있는 건지는 모르겠지만 현진 역시 자신처럼 동생에 대한 과보호가 심한 오빠라고 생각했다.

조금 다른 게 있다면, 자신은 윤영이 누군가와 치고받고 싸웠다면 조금 즐거울 것 같다는 것. 그만큼 재영은 자신의 모든 감정을 쏟아 내는 윤영을 보고 싶었다.

❈

"이 밤에 무슨 일이야?"

집을 나선 현진은 무작정 대전으로 가는 차표를 끊어 본가로 갔다. 그리고 문을 열자마자 놀란 민애의 손목을 잡고 집에서 끌고 나왔다.

"오빠!"

현진은 민애가 비에 젖어 그를 찾아왔었다는 재영의 이야기에 너무나도 당연하게 아버지란 사람을 떠올렸다. 누구에게 맞은 것 같다는 말을 들었을 때도 너무나 자연스레 아버지란 사람을 떠올렸다.

그러나 자식을 무시하면 무시했지 손찌검을 하는 사람은 아닌데다가 민애만큼은 끔찍하게 생각하는 아버지니, 그가 끌어들이는 여자 중 한 명이 민애에게 손을 댄 것이 분명하다고 생각했다. 전적이 있으니까.

아버지가 끌어들이는 여자와 민애가 싸웠던 적이 한두 번이 아니니 현진이 그렇게 생각하는 것도 무리는 아니었다. 거기다 민애가 친구와 싸웠다고 쪼르르 달려올 녀석도 아니었고, 상처가 날 정도로 친구와 치고받고 싸우는 성격도 아니었다.

현진은 민애가 찾아온 다른 이유를 떠올려 보려 했지만 아무리 생각해도 결론은 단 하나였다. 아버지.

"오빠! 갑자기 왜 그래, 진짜?"

아무 말도 없이 민애를 집 밖으로 끌고 온 현진이 분노에 가득 찬 눈으로 그녀를 내려다보았다. 아직 다 낫지 않은 입가의 상처가 그의 눈 안에 들어왔다. 추리닝 차림으로 끌려나온 민애는 갑자기 찾아온 오빠의 모습에 적잖이 놀란 눈치였다.

"누가 때렸어, 너."

한참을 씩씩거리며 단 한 마디도 하지 않던 현진의 입에서 나온 첫마디였다.

민애는 그때서야 감추지 못한 입가의 상처를 떠올리며 손을 들어 입술을 가렸다. 그리고 며칠 전 비 오던 날 만났던 재영을 떠올렸다. 아저씨 주제에 입까지 싸다니. 말하지 말아 달라고 부탁했건만.

"집 앞까지 찾아왔었다며. 내가 비밀번호 알려 줬잖아, 왜 안 들어갔는데?"

"까먹었다, 왜."

"대체 누구 닮아 그렇게 멍청하냐, 넌!"

"네 동생이니까 너 닮아 멍청한가 보지!"

두 남녀가 언성을 높이자 사람들이 수군거리며 그들 곁을 지나기 시작했다. 하지만 남매는 주위 시선은 의식하지 않은 채 서로만 바라보며 서 있었다. 서로를 바라보는 표정에는 알 수 없는 애잔함이 가득 담겨 있었다.

"누가 때렸냐고 묻잖아."

"때리긴 누가 때렸다고 그래."

민애는 입 싼 아저씨 재영에게 이야기를 듣자마자 그대로 대전까지 튀어 왔을 오빠를 바라보며 크게 한숨을 내쉬었다. 아무래도 그때 울컥해 찾아간 게 잘못인 것 같다는 생각이 들었다. 아버지와 오빠 사이를 더욱더 벌려 놓고 싶지는 않은데. 지금도 충분히 멀어져 있는 두 사람이니까.

"아버지 또 여자 끌어들였어, 집에?"

"……."

"됐다. 뻔한 걸 묻는 내가 멍청하지. 그래서 저번처럼 또 아버지 여자랑 싸웠냐?"

현진 못지않게 자신의 성질을 주체하지 못하는 민애였다. 아버지가 여자를 바꾸어 들어올 때마다 늘 있는 빈번한 일들.

여전히 분노를 삭이지 못한 현진의 말투에 그녀는 아무 대답도 하지 않았다. 그리고 그런 그녀의 모습이 현진을 더욱더 화나게 만들었다.

"그러니까 나랑 같이 서울에서 살자고 했을 때 말 듣지 그랬냐! 그렇게 우겨서 저 집구석에 붙어 있게 놔뒀으면 성질이라도 죽이든가, 이 계집애야!"

"최 씨 남매 성질이 어디 가? 별것도 아닌 것 가지고 왜 이

밤중에 찾아와서 난리야, 난리가!"

사실 별것도 아닌 것은 아니었다. 아버지가 새로 데려온 여자와 싸웠던 그날 하루는 정말 죽고 싶을 정도로 괴로웠으니까. 횟수가 늘어감에도 전혀 익숙해지지 않는 상황에 그저 오빠인 현진이 너무나 보고 싶었더랬다.

"내가 지금 난리 안 피우게 생겼어? 네가 언제 울면서 나 찾아온 적 있었냐? 처음이잖아!"

"안 울었어! 누가 울면서 찾아갔다고 난리야!"

'많이 운 것 같더라, 족제비 네 동생. 우리 윤영이가 그런 얼굴로 날 봤다면 난 진짜 마음이 아팠을 것 같다.'

옆집 작가 선생 재영은 가끔 가다 정말 미친 사람이 아닐까 싶을 정도로 순식간에 변화하는 사람이었다. 그때도 그랬다. 방금 전까지 샐샐거리며 대화답지 않은 대화를 나누고 있었음에도 불구하고, 민애의 이야기를 꺼내자마자 금세 어른의 표정이 되었다.

재영의 이야기를 떠올리며 잠시 말을 멈춘 현진이 여전히 인상을 쓴 채 손을 들어 머리를 쓸어내렸다. 그때 민애의 얼굴을 보지는 못했지만, 오히려 보지 못해 더 마음이 아팠다.

다른 사람은 몰라도 그는 윤영을 아끼는 재영의 마음을 십분 이해할 수 있었다. 그에게도 이렇게 강한 척하면서 뒤에서 남몰래 우는 동생이 있으니까.

"오빠. 정말 별거 아니야."

조금 수그러든 목소리로 민애가 말했지만 현진의 분노는 쉽사리 사라지지 않았다.

"어떻게 별게 아니야."

"……."

"어떻게 이게 별게 아니야."

손을 들어 동생의 입가를 만지작거리며 현진이 웅얼거리듯 말했다.

현진이 민애의 일에 이렇게 과민 반응하고 누군가의 살갗이 닿는 걸 꺼리는 이유는 모두 집안의 문제 때문이었다.

현진이 어렸을 적부터 그의 아버지는 늘 지금은 돌아가신 어머니를 둔 채 바깥으로 나돌았다. 그는 타고난 바람둥이였고, 현진은 그 때문에 울고 있는 어머니의 모습을 어릴 적부터 지켜보아야 했다. 아버지를 저주했다. 어머니를 늘 술에 취하게 만들고 울게 만드는 아버지가 너무나 미웠다.

하지만 그가 더욱더 큰 정신적인 충격을 받게 된 것은 아버지가 아닌 어머니 때문이었다. 아버지의 사랑을 받지 못한 데서 비롯된 어머니의 외도 장면을 목격한 중학교 2학년의 현진은 그때부터 커다란 공황 상태에 빠지게 되었다.

그 어린 나이에 아버지고 어머니고, 모두 다 죽이고 싶을 정도의 강한 살의를 느꼈다. 자신의 피를 타고 흐르는 아버지와 어머니의 피가 죽도록 싫었다.

그때부터 그는 무의식적으로 사람과 살이 닿는 게 싫어졌다. 저주스러운 아버지와 어머니의 피가 흐르는 자신의 살을 누군가가 만지는 것도 싫었고, 여자의 살이 닿으면 어머니의 외도 장면이 생각나 소스라치게 놀라곤 했다.

법대에 들어가 법을 공부하고 있는 이유도 어린 시절의 그 기억 때문이었다.

하지만 그가 유일하게 만질 수 있고, 따뜻한 마음으로 바라볼 수 있는 여자도 세상에 존재하긴 했다.

최민애. 바로 지금 앞에 서 있는 자그마한 열아홉 살의 동생이었다.

"제발 가자."

현진의 목소리가 한층 누그러들었다. 아니, 누그러들었다기보다도 한껏 젖어 든 목소리였다. 잠시 옛일을 떠올린 그는 잔뜩 아파 보이는 표정으로 민애를 바라보았다.

그는 민애의 두 손을 꼭 쥐고 차가운 바닥에 무릎을 댄 채 주저앉아 버렸다. 민애는 그런 오빠를 바라보며 입술을 꼭 깨물었다. 불우한 어린 시절 때문에 갖게 된 현진의 트라우마를 누구보다도 잘 알고 있는 민애였다.

그는 독립할 수 있는 나이가 되자마자 집을 나가 버렸고, 함께 서울로 가자고 민애에게도 누차 이야기했었다. 이 세상에 있는 누구보다 아버지와 돌아가신 어머니를 미워하고, 이 세상에 있는 누구보다 민애를 사랑하는 존재였다, 그는.

"제발 가자, 민애야."

민애의 눈에 스멀스멀 눈물이 차올랐다. 꾹 깨문 그녀의 입술이 바들바들 떨리고 있었다. 현진의 물기 어린 목소리도, 함께 가자는 그의 간절한 목소리도, 겨우 열아홉 살인 그녀에겐 너무 견디기 힘든 것이었다.

그녀는 절대 현진처럼 아버지를 버리고 떠날 수 없었다. 아무리 많은 잘못을 안고 살아가는 아버지라고 해도, 그들에겐 이제 하나밖에 남지 않은 부모였으니까. 그리고 아무리 현진이 미워하고 증오하는 아버지라 해도, 민애에게만큼은 끔찍한 사람이었으니까.

"오빠."

"……"

"미안해, 오빠."

미안하다는 민애의 말이 무슨 뜻인지 아주 잘 알고 있었다. 거절을 담은 사과.

현진은 아무런 미동 없이 그녀의 손을 꼭 붙잡은 채 무릎을 꿇고 앉아 있었다. 울고 있는 것은 아니었다. 울기에는 이미 너무 많이 커 버렸고, 이미 너무 어린 나이에 평생 쏟아야 할 눈물을 쏟아 낸 그였다.

민애는 또다시 함께 가자는 그의 청을 거절할 수밖에 없었다. 그리고 그녀는 자신의 거절에 오빠가 얼마나 많이 상처를 받을

지 알고 있었다. 하지만 민애는 아버지가 있는 이 집을 나설 마음이 전혀 없었다. 민애가 대학에 입학하면 함께 살 거라는 현진의 계획은 오로지 그만의 계획이었던 것이었다.

"……."

"……."

그녀가 천천히 현진에게 잡힌 손을 빼내어 그의 머리를 쓰다듬었다. 부드러운 그의 머리카락을 만지며 민애는 숨죽여 눈물을 삼켰다. 무작정 오빠인 현진을 따라가기에는, 그녀는 죄 많은 아버지를 너무나 많이 사랑하고 있었다.

#
7.

무작정 대전으로 쳐들어간 날 밤, 현진은 돌아오는 차표를 구할 수 없어 근처에 있는 찜질방에서 하루를 보내고 다음 날 서울로 돌아왔다.

　'오빠, 집에서 자고 가면 안 돼?'

　민애가 자고 가라며 현진의 바짓가랑이에 매달리다시피 했지만 그는 절대 그럴 수 없다며 아버지 모르게 그녀를 집까지 데려다주기만 했다. 현진은 또 한 번 그녀를 포기하고 돌아올 수밖에 없었다.
　최 씨 남매 고집 센 게 어디 하루 이틀인가. 하여튼 그 계집애는 이상한 것만 닮아서 사람 애간장을 녹게 만든다.

그날로부터 이틀 뒤에 있었던 시험은 온 정신이 다른 데로 쏠려 있어 제대로 공부를 못 했던 것치고는 괜찮게 보고 나왔다.

　중간고사 때처럼 학교 앞에서 먹고 자고 할 때보다는 시험이 어렵게 느껴지긴 했지만, 윤영 때문에 끊은 집 앞의 작은 독서실도 충분히 제 역할을 해 주었던 것 같다. ─아직 윤영 때문이란 것을 완벽히 인정할 수는 없지만─

　오후에 있는 마지막 시험을 보고 나니 금세 방학이 시작되었다. 친구들이 종강파티에 가자며 이끄는 것도 다 뿌리치고 동네로 돌아온 현진은 집에 들어가지 않고 아파트 입구 앞에 앉아 있었다.

　가방을 메고 아파트 계단에 앉은 그는 자칫하면 무심해 보일 수도 있는 표정을 짓고 있었지만 사실은 나름대로 걱정스러운 얼굴이었다.

　"더워 죽겠네."

　저번에 비가 내린 뒤로 날씨는 더 무더워져 있었다. 이마에 송골송골 맺힌 땀을 닦아 내며 중얼거린 현진은 오늘도 여전히 긴 옷을 고수하고 있을 윤영을 떠올렸다.

　참 세상엔 자기 자신을 괴롭히는 방법도 여러 가지야. 누구는 사람의 살갗만 스쳐도 소름이 돋을 것만 같고, 누구는 충분히 가릴 수 있는 상처 때문에 타들어 가는 여름조차 긴 옷을 입고.

　생각만 바꾸면 되는 건데, 일단은 살아남았고 앞으로 먼 인생을 살아가야 하니 생각만 바꾸면 되는 일인 건데, 오래전부터 앓아 온 병 같은 상처에 생각을 바꾸는 것도 쉽지 않은 일이었다. 그렇게 보자면 어쩌면 윤영과 현진은 서로를 이해할 수 있는 가장 비슷한 사람일지도 몰랐다.

"현진아?"

"……."

"어머, 현진아. 얘 왜 이러지? 더위 먹었나?"

현진이 딴생각에 젖어 있는 사이, 어느덧 쇼핑몰 사무실에서 퇴근해 돌아온 윤영이 그의 앞에 서 있었다.

"현진아!"

윤영은 자신이 가까이 다가왔음에도 불구하고, 또한 갖가지 현란한 인기척을 냈음에도 불구하고 아무런 반응이 없는 현진을 걱정스러운 얼굴로 바라보고 있었다.

그리고 그의 옷깃을 잡고 흔들흔들.

"현진아. 더위 먹지 마. 뱉어!"

그의 옷깃을 잡고 흔들다가 눈앞에서 두 손을 흔들다가.

현진은 윤영의 정신 산란한 동작에 그제야 정신을 차린 듯 눈꺼풀을 천천히 들어 올렸다.

"그만 흔들어. 정신 사나워."

"놀래라. 안 깨어나는 줄 알았어."

"……."

"넋 나간 사람처럼 여기서 뭐하는 거야?"

윤영은 현진의 예상처럼 여전히 긴 옷을 입고 있었고, 카메라를 목에 매달고 있었다. 현진은 윤영의 말에 아무런 대답도 않은 채 답답한 그녀의 옷차림을 주욱 훑어보았다. 그녀는 그런 그가 이상해 입술을 앙다문 채 고개를 갸웃거렸다.

"무슨 일 있었어?"

윤영은 자신을 바라보는 현진의 눈빛이 오늘따라 조금 다름을 느꼈다. '넋 나간 사람처럼 여기서 뭐하는 거야?' 라는 그녀의 물음에 평소 같았다면 '너보다 더 넋 나간 사람이 있겠냐!' 라는 등의 싸가지 없는 반응을 보여야 정상일 것이었다.

"네가 말이 없으니까 이상하다, 현진아. 설마 여기서 나 기다린 건 아니지?"

어색한 상황에 싱긋 웃으며 장난스러운 말투로 말을 건네는 윤영. 하지만 그녀는 자신의 질문에 이어진 현진의 대답에 하마터면 올라서 있던 계단에서 구를 뻔했다.

"설마 너 기다린 걸걸."

중심을 잃을 뻔한 몸을 다시 곧게 세운 윤영이 자신도 모르게 입술을 벌렸다. 동그란 눈을 깜빡거리며 그를 내려다보고 있는 그녀를 보며 현진은 픽 웃음을 터뜨렸다.

"미안. 농담. 내가 미쳤다고 널 기다리냐?"

말은 이렇게 했지만 사실은 모르겠다는 생각이 들었다. 해도 길어질 대로 길어진 이 여름에 걱정을 한 아름 담은 그는 왜 아파트 앞을 지키듯 이곳에 주저앉아 있는가.

윤영은 빙긋 웃으며 작은 한숨을 내쉬었다. 그리고 안심했다는 얼굴로 그의 옆자리에 털썩 주저앉았다.

"깜짝 놀랐잖아. 진짜 더위 먹고 넋 나간 줄 알고."

그녀가 옆자리에 앉자마자 향긋한 내음이 현진의 코끝에 닿았다. 언제나 같은 윤영의 향기. 향수 냄새라기에는 약한, 세수할 때 느껴지는 비눗방울 냄새 같은.

"세상에 너보다 넋 나간 사람이 어디 있어?"

"쿡쿡. 그래. 이게 왠지 너다운 반응이야."

"아는 척은."

"알고 있는데?"

나에 대해 아는 척은.

너에 대해 알고 있는데?

현진이 눈살을 찌푸리며 바라보았지만 그녀는 배시시 웃을 뿐이었다. 윤영은 습관처럼 자신을 저리 바라보는 그가 낯설지도 않고, 또 저 표정이 그의 진심이 아니라는 것을 이제는 알 것 같았다.

현진은 곧 자신을 향해 웃고 있는 그녀에게서 눈을 돌렸다. 그리고 고개를 들어 구름 한 점 없이 맑은 여름 하늘을 올려다보았다. 아직도 그의 이마에는 땀이 송골송골 맺혀 있었고, 말없이 그런 그의 이마를 바라보던 윤영은 이내 조심스레 손을 들어 올렸다.

"긴 옷 입은 나보다 땀을 더 많이 흘리네."

윤영의 손이 제지할 사이도 없이 그의 이마를 슬며시 스쳐 지나갔다. 현진은 화들짝 놀라며 하늘을 바라보던 시선을 다시 윤영에게로 옮겼다.

'내가 이렇게 손대면 아파?'
'그래, 아파. 그러니까 놔.'

윤영은 따뜻했던 현진의 넓은 등을 꼭 끌어안았을 때 그와 나누었던 대화들을 떠올렸다. 그리고 지금도 많이 아팠을까 걱정이 되었다. 그저 땀을 닦아 주려 손을 댔을 뿐인데…….

떽떽 고함만 지르고, 못되게 말하던 그가 언제부터 이렇게 그녀에게 안쓰러운 존재가 된 것인지 이제는 그녀조차 알 수가 없었다.

"현진아."

"왜."

두 사람의 말간 눈이 잠시 서로를 마주했다. 그사이 윤영은 다시금 그의 이마로 손을 뻗으려 했지만, 현진은 팔을 들어 자신에게로 다가오려는 그녀의 손을 막았다.

잡지도 못하고, 손을 대지도 못하고 그저 팔을 들어 막았을 뿐이었다. 현진의 거부에 윤영의 손이 다시 천천히 떨어져 내렸다. 그녀는 입술을 씰룩이며 그에게서 고개를 돌렸다.

"너 나쁜 놈이야, 정말."

"알아."

현진은 너무도 쉽게 긍정했다.

두 사람은 이제 서로에게 시선을 주지 않은 채 앞만 바라보고 있었다. 아파트 바로 앞에 있는 놀이터와 그곳에 일렬로 서 있는 싱그러운 나무들이 그들의 눈동자 안에 가득 자리했다.

하지만 정작 신경 쓰고 있는 것은 그런 것들이 아니었다. 너무 가까워서 들려오는 서로의 숨소리가, 눈 안에 가득 찬 저 예쁜 광경보다 더욱더 신경이 쓰였다.

"여기까지만 하자."

현진의 입에서 말이 떨어지자마자 윤영은 자신도 모르게 작은 손을 꼭 쥐었다. 여기까지만 하자. 무언가를 시작한 적도 없는 그들에게 선을 긋는 이야기였다. 함께 돈가스를 먹던 날, 그녀에게 더 이상 다가오지 말라던 그때의 음성과는 조금 다른 느낌의 것.

"뭐?"

윤영은 고개를 돌려 다시 그에게 시선을 주었다. 현진은 그녀의 시선을 느끼면서도 애써 외면했다.

"사실 뭐 한 것도 없고, 여기까지만이라고 말하는 것도 웃기긴 한데…… 이제 더 가까이하긴 힘들 것 같다."

자신은 윤영에게 이런 말을 하려고 이곳에 앉아 그녀를 기다린 걸까? 분명 그것은 아니었던 것 같다.

깊은 상처 때문에 스스로를 죽이려고 했던 그녀와 자신을 마음속으로는 누구보다도 닮았다고 생각했던 그였다. 물론 여태껏 여자를 만나는 걸 꺼려 왔던 그가 충동적으로 한 이야기는 아니었지만, 적어도 오늘이 타이밍은 아니었다.

현진은 민애를 만나고 돌아온 뒤 유독 약해지고 두려워하는 자신이 밉고 싫었지만, 어쩔 수가 없었다.

"도망가는 거야?"

뚫을 듯 현진의 반듯한 옆모습을 바라보며 윤영이 말했다. 현진은 그제야 시선을 돌려 그녀와 눈을 마주쳤다.

아는 것도 없으면서 늘 이렇게 아는 척이다, 이 여자애는. 그리고 그 아는 척은 정말 놀랄 정도로 현진이 알고 있는 그 자신의 모습과 닮아 있었다.

"너도 도망가고 싶잖아."

"아니야. 난…… 나는 도망가고 싶지 않아!"

"거짓말하지 마. 사진. 내가 나 찍으라고 했던 거, 아직도 말 없는 건 못 하겠다는 거 아니야?"

"……."

"그러니까 그쯤 해, 너도."

윤영의 얼굴이 잔뜩 찌푸려졌다. 맞는 말만 쏙쏙 골라 하고 있는 그가 너무나 미워졌다. 여태까지 자신의 감정에 도망가지 않고 버티고 있던 그녀였는데. 부모님의 기억에서 벗어나도 되는 걸까, 아니야 평생 그럴 수 없어. 고민하면서도 그에게 다가 갔던 그녀였는데.

가만히 그와 시선을 마주하고 있던 윤영이 목에 걸고 있던 카

메라를 두 손으로 쥐었다. 그리고 보란 듯이 렌즈 덮개를 열고
그를 향해 카메라를 들어 보였다.

"뭘 그쯤 하라는 거야?"

"……."

"찍을 수 있어. 지금 찍으면 돼?"

땀이 찬 손에 카메라를 꼭 쥔 윤영을 보며 현진은 아무런 대
답도 하지 않았다. 그녀는 카메라를 손에 쥔 순간부터 잔뜩 흔
들리는 눈빛이었고, 현진은 그 모습을 유심히 바라보고 있었다.

"……."

"……."

겨우겨우 파인더에 눈을 가져다 대니, 카메라를 통해 흐릿한
현진의 얼굴이 보였다. 윤영은 긴장된 마음을 삭이려는 듯 침을
꿀꺽 삼켰지만, 소용이 없었다. 카메라 몸통을 쥔 그녀의 손이
바들바들 떨렸고, 현진은 그녀가 하는 양을 그저 가만히 지켜보
기만 할 뿐이었다.

카메라 사이로 보이는 작은 얼굴, 카메라를 쥔 마른 손, 금방
이라도 부서질 듯 조그마한 어깨.

"하아."

결국 윤영은 초점 없는 렌즈 안으로 번지는 현진의 모습만 바
라보다 다시 카메라를 쥔 손을 내릴 수밖에 없었다.

스르르. 이제는 안쓰럽게까지 보이는 그녀의 손이 내려가자
현진이 알 수 없는 눈으로 그녀를 바라보았다.

"애쓴다."

"……."

"셔터라도 누르면 어떻게든 속아 주려고 했더니."

엘리베이터 안에서, 카메라가 썩을 것 같다며 자신을 찍으라던 현진의 말이 윤영은 너무나 고마웠다. 정말 진심으로 그는 자신을 기쁘게 해 주러 온 천사가 아닐까 하는 생각도 들었다. 그리고 그때 처음으로 그가 자신을 만지려 했다는 사실이 너무도 기뻤다. 물론 옛 기억에 의해 두려움도 그만큼 성큼 다가왔지만.

아무 말 없이 멍하니 앉아 있는 윤영을 보던 현진이 자리를 털고 일어났다. 길어진 여름 해가 드디어 지려는지 하늘이 조금씩 어둠으로 물들어 가고 있었고, 선선한 바람도 불기 시작했다. 더 이상 현진의 이마엔 땀방울이 맺혀 있지 않았다.

"이제 기다리지 않을 거야."

현진의 말에 윤영은 눈물이 날 만큼 슬프지는 않았다. 윤영에겐 여태껏 부모님의 죽음보다 더한 슬픔은 없었다. 스테파니도 그랬고, 현진도 마찬가지다.

"진짜 기다리지 않을 거야. 설윤영 너."

하지만 윤영은 마음속에 돌덩이 하나가 들어앉은 듯 꽉 막힌 것 같은 느낌이 들었다. 그녀는 일어선 현진을 올려다보지도 못하고, 카메라만 만지작거리며 아무 말도 하지 않았다.

이제 기다리지 않을 거야.

언제부턴가 그는 윤영을 기다리고 있었다. 윤영이 그랬던 것처럼.

"간다."

부드러워 보이는 윤영의 곱실거리는 머리꼭지를 내려다보며 현진이 조금 쓸쓸한 듯 웃었다. 도망가고 싶지 않아! 라고 이야기하던 그녀의 표정에서 그는 거짓을 읽었다. 현진은 이렇게 될 것이라는 걸 이미 알고 있었다는 얼굴이었다. 미동도 없이 가만히 앉아 있는 그녀를 두고 현진이 돌아섰다.

뭐가 이리 허전한 마음인지 집에 들어가서 밥이나 실컷 먹어야겠다는 생각이 들었다. 그는 아파트 안으로 쏙 사라져 버렸고, 윤영은 자신도 모르게 쓸쓸한 웃음을 터뜨린 채 무릎 사이에 고개를 파묻어 버렸다. 정말 가슴에 무거운 돌덩이가 수십 개쯤 들어찬 기분이었다.

그 뒤로 현진은 정말로 윤영을 알은체하지 않았다. 방학 기간에도 학교 도서관에 가서 공부를 하는 그와 쇼핑몰 사무실로 출근하는 윤영이 가끔 이른 아침 시간에 집 앞에서 만나는 경우도 있었지만, 현진은 그저 윤영과 눈을 마주한 채 잠시 머뭇거릴 뿐 아무 말 없이 그대로 그녀를 지나쳐 갔다.

세상에 변덕도 이런 변덕이 없었다. 언제는 금세라도 제 마음을 다 내어 줄 것처럼 굴어 놓고, 이제는 도망가고 싶어 하다니.

하지만 윤영도 그녀를 지나쳐 가는 현진을 붙잡거나 하지는 않았다. 현진이 왜 다른 사람과 닿는 걸 힘들어하는지, 아파하는지, 그 이유를 알지도 못한 채 무작정 그를 몰아붙이고 싶진 않았다. 그리고 윤영 역시도, 그를 몰아붙일 만큼 자신감을 갖고 있진 못했으니 어차피 피차일반이었다.

"윤영아?"

집 안에 놓인 화분에 물을 주던 재영이 윤영을 부르며 텔레비전을 보고 있는 그녀의 뒤꽁지를 돌아보았다. 얼마 전만 해도 현진과 사이가 좋은 듯하더니 요즘 따라 족제비의 모습도 보이지 않고 윤영도 힘없이 축 늘어져 있었다.

"설윤영."

대답 없는 동생 곁으로 다가간 재영이 손을 들어 노크를 하듯 윤영의 뒷머리를 콩콩 두드렸다.

스으윽.

다크 서클이 축 늘어진 윤영이 퀭한 얼굴로 그를 돌아보았다.

"히이익!"

재영이 이상한 소리와 함께 놀란 표정을 지었다.

"너, 너 얼굴이 왜 이 모양이야!"

"응? 왜?"

윤영이 초점 없는 눈으로 재영을 바라보며 조그마한 목소리로 물었다. 재영은 손에 든 물뿌리개를 내려놓고 자신의 옷깃으로 그녀의 눈 밑의 다크 서클을 문지르기 시작했다. 하지만 그것은 닦으려야 닦을 수가 없는 것이었다.

"눈 밑에 누가 낙서했냐? 아님 먹물 칠했어? 너구리가 친구 하자고 달려들겠다, 이 계집애야!"

"아파. 그만 좀 문질러, 오빠. 그냥 너구리의 좋은 친구가 되어 주지 뭐."

"왜 그래, 너? 족제비랑 무슨 일 있어?"

재영의 입술에서 족제비란 세 글자가 나오자마자 윤영의 얼굴이 더욱더 침울해졌다.

"역시 족제비 탓이었고만?"

윤영의 눈을 문지르던 재영이 찡그린 얼굴로 그녀의 앞에 털썩 주저앉았다. 하지만 윤영은 그런 재영을 피하기 위해 피곤함이 가득한 눈을 비비며 자리에서 일어섰다.

무슨 일이야? 라고 물을 게 뻔해 오빠의 눈을 마주하고 앉아 있을 수가 없었다. 무슨 말을 해야 할지도 모르겠고, 사실 그간 자신에게 무슨 일이 일어난 줄도 잘 모르겠다.

"야. 윤영아. 어디 가!"

축 늘어진 몸을 일으킨 윤영이 힘없는 발걸음을 들어 제 방으로 향했다. 다시 윤영을 불러 세우려던 재영은 오늘따라 더욱더 작아 보이는 동생의 가녀린 등을 바라보며 그저 입술을 꾹 다물었다. 답답해 죽겠지만 말하기 싫은 모양이니 말하고 싶을 때까지 참아 주자, 라고 생각한 것이다.

방 안에 들어선 윤영은 그대로 힘없이 차가운 바닥에 대자로 쓰러져 누워 버렸다. 형광등이 매달린 하얗디하얀 천장이 눈 안에 들어오자 그녀는 조금 눈이 부신 듯 스르르 눈을 감았다.

얼마 전 현진과 대화를 나눈 이후부터 가슴속에 묵직하게 들어찬 이 돌멩이들을 어떻게 꺼내야 할지 몰라 난감한 그녀였다. 속이 체한 것처럼 답답해 입맛도 없고, 안 그래도 더운 여름이요 며칠 새에 유난히도 더 덥게 느껴지고…… 가슴도 울렁울렁한 게, 꼭 사춘기를 맞이한 소녀처럼 윤영은 매일매일이 우울했다.

\#
8.

민애가 방학을 맞아 현진이 있는 서울로 올라왔다.

대전 집 근처 대학에 현진 몰래 1학기 수시 원서를 써 넣고 합격한 민애는 잠시만 오빠 집에 있을 요량으로 방학 보충 수업에 나오지 않아도 된다는 선생님의 허락을 받고 현진이 있는 곳으로 왔다. 어차피 대전 쪽 대학에 가게 되면 더욱더 현진을 만나기가 힘들어질 것 같아 결정한 잠깐의 서울행이었다.

현진이 이 사실을 알면 난리가 날 테지만, 민애 입장에서는 어쩔 수 없는 선택이었다. 자신까지 현진처럼 아버지를 버리고 서울로 내빼 버릴 수는 없었다.

민애를 때린 여자는 늘 그랬던 것처럼 아버지에게 그 사실을 들켜 집에서 쫓겨났고, 민애는 또다시 아버지와 둘이 살게 되었다.

아버지는 아마도 한 여자와 평생을 함께할 수 없을 것이라고 생각한다. 그리고 딸인 자신이 아니라면, 누구하고도 오래도록 함께 지낼 수도 없을 것이다.

"덥다, 정말. 서울은 더 더운 것 같네."

더운 날씨. 땀을 삐질삐질 흘리며 작은 짐 가방을 든 민애가 현진의 집 앞에 다다랐다. 그전에 도어록 비밀번호를 잊어버리는 바람에 고생했던 이후로, 이번에는 아예 다이어리에 비밀번호를 적어 놓았다.

삑삑삑삑. 달칵.

문이 열리고 집 안으로 들어서려던 그녀는 갑자기 저만치에서 다가오는 인기척에 고개를 슥 돌렸다. 그곳에는 윤영의 상태가 안 좋아 걱정이 되어 인상을 잔뜩 찌푸린 1118호 남자 재영이 슬리퍼를 끌며 복도를 걷고 있었다. 곧 두 사람의 눈이 마주쳤다.

"어라, 입 싼 아저씨네."

"뭐얏?"

심각한 다혈질 아저씨이기도 하고.

"입 싼 아저씨 맞잖아요."

"차암나. 내 입이 얼마나 고급인데 무슨 소리야?"

심각한 얼굴로 걸어오다가 그녀의 한마디에 쉽게 반응하는 재영을 보며 민애가 픽 웃음을 터뜨렸다.

전에 상처 난 얼굴로 이곳에 찾아왔던 일을 방정맞게 오빠에

게 이야기한 그였지만, 전혀 악의가 없음을 알기에 그에게 그때
의 일을 따지지는 않기로 했다. 물론 다시 한 번 현진이 가슴 아
파 하는 걸 보게 돼서 슬프긴 했지만…….

저벅저벅. 바지 주머니에 두 손을 꽂아 넣은 재영이 1118호
앞에 서서 민애와 그녀가 들고 있는 짐 가방을 번갈아 바라보았
다. 그의 시선을 본 민애가 어깨를 으쓱하며 다시금 그에게 말
을 건넸다.

"잠시 오빠네 집에 있으려고요."

"어, 그래. 근데 나 안 물어봤는데."

아무래도 아저씨란 말에 기분이 상한 모양이었다. 하여튼 표
정에 다 드러나, 저 아저씨는.

"입 싼 주제에 속은 좁아 터져 가지고."

민애가 구시렁거리며 열린 문 안으로 들어가려 했다. 하지만
후다닥, 닫히려는 1119호 현관문을 부여잡은 재영이 자신보다
훨씬 작은 민애를 내려다보았다. 뭔가 머뭇대는 눈빛이었다.

"혹시 족제비랑…… 무슨 일 있었냐? 내가 다 이야기해서."

재영은 미안한 얼굴이었다. 재영의 기억에 그때 민애는 나름
대로 그에게 애틋한 부탁을 했었다. 말투는 아닐지 몰라도, 그가
느낀 꼬맹이 민애의 눈빛은 그러했다. 정말로 현진에게 자신이
왔었다는 말을 전해 주지 말라는 눈빛.

민애가 눈꼬리를 치켜뜬 채 재영을 바라보았다.

"미안하긴 한가 봐요?"

"뭐, 아무래도."

"⋯⋯."

"말 안 하기로 했는데 약속을 안 지켰으니까."

재영이 머리를 긁적거리며 말했고, 민애는 개의치 않은 얼굴로 가방을 신발장 옆에 내려놓았다.

재영은 그간 민애와 현진의 일 때문에 많이 찜찜했다. 무슨 일인지는 모르지만 자신의 말 한마디로 민애에게 다녀온 현진이, 갑자기 윤영과도 잘 못 지내는 것 같아서.

"그럼 아이스크림 쏘세요."

아이스크림?

"엉? 아이스크림?"

민애를 향해 되묻는 재영의 눈이 조금 반짝였다.

역시 애는 애인 모양이었다. 겨우 아이스크림 하나에 이 찜찜한 마음을 없앨 수 있다니.

"네. 베스컵라빈스 포리원으로 쏘세요. 마흔한 가지 맛 전부다요."

잠시 환한 표정이 되었던 그가 베스컵라빈스 마흔한 가지 맛전부 다 쏘라는 그녀의 말에 사색이 되었다.

"마, 마흔한 가지 맛 전부?"

"네. 전부요."

민애의 대답은 가차 없었다.

고작 고거 일러바쳤다고, 그 비싼 아이스크림을 내놓으라니!

그것도 마흔한 가지 맛을 전부!

"흥."

파리해진 재영의 얼굴을 바라보며 민애가 콧방귀를 뀌었다. 그리고 재영이 잡고 있던 현관문을 끌어당겨 닫았다. 쾅 하는 소리와 함께 민애의 모습이 문 저편으로 사라졌다.

민애를 삼킨 현관문을 바라보며 잠시 멍한 얼굴로 서 있던 재영은 슬리퍼 신은 발걸음을 저벅저벅 옮겨 제집으로 돌아갔다.

"하. 역시 보통내기가 아니야. 아직 우리 윤영이한테도 마흔한 가지 맛을 다 사 줘 보지 못했는데……."

재영은 아직 이름도 제대로 알지 못하는 꼬맹이를 향해 원망의 소리를 중얼거리며, 아이스크림 포리원을 다 사려면 얼마를 써야 할까 돈 계산을 하기 시작했다. 전에도 생각했지만, 하여튼 저 꼬맹이는 만나는 순간마다 엄청난 임팩트를 남겨 준다.

"아저씨. 아직 서른여덟 가지 맛 남았어요. 잊어버리면 안 돼요."

"안 잊어, 안 잊어. 걱정 마."

맑은 햇볕이 내리쬐는 오후.

재영과 민애는 집 앞 놀이터 벤치에 나란히 앉아 아이스크림을 먹고 있었다. 아이스크림 가게에 가서 당장 마흔한 가지 맛을 다 내놓으라는 민애를 뜯어말려 우선은 중간 사이즈 컵에 세 가지 맛만 담아 왔다. 세상에 자신보다 더 사람을 진땀 빼게 만드는 누군가가 존재하다니.

어쨌든 재영은 겨우겨우 아이스크림을 안겨 주고 놀이터까지 왔다.

"잠시만 여기서 쉬면서 먹고 가자. 나 너 때문에 식은땀이 장난 아니야."

민애는 정말 진이 빠진 듯한 재영의 제안을 쉽사리 수긍했고, 제 오빠를 기다릴 심산으로 아파트 입구 쪽의 길이 보이는 목 좋은 벤치에 앉았다.

더운 날씨에 딱 어울리는 시원한 아이스크림을 먹는 두 사람의 표정은 점점 비슷한 느낌으로 변화해 갔다. 재영도 아이스크림을 먹으며 한숨 돌렸는지 조금 편안하고 나른한 표정이었다.

"아저씨. 우리 오빠랑 친해요?

민애의 질문에 미니 스푼을 입에 문 채 잠시 생각을 하던 재영이 이내 고개를 도리도리 저었다. 그리고 다시 스푼으로 아이스크림을 퍼 입속에 넣었다. 스르르 퍼지는 아이스크림 향이 너무나 달콤하게 느껴졌다.

"아니, 안 친해."

"그렇구나."

"근데 내 동생은 네 오빠랑 조금 친한 것 같기도 하고."

아이스크림을 우물거리며 대답한 재영의 말에 민애의 눈이 동그랗게 변했다. 이 남자의 동생이라 함은……

민애는 그전에 마주쳤던 윤영의 모습을 떠올렸다. 더운 날씨에도 조금 답답한 옷차림을 했던 그녀.

"아저씨 동생…… 그 머리 고불고불하고 비눗방울같이 생긴 언니? 우리 오빠한테 햄스터 한 마리 더 선물해 준 그 언니요?"

"비눗방울? 야, 너 표현 독특하다. 우리 윤영이가 좀 상큼하게 생기긴 했지만. 너 언어영역 잘하지?"

"아저씨 사람 보는 눈 있으시네. 전 책을 많이 봐서 언어영역 공부 안 해도 1등급이에요. 아니 이게 아니고, 어쨌든 아저씨 동생이랑 우리 오빠랑 친하다는 말 정말이에요?"

소설가 앞에서 잘난 척은.

재영은 어느새 다 먹어 치운 아이스크림 컵을 던져 벤치 옆 휴지통에 골인시켰다. 뭐가 그렇게 궁금한지 여전히 둥그런 눈을 크게 뜬 민애를 내려다본 그가 계속해 대답을 이었다.

"글쎄, 친하다기보다는 애정이 가득한 관계가 아닐까 싶다. 요즘엔 그 전선에 좀 문제가 생긴 것 같지만."

"악! 애정이요?"

"깜짝이야, 애 떨어질 뻔했네. 소리는 왜 질러?"

"제가 지금 소리 안 지르게 생겼어요?"

우리 오빠가 애정이 가득한 관계인 여자가 있다는데 내가 지금 소리 안 지르게 생겼어? 최현진 그 인간에게 애정이라니. 세상에 이렇게 안 어울리는 단어가 또 있을까? 그나저나, 이 아저씨 애가 떨어질 뻔했다니…….

민애는 애정이란 말에 깜짝 놀랐다가, 애 떨어질 뻔했다는 말에 정색했다.

"배 속에 떨어질 애가 있으신가 보네요."

"하하. 배 속에 키우고 있는 해충이 한 마리 있지."

"아우, 정신 사나워."

"음. 그게 내 매력이지."

"정상이 아니네, 이 아저씨. 지금 애정이니 뭐니 한 것도 다 헛소리한 거죠? 그냥 아저씨 동생이 우리 오빠 좋아하는 거죠? 그래서 우리 햄스터 짝꿍도 준 거고. 이해해요. 원래 우리 오빠가 여자들한테 인기가 많거든요."

민애도 남은 아이스크림을 마지막으로 퍼 올려 입속으로 쏙 집어넣었다. 애정이란 말, 하도 정신이 없는 아저씨이니, 헛소리이거나 과대 포장한 이야기라고 생각했다.

제 오빠가 누군가. 그녀의 오빠는 엄마가 돌아가시고부터, 그녀 말고는 누구에게도 마음을 열어 본 적 없는 사람이었다. 돌부처라고 해도 이상할 게 없는 사람. 그리고 그녀의 말처럼 현진을 쫓아다니던 여자들은 언제 어디서고 많이 있었으니까, 민애는 윤영도 그중에 한 명일 것이라고 생각했다.

하지만 그녀의 말에 재영은 핑 콧방귀를 뀌었다. 그는 그녀가 다 먹은 아이스크림 컵을 대신 휴지통에 넣어 주며 말을 이었다.

"너네 족제비가 내 동생 쫓아다니는 거야, 꼬맹아. 뭘 알고 이야기하셔야지."

"하, 웃기시네. 우리 오빠, 여자 꽁무니 쫓아다니고 그런 사람 아니거든요?"

민애가 아는 현진은 절대 그럴 리 없었다.

강하게 반박하는 민애의 말에 재영의 입가에 웃음이 더욱 진해졌다.

"정말? 정말 여자 꽁무니 쫓아다니는 사람이 아니야?"

"아니라니까, 그러네."

"정말 아니야?"

"아니라니까요. 이 아저씨가 속고만 사셨나."

"글세……. 근데 저거 보고도 그런 소리가 나올까?"

재영이 갑자기 손을 들어 어딘가를 가리켰다. 민애는 재차 묻는 재영의 질문에 자신 있게 확답을 했지만, 마음속으로는 정말 혹시 우리 오빠가…… 하는 생각을 지우지 못했다.

"보긴 뭘 봐요, 정말 아니라……."

재영의 손끝을 따라간 곳에서 보이는 제 오빠의 모습에 민애의 말이 뚝 끊겨 버렸다.

"어? 오빠네?"

그리고…… 그 언니네?

민애의 둥그런 눈이 더욱더 둥그레지고, 그녀는 저만치에 서 있는 현진과 윤영, 그리고 윤영의 팔을 잡고 서 있는 정체를 알 수 없는 낯선 남자를 바라보았다.

'네 햄스터보다 더 큰 것에 마음을 연다면……'

'그럼 좀 네가 바라는 오빠가 되는 거냐?'

언젠가 현진이 전화로 했던 이야기가 떠올라, 민애의 분홍빛 입술이 놀란 듯 조금 벌어졌다.

세 사람이 서 있는 저 상황이 뭔데? 라고 생각할 수도 있었지만, 민애는 현진의 표정만 봐도 알 수 있었다. 그녀가 있는 곳에서 바로 보이는 현진의 얼굴. 다른 남자에게 잡혀 있는 비눗방울 언니를 보고 서 있는 그의 눈빛, 표정.

"그나저나 윤영이 옆에 저 자식은 누구야?"

그제야 재영이 윤영의 팔을 잡고 있는 남자를 확인한 모양이었다. 재영은 당장 벤치에서 일어서 세 사람에게 다가가려 했다.

"잠깐만 있어 봣!"

하지만 곧바로 그의 행동을 만류하는 민애 때문에 걸음을 멈추어야 했다.

얼마 전부터 쇼핑몰 남자 모델 중 한 명이 유난히도 윤영을 귀찮게 하기 시작했다.

이름은 강재인, 나이는 21세. 나이도 어리고 군대도 안 다녀온 것이 반반한 얼굴만 믿고 사무실에 있는 모든 여자들한테 한 번씩 다 들이댔다는 소문에, 윤영도 이러다가 말겠지 하고 있었는데 이거 이 녀석, 생각보다 너무 귀찮고 성가시게 굴었다.

쇼핑몰 모델들은 야외 촬영이 많아서 사무실에 오는 일은 어쩌다가 한 번인데, 재인은 아르바이트가 있는 날이면 무조건 사무실로 찾아와 윤영의 일을 훼방 놓곤 했다.

"누나. 나 사진 너무 잘 나오지 않았어요?"

"……."

"포토샵 안 해도 간지나죠? 그죠?"

옆에서 어찌나 시끄럽게 떠들던지. 하여튼, 윤영은 시끄러운 그 애가 어서 빨리 다른 여자를 찾아 바람처럼 떠나기만을 기다리고 있었다. 한 일주일 정도면 흥미를 잃고 떠난다고 하니, 조금만 기다리면 되겠지 하며 가뜩이나 심란한 윤영은 그렇게 제 마음을 안정시켰다.

"누나, 밥 같이 먹을래요? 연어 사 줄까요? 다크가 아주 장난이 아닌데."

"됐으니까 얼른 집에나 가. 나도 퇴근해야 돼."

"같이 밥 먹어요, 응? 내가 진짜 맛있는 거 사 줄게."

"됐다니깐? 너 진짜 자꾸 이러면 다리 완전 짧게 포토샵 해 버릴 거야! 콧구멍도 엄청 크게 해 놓고."

"큭큭큭. 그런 것도 가능해요?"

"휴. 참아야 하느니라."

오늘도 윤영은 주문을 외우며 옆에 찰싹 달라붙어 있는 재인과 함께 근무 시간을 보냈다. 그런데 이번엔 퇴근 시간이 다 되도록 집에 안 가고 계속 귀찮게 들러붙는 그 때문에 정말 도저히 견딜 수가 없을 지경까지 와 버렸다.

"그럼 데려다줄게요!"

"괜찮아."

"안 돼. 예뻐서 누가 집어 간다니까. 위험하니까 집까지 완벽하게 에스코트해 줄게요!"

"네가 젤 위험해, 강재인."

"하하하하. 그런가?"

결국 밥 먹자는 제안을 완벽하게 거절당한 재인은 윤영을 데려다준다며 쫄랑쫄랑 따라나섰다.

버스를 타고 윤영의 집 근처 정류장에 도착할 때까지 재인은 끊임없이 말을 꺼내며 윤영이 조용하게 쉴 틈을 주지 않았다. 귓가에 딱따구리가 박힌 것처럼 머리가 멍해진 윤영은 거의 넋이 빠진 얼굴이었다.

"근데 누나 안 더워요? 사무실이야 에어컨 빵빵하다 치지만. 그놈의 긴 옷 좀 벗어요. 완전 한여름이구만."

"안 그래도 너 때문에 더우니까 말 시키지 마."

"그럼 우리 쇼핑하러 갈래요? 누나한테 어울리는 여름옷 보러!"

"제발 강재인. 조용히 좀 해 줘. 정말 나보다 더 시끄러운 사람은 네가 처음이야."

"그래요? 영광입니다."

정말 강재인 이 애 사람 혼을 쏙 빼놓는 재주를 지녔다. 저렇게 환하게 웃는 얼굴 보니 화도 못 내겠고, 화를 내며 감정 소모하는 것 자체도 너무나 귀찮았다.

안 그래도 현진 때문에 기운 빠져서 죽겠는데, 네가 아주 보태는구나.

윤영은 큰 한숨을 내쉬며 최대한 빠른 걸음을 걸으려 애썼다. 집까지만 데려다준다고 했으니 집에만 도착하면 이 시끄러운 남자애와 바이바이 할 수 있었다.

하지만 이대로 호락호락하게 윤영을 내버려 둘 재인이 아니었다. 고의로 발걸음이 빨라진 걸 간파한 그는 그녀의 팔을 붙잡아 발걸음을 멈추게 했다. 그리고 확, 그녀를 끌어당겨 자신과 마주 보게 했다.

"뭐야?"

갑자기 잡아 끈 재인의 행동에 놀란 윤영의 눈이 동그래졌고, 그런 그녀의 귀여운 얼굴을 들여다보는 재인은 함박웃음을 머금고 있었다.

"누나. 우리 사귈래요?"

아, 미치겠다. 진짜 고지가 얼마 남지 않았는데. 이제 조금만 더 가면 우리 집 앞인데.

윤영은 장난스러운 그의 고백보다도 얼른 집까지 빨리 달리지 못한 것에 한숨이 튀어나왔다. 그녀는 자신의 팔을 잡은 그의 손을 풀어내려 했지만, 재인은 쉽사리 놓아주지 않았다.

"우선 군대부터 다녀와."

"군대 다녀오면 사귀어 줄 거예요?"

윤영이 심란한지 복잡하다는 얼굴을 했다.

"아니, 그건 아닌데……."

"왜요? 나 누나 스타일 아니에요?"

그래. 이건 자신 있게 말할 수 있다.

"응, 아니야."

"뭐가 아닌데요?"

"나 싸가지 없는 남자 좋아해. 진짜 제대로 왕싸가지인 남자! 근데 생각해 봐. 넌 너무 싸가지가 있잖니?"

"아하. 누나도 나쁜 남자 좋아하는구나. 하긴 요샌 대세가 나쁜 남자니까."

나쁜 남자?

윤영은 그에게 팔이 잡힌 채 잠시 생각 속으로 빠져들었다. 현진이가 싸가지가 없긴 해도, 나쁜 남자는 아닌데.

어쨌든 지금 윤영에게는 이렇게 외간 남자와 노닥거릴 만한 힘이 없었다. 매일같이 부딪히는 현진을 어떻게 해야 할지, 정말 이대로도 괜찮은 건지, 안 그래도 고민거리가 산더미 같은데 이런 남자애와 말 섞을 시간 따위는 없었다.

그런데 그때, 갑자기 저만치에서 다가오는 싸늘한 느낌에 윤영이 재빨리 정신을 차렸다.

그 싸늘한 느낌은 다름 아닌 학교 도서관에서 돌아오는 현진의 것이었다. 그는 낯선 남자에게 팔을 붙잡혀 있는 윤영을 보고 자신도 모르게 성큼성큼 그들에게로 다가서고 있었다.

"현진아."

재인과 윤영의 곁으로 다가온 현진이 우뚝, 걸음을 멈추었다. 내가 지금 보고 있는 게 무슨 상황이지? 라고 쓰여 있는 그의 얼굴.

윤영이 갑자기 다가온 현진을 알은체하자 재인의 시선이 그쪽으로 돌아갔다. 그리고 잠시 위압감에 그의 표정이 움찔거렸다. 자신도 나름대로 키 크고 몸 좋다 하는 쇼핑몰 모델인데, 대체 뭐 이런 잘난 종자가 다 있냐는 눈빛으로 현진을 바라봤다.

"너 뭐야?"

재인과 눈이 부딪친 현진이 그에게 물었다. 단 한 마디만 들어도 '아, 이 남자 엄청나게 싸가지 없겠는데?' 라고 느낄 수 있을 만한 어투.

나 싸가지 없는 남자 좋아해. 진짜 제대로 왕싸가지인 남자!

재인은 윤영이 방금 전에 했던 말을 떠올리며 슬쩍 곁눈질로 그녀를 돌아보았다. 꿀꺽. 윤영은 긴장된 얼굴로 이젠 재인 따위는 신경도 쓰지 않고 있었다. 그녀의 눈빛은 오로지 현진만을 향해 있었다.

단단히 화가 난 듯 으르렁거리는 현진의 말이 계속 이어졌다.

"너 뭔데 내가 가는 길목에 서 있어. 안 비켜?"

"옆으로 돌아가시면 되잖아요."

"나 이리로 지나가야 돼. 그러니까 비켜."

말도 안 되는 그의 말에 재인은 어이가 없다는 얼굴이 되었다. 길이 이렇게 넓은데 왜 하필 이리로 지나가겠다는 건지. 아무래도 이 남자, 윤영과 심상치 않은 사이인 듯했다.

"돌아서 가세요."

"이리로 간다니까?"

"아니, 이 형 왜 이래? 누나 이 형이랑 아는 사이 맞죠?"

재인의 말에 그제야 조심스레 그녀에게로 시선을 돌린 현진의 눈빛이 조금 흔들리기 시작했다. 윤영은 무언가를 바라듯 현진을 바라보고 있었다.

집에 돌아오는 길에 윤영을 잠깐이라도 마주칠 수 있지 않을까 싶어 일부러 그녀가 끝나는 시간에 맞춰 도서관을 나온 그였다. 자신이 먼저 여기까지만 하자고 말은 했지만, 얼굴은 보고 싶었으니까. 기다리지 않겠다고 했지만, 그녀 모르게 기다리는 건 상관이 없을 테니까.

그런데 벌써부터 남자 친구를 데리고 나타난 그녀가 현진은 조금 원망스럽기까지 했다. 아니, 많이 원망스러웠다.

"현진아."

방금 전까지만 해도 유치하게 재인에게 비키라고 하던 현진은 윤영과 마주 보는 것이 자신 없어져 먼저 그들을 비켜 걸음을 옮겼다.

윤영은 재인에게 시비를 걸던 그가 더 이상 아무 말 없이 걸음을 옮기자 금세 울상이 되었다.

　현진의 미간에는 또다시 내 천(川) 자가 깊게 새겨졌다. 덥고, 짜증이 나서 죽을 것 같았다.

　나는 널 그렇게 보내 놓고 마음이 조금 아팠는데. 너 같은 이상한 여자애 때문에 몇 날 며칠을 고민하고, 가슴 언저리가 체한 것처럼 답답했는데. 넌 아무렇지도 않게, 너에게 닿을 수 있는 남자를 만나고 있었다.

　손 한 번 제대로 잡아 주지 못한 내가 초라해지게.

　현진은 내색은 제대로 안 했지만 민애가 서울로 올라온 것을 무척이나 반겼다. 방학 동안만이라고 했지만, 어쨌든 동생과 함께 지낼 수 있고 자신이 조금이라도 더 챙길 수 있으니 당연히 좋을 수밖에 없었다.

　하지만 요 며칠, 계속 상태가 좋지 못했다. 분명 민애가 와서 반갑고 좋긴 한데, 마음 한구석에 쿵 들어찬 수십 개의 무거운 돌멩이들 때문에 얼굴도 퀭해지고 입맛도 영 없어졌다.

　민애는 며칠 전에 재영과 보았던 광경을 머릿속에 떠올리며, 집 안에 멍하니 앉아 있는 현진을 힐끔 쳐다보았다. 민애가 온 이후부터는 도서관도 거의 나가지 않고 주로 집에서 공부하고 있었는데, 뭐가 그렇게 불안한 건지 현진은 안절부절못하고 있었다. 그런 그의 모습이 그녀는 너무나 낯설게 느껴졌다.

정말 옆집에 그 언니 좋아해?

민애는 물어보고 싶었지만, 확실한 증거를 찾아낼 때까지 가만히 입 다물고 그를 살펴보기로 했다. 괜히 아는 척했다가는 현진이 더 이상 마음을 표현하지 않을 수도 있었다.

❖

"만약 너랑 내 사이 오해했으면 너 죽여 버릴 거야, 강재인!"

마치 짐승이 포효하는 것같이 소리치며 길길이 날뛰는 윤영의 모습을 본 재인은 그 이후로 그녀의 주위를 아주 소심하게 맴돌았다. 포기는 못 할 것 같았고, 그렇다고 화내는 모습을 또 보자니 너무 무서웠던 모양이었다.

윤영은 어느 정도 귀찮음을 해소하긴 했지만 현진과 더 꼬여 버린 상황에 더욱더 수척해져만 갔다. 다크서클은 더 진해지고, 볼살도 쭉 들어갔다. 재영은 그런 그녀에게 매일같이 고기를 사다 날랐지만 윤영은 그렇게 좋아하던 삼겹살을 거들떠보지도 않았다.

"아니, 도대체 족제비 그 자식이 뭐라고 식음을 전폐해?"

"……."

"도저히 안 되겠다. 내가 그 족제비 자식이랑 한 판 뜨고 올 테니까 기다려!"

하지만 재영은 현진에게 가지 못했다. 씩씩거리는 재영을 겨우 진정시켜 글이나 쓰라고 방 안으로 밀어 넣은 윤영이 자신의 집 앞 복도에 쪼그리고 앉았다.

금방이라도 해가 내려앉을 시간. 더위는 어느 정도 가셨지만, 긴 옷을 입은 윤영의 몸 안엔 송골송골 땀이 맺혀 있었다. 요즘 밥도 제대로 먹지 못하고 일한 데다가, 매일같이 고민에 쌓여 있던 터라 머리까지 지끈지끈 아파 오는 것 같았다.

두 손으로 관자놀이를 꾹꾹 누른 윤영은 캄캄해지는 하늘을 올려다보며 두 눈을 깜빡거렸다. 금방이라도 비가 쏟아질 것 같은 날씨였다.

끼이익.

윤영이 힘없는 얼굴로 계속 바깥 풍경을 바라보고 있는데 옆집인 1119호에서 문이 열리는 소리가 들렸다.

윤영의 고개가 천천히 1119호 쪽으로 돌아갔고 곧 그곳에서 나온 현진과 눈동자가 허공에서 마주쳤다. 현진은 가슴이 답답해 바깥으로 바람을 쐬러 나가려던 참이었다.

삐익.

문이 닫히자 도어록이 잠기는 소리가 들리고, 잠시 쪼그리고 앉아 있는 윤영을 바라보던 현진이 이내 무거운 발걸음을 옮겨 그녀를 지나쳐 가려 했다.

언제부터 윤영을 바라보면서 이렇게 많은 생각을 하게 되었을까.

현진은 복잡한 마음을 가다듬기 위해 나왔는데, 바로 눈앞에 있는 윤영 때문에 더욱 복잡해져 버린 것 같았다.

"내가 다른 남자 만나도 상관없는 거야?"

그대로 윤영을 지나쳐 엘리베이터 쪽으로 가려는데, 그녀의 원망 섞인 목소리가 들려왔다. 현진의 발걸음이 멈칫했다.

윤영은 멈춰 선 그의 뒷모습을 서운한 눈빛으로 바라보고 있었다.

재인과 셋이 부딪혔던 날, 윤영은 현진이 자신에게 무슨 말이라도 할 줄 알았다. 어떤 말이라도 좋으니 자신에게 말을 걸어주기를 그녀는 기다리고 있었다. 하지만 하루가 지나도, 이틀이 지나도 현진은 아무런 말도 없었다.

"대답 안 할 거니?"

윤영은 이제 금방이라도 울음을 터뜨릴 것 같은 얼굴이었다. 지금 이렇게 묻고 있는데도 현진은 아무런 대답이 없었다. 그녀에게서 뒤돌아서 있는 저 넓은 등이 처음으로 너무나 못돼 보였다.

두 사람 사이엔 깊은 침묵이 흘렀다. 현진은 여전히 윤영을 돌아보지 않았고, 윤영은 여전히 원망스러운 눈길로 그를 바라보고 있었다.

쏴아아아.

금방이라도 비가 내릴 것 같았던 하늘에서 정말로 투명한 빗줄기가 쏟아지기 시작했다. 하지만 세찬 그 소리에도 두 사람은 아무런 미동 없이 서로에게만 집중하고 있었다.

"나도 무서워."

"……."

"나도 도망가고 싶어."

대답 없는 현진의 등에 대고 윤영이 다시 말을 이었다. 언젠가 현진이 그녀에게 했던 말이었다.

네가 무서워.

너도 도망가고 싶잖아.

"나도 너만큼 무섭고 두려워."

"……."

"그리고 나는 사람을 죽였으니까. 엄마 아빠를 죽게 했으니까 이럴 자격이 없다는 것도 알아."

엄마 아빠를 죽게 했다는 말에 현진의 눈이 살며시 떨리기 시작했다. 그녀의 말이 이어질수록 자꾸만 마음이 욱신욱신해 걸음을 옮길 수가 없었다. 현진은 윤영 모르게 괴로운 한숨을 토해 냈다.

"정말 내가 싫어서 닿지 않으려는 거니?"

"……."

"나 그렇게 너한테 손가락 끝도 닿기 싫을 정도로 끔찍한 사람이야?"

윤영은 현진의 뒷모습을 보는 게 너무 싫었다. 그와 대화를 나누지 못하게 되는 게 너무나 싫었다. 자꾸만 달아나려고만 하는 그가 너무 밉고 원망스러웠다.

나에게 기댈 순 없을까? 상처투성이인 나라도 괜찮다면.

윤영은 그가 자신에게 기대어 주었으면 좋겠다고 생각했다. 누구의 상처를 치료해 줄 만큼 마음의 여유가 있는 사람은 못 되었지만 그래도 현진이라면 어떻게든 같이 해 보고 싶었다.

"현진아."

"⋯⋯."

"대답 좀 해 봐, 현진아."

이제야 노란 불빛이 들어온 복도에는 싸늘한 기운이 흐르고 있었다. 더 이상 아무런 말도 들려오지 않고, 세찬 빗소리만이 복도를 울렸다.

현진은 정말로 아무런 말도 하지 않으려는 모양이었다. 왜 이런 때 비까지 내리고 그럴까, 더 우울하게. 잔뜩 가라앉은 표정을 한 윤영이 쪼그리고 앉아 있던 무릎을 펴 천천히 자리에서 일어났다.

이 정도면 자신의 질문에 대한 답은 나온 셈이라고 생각했다. 현진이 자신의 질문을 부정하지 못하는 거라고 여겼다. 여자가 싫다고 했으니, 자신이 싫은 것도 어쩔 수 없는 것이라고.

윤영은 현진의 대답을 기다리는 데 지쳐 버렸다.

정말 재인이라도 만나 볼까? 마음이 아무것도 없는 것처럼 텅 빈 것 같은데 어떻게 해야 하지?

집 안으로 들어가기 위해 윤영이 작은 단화를 신은 발을 돌려 현관 문고리를 잡았다. 더 이상 현진의 뒷모습을 보는 게 너무나 힘들었다. 어쩌다 이렇게까지 되어 버린 건지 머릿속이 너무나 복잡해졌다.

나 너한테 손가락 끝도 닿기 싫을 정도로 끔찍한 사람이야?

울먹이는 윤영의 목소리가 계속 머리를 울려 현진은 힘들었다.

옛날 일이 생각났다. 중학교 때 목격한 어머니란 사람의 외도. 너무나 더럽고 추악해서 금방이라도 신물이 올라올 것 같았던 그 일.

그래서 사람이 닿는 게 싫었다. 자신이 누군가를 만지는 것도 싫었다. 그런 어머니와 아버지 밑에서 나온 자식이니, 그들의 피가 섞인 자식이니, 자신 역시 더러운 사람일 거라고 생각했다.

민애에겐 이런 생각을 하는 자신이 너무 미안해서 그것에 대해 말조차 꺼내 본 적이 없었다. 현진은 그 미안함과 괴로움을 민애와 함께 살면서 그녀에게 좋은 오빠가 되어 주는 것으로 갚아 주려고 했다.

그렇게 평생을 살려고 했었다. 누구와도 닿지 않고 혼자서, 그렇게. 그랬는데…….

"……."

뒤돌아서 있던 현진이 곧 몸을 돌렸다. 그리고 문을 열고 안으로 들어서려는 윤영에게 달려가 그녀의 손을 잡아끌었다.

쾅.

다시금 현관문이 닫히고 윤영은 놀란 눈으로 자신의 손을 잡은 현진을 올려다보았다. 갑작스런 그의 행동에 놀란 것이 아니었다. 처음으로 그녀에게 닿은 그의 손길에 놀란 것이었다. 윤영의 손을 잡고 있는 현진은 여전히 괴롭고 아픈 얼굴이었다.

'내가 이렇게 손대면 아파?'
'그래, 아파. 그러니까 놔.'

아프잖아, 너.

윤영은 아파하는 현진의 얼굴을 보며 그의 손에서 제 손을 빼내려 힘을 주었다. 그를 아프게 만들고 싶지는 않았으니까. 이렇게 괴로워하는 얼굴을 보고 싶지는 않았다.

하지만 현진은 윤영의 손을 아주 꽉 잡고 놓아주지 않았다. 고통스러운 표정을 짓고 있으면서도 꼭 부여잡은 그녀의 부드러운 손을 절대로 놓지 않았다.

"현진아, 이거 놔. 너 아프잖아!"

나, 널 괴롭게 만들고 싶진 않단 말이야.

윤영은 계속해서 그의 손을 놓으려 했지만, 현진은 미동도 없이 그녀의 손을 꽉 붙들었다. 그리고 와락. 현진은 자꾸만 벗어나려는 그녀의 손을 잡아끌어 자신의 품 안에 넣어 버렸다.

쏴아아아. 쏴아아아아아.

모든 것이 정지하듯 현진의 품 안에 갇힌 윤영의 동작이 일제히 멈추었다. 내가 지금 누구한테 안겨 있는 것인가, 이게 지금 현실인가, 하는 엉뚱한 생각이 자꾸만 윤영의 머릿속을 맴돌았다.

비가 와서 그런 걸까. 윤영에게서 나던 비누 향기가 더욱더 진하게 현진의 코끝에 와 닿았다. 그녀의 곱슬거리는 머리카락을 쥔 현진이 조금 더 세게 그녀를 끌어안았다.

마치 정지 화면처럼 현진과 윤영 두 사람은 조금의 미동도 없었다. 윤영은 차마 현진을 꽉 끌어안지 못한 채 허공에 손을 띄우고 있었다. 기쁘기도 하고 슬프기도 한 오묘한 느낌이 윤영의 마음에 흘렀다.

주르륵. 그녀의 마음과 같은 빛을 담고 있던 그녀의 눈에서 한 줄기 눈물이 떨어져 내렸다. 왜 눈물이 흘렀는지, 기뻐서인지 슬퍼서인지. 그녀조차도 도저히 의미를 파악할 수 없는 눈물이었다. 부모님이 돌아가신 이후로는 그 일이 아니면 울지도, 슬퍼하지도 않았던 그녀였는데.

"아프지?"

"어."

드디어 현진이 입술을 열었다. 빗소리와 함께 들리는 그의 목소리가 너무나 가라앉아 있어 윤영은 또 한 번 마음이 욱신거렸다. 예전엔 살갗이 닿자마자 그녀를 저 멀리 내동댕이쳤던 현진이었다. 그런 그가 그녀를 안기 위해 얼마나 참고 있는 것인지, 윤영은 알 수 있었다.

"그래도……"

"……."

"상관없어."

"……."

"아파도 상관없어."

어느새부턴가 너는 내게 있어 아무리 아파도 안아 주고 싶은 사람이 되었으니까.

현진의 목소리에 윤영은 코끝이 시큰거렸다. 상관없어. 단지 그 한 마디였을 뿐인데도 윤영은 충분하다고 생각했다. 더 이상 말하지 않아도 그의 마음을 다 느낄 수 있을 것 같은 기분이었다. 간지러운 말을 하는 최현진이라니. 어쩐지 상상이 안 되잖아.

복도에 나란히 앉은 현진과 윤영은 잠시 아무 말이 없었다. 더 이상 서로를 안고 있지도, 손을 잡고 있지도 않았지만 두 사람은 꼭 서로에게 묶여 있는 것처럼 아주 애틋한 얼굴을 하고 있었다.

왜 사람과 닿는 걸 싫어해? 언젠가 윤영이 물었던 질문을 떠올리며, 현진이 자신도 모르게 그녀에게 말을 늘어놓았다. 여태껏 사는 동안 아무에게도 말하지 못하고 혼자서 끙끙 감추어 왔던 모든 이야기를 그녀에게 꺼내기 시작했다.

빗소리에 섞여 들리는 음울한 그의 낮은 목소리가 윤영의 가슴속을 콕콕 찌르는 것 같았다. 마음이 아파서, 그녀는 자신이 할 수 있는 것이라면 무엇이든 해 주고 싶었다.

그는 사랑을 믿지 않는다고 했다. 남자든, 여자든 사람을 믿지 않는다고 했다. 누구와도 닿기 싫을 정도로 제 자신을 증오한다고 했다. 민애만 아니었다면, 어쩌면 자신도 이 세상이 살기 싫었을지도 모르겠다고 했다.

검사가 되고 싶다고 했다. 부정을 저지르는 구역질 나는 삶들을 걸러 내고 싶다고 했다. 하지만 그러한 제 미래도, 옛 기억에 얽매인 선택이었다고 했다.

윤영은 지금까지 누군가의 살이 닿는 걸 꺼리는 현진을 보며, 무슨 사연이 있을 것이라고는 생각했지만 그의 입에서 이 정도로 가슴 답답한 말이 튀어나올 줄은 몰랐다.

"하아."

그녀의 입술에서 탄식과도 같은 깊은 한숨이 흘러나왔다. 뾰족한 생선 가시 하나가 지독히 걸린 것처럼 목구멍이 따끔거렸다.

얼마나 아팠을까? 얼마나 힘들었을까? 누구도 믿지 못하고, 누구에게도 기대지 못하고 긴 세월을 살아왔을 너는…… 지금 얼마나 상처투성이일까?

결국 무릎을 모으고 앉아 있던 윤영의 어깨가 조금씩 들썩거리기 시작했다. 현진의 이야기를 들으며 온몸을 웅크리고 있던 그녀의 몸 전체가 흔들리고 있었다.

참으려고 했는데 참아지지가 않았다. 빗방울보다도 맑은 눈물이 윤영의 눈에서 뚝뚝 떨어져 내렸고, 그녀의 입술에서는 조금씩 울음소리가 새어 나왔다. 마치 빗소리에 템포를 맞추듯 들썩거리는 윤영의 몸을 바라보며 현진은 당황스러워 어찌해야 할 바를 모르겠는 얼굴이었다.

"야, 왜 네가 울고 난리야, 지금."

"그럼…… 끅…… 너도 울면 되잖아……."

윤영이 끅끅 울음소리를 삼켜 가면서 대답했다.

윤영이 계속 울음을 그치지 못하자 현진이 자리를 털고 일어나 윤영의 앞으로 가 그녀를 마주 보고 쭈그려 앉았다.

"울보네, 이거."

부모님이 돌아가시기 전엔 얼마나 울보였던 걸까, 이 여자애. 부모님이 돌아가신 후 2년 동안 윤영이 제 감정을 드러내는 법이 없었다던 재영의 말을 떠올리며, 현진은 가슴 아픈 얼굴로 그녀를 바라보았다.

"못나진다, 점점. 그니까 그만 울어."

윤영은 우는 모습을 안 보이려고 손으로 얼굴을 가렸지만, 현진은 그런 그녀의 손을 재빠르게 잡아 끌어 내렸다. 계속 그녀의 손을 보듬고 있진 않았지만, 윤영은 이젠 그가 자신에게 닿았다는 것만으로도 참 따뜻하다 여겼다.

"어떻게…… 어떻게…… 살았어."

끅끅. 빗소리에 묻혀 잘 들리지도 않을 텐데, 울음소리를 크게 내지 않으려고 애쓰는 윤영이 너무나 애처로워 보였다.

바로 앞에서 그녀의 얼굴을 바라보는 현진과 시선을 마주한 윤영이 눈물 젖은 목소리를 토해 냈다.

"숨이 막혀서…… 가슴이 답답해서…… 그동안 어떻게…… 살았어……."

"……."

"나한텐 오빠라도…… 있었지만…… 넌 민애한테 말하지도 못하고…… 어떻게 혼자……."

윤영의 우는 소리에 현진조차 코끝이 찡해졌다. 작은 몸이 처연하게 부들부들 떨리는 것을 보니 어떻게든 감싸 안아 주고 싶었다. 자신 때문에 울고 있는 그녀가 가슴 아프기도 하고, 착해 보이기도 하고……. 이상한 기분이 자꾸만 그의 몸을 휘감았다.

"더 일찍 만났어야 했는데……. 내가 조금만 더 빨리 나타나서…… 안 힘들게 도와줬어야 했는데……."

멍청이. 이젠 자책이냐?

"그리고 진작 알았으면…… 싸가지라고 놀리지도 않았을 건데……. 나 미웠지……. 그래도 진심은 아니었어……."

"……."

"네가…… 얼마나 멋있고 좋은 사람인데……. 닿기만 해도 얼마나 따뜻한지 다 느껴지는데…… 정말 얼마나 좋은 사람인데…… 바보같이……."

바보같이 너 왜 그렇게 자신을 미워했어. 정말 왜 그랬어, 현진아.

"너는 아무것도 잘못한 것이 없는데."

윤영을 내려다보는 현진의 얼굴에 씁쓸하지만 기쁜 미소가 엷게 떠올랐다. 가족이 아닌 타인이 자신을 위해 울어 주는 게 이렇게 따뜻한 일이었다니. 현진은 윤영을 만나고 참 많은 감정들을 깨닫게 되는 것 같았다.

세차게 내리던 비가 조금씩 수그러들기 시작했고, 얇아진 빗줄기가 아파트의 벽을 타고 들어와 복도에 톡톡 떨어졌다. 그리고 그 빗소리를 따라 윤영의 울음소리도 조금 조금씩 멎어 갔다.

이렇게 울어 본 게 얼마 만이더라.

윤영은 스스로 생각해도 자기 자신이 많이 변화한 듯싶었다.

윤영은 긴 소매로 눈물을 닦으며 코를 훌쩍이고 있었고, 현진은 여전히 그녀의 앞에 쭈그려 앉은 채로 가만히 그녀에게 시선을 고정하고 있었다. 그는 진짜 외계인처럼 새빨개진 윤영의 눈을 이리저리 들여다보았다.

"다 울었나?"

"아니, 아직 멀었어."

확실히 조금 전보다 나아진 윤영의 목소리에 현진이 피식 웃음을 터뜨렸다. 이제 더 이상 울지 않으려는 모양이었다. 그리고 이젠 이 정도쯤이야 괜찮다는 듯, 현진이 전보다 훨씬 더 편안한 얼굴로 그녀의 머리에 손을 올렸다.

부비적부비적. 윤영의 머리를 쓰다듬는 그의 손길이 너무나 다정했다. 마치 어린아이를 달래듯 아주 애정 어린 손길이었다.

두 사람의 시선이 맞닿았고, 윤영은 다시금 그를 향해 분홍빛 입술을 열었다.

"도망가지 마, 이제."

여리지만 다부진 그녀의 목소리가 현진의 귓가를 흘렀다. 그는 자신보다 훨씬 연약하고 작아 보이는 윤영의 어디서 이런 용기가 나오는 걸까, 싶었다. 그만큼 지금 현진을 향한 그녀의 눈빛은 아주 단단하고 흐트러짐이 없었다.

윤영의 머리를 부비작거리던 손을 내린 현진이 조금 더 몸을 수그려 그녀와 눈을 나란히 마주했다. 그리고 이어진 현진의 말에 윤영의 얼굴에 오늘 처음으로 환한 미소가 떠올랐다.

"이제 도망갈 곳도 없어."

넌 도대체 어디에서 짠, 하고 나타나서…….

"이렇게 예쁜데 어떻게 두고 도망을 가."

이렇게 날 아무 데도 가지 못하게 옭아매 놓는 거야.

민애는 조심스레 현관문을 끌어당겨 조용히 닫았다. 답답하다며 갑작스레 튀어 나가는 현진을 뒤따라 나가려고 했는데 현관문 밖에서 들려오는 조근한 목소리에 민애는 자신도 모르게 문을 조금 열고 그들의 대화를 엿듣고야 말았다.

방 안에 들어와 힘없이 바닥에 주저앉은 민애의 얼굴은 이미 눈물 바다였다. 현진에게 그런 사정이 있는 줄은 동생인 그녀도 여태까지 모르고 있던 일이었다. 어쩌면 그것은 당연한 일일지도 몰랐다. 과연 어떤 오빠가 자신의 여동생에게 그런 추잡스러운 이야기를 할 수 있었을까.

현진의 말에 마치 자기 일처럼 엉엉 울던 윤영의 울음소리가 아직도 민애의 귓가를 맴돌았다.

현진의 집에 온 이후 아직까지는 웃는 얼굴로 인사하고 지나치며 윤영이 어떤 여자인가 염탐했었는데, 민애는 오늘로써 확실히 알게 되었다. 윤영이 현진의 짝이라는 것을. 누구에게도 마음을 열지 못하고 지금껏 살아왔던 현진을 감당할 수 있는 사람은 윤영밖에 없다는 것을.

아직도 찡한 코끝을 손으로 문지르며 민애가 다시 현관문 쪽으로 시선을 돌렸다.

사실 현진의 이야기가 조금 충격적이기도 했고, 그래서 가슴이 아프고 저리기도 했지만 그것보다 다행이라는 생각이 먼저 들었다. 현진이 누군가에게 마음을 터놓고 있는 장면을 보게 된 것이 너무나도 감격스러웠다.

다른 한편으로 민애는 그동안 힘들게 살아왔을 현진을 생각하면 자꾸만 가슴이 아려 와 눈물이 멈추질 않았다.

윤영의 말처럼 그동안 숨 막혀서 어떻게 살아왔을지, 아무에게도 말하지 못하고 혼자서 끙끙대며 자신을 가두느라 얼마나 힘이 들었을지, 자신에게 함께 서울에 가자고 말하면서 속으로 얼마나 아파했을지…….

현진에 대한 모든 기억들이 떠오른 민애는 그렇게 집 안에서 몰래 숨이 막히도록 혼자 울었다. 그녀는 지금 자신이 이 정도 우는 것쯤이야 여태껏 힘들게 살아왔을 현진에 비하면 아무것도 아니라고 생각했다.

#
9.

비 온 다음 날은 아주 화창했다. 여느 때와 다르지 않게 쇼핑몰 사무실에 출근한 윤영은 촬영을 마치고 돌아온 재인에게 괴롭힘을 당하며 하루를 보내고 있었다.

다른 사람들은 시장에 다녀온다며 모두 나가 버렸고, 두 사람만이 사무실에 남았다. 며칠 전만 해도 조금만 건드려도 폭발할 것같이 무섭게 굴던 그녀가 어느 순간 사근사근해지자 재인이 다시 작업을 개시한 것이었다.

"대체 이게 뭐예요!"

"내가 미리 경고했었지?"

윤영은 인터넷 쇼핑몰에 올려놓을 사진을 손보면서 정말로 사진 속 재인의 콧구멍을 확대시키고, 다리를 아주 짧게 줄여 놓았다.

"삭제해요! 삭제하라고!"

"싫은데."

그 사진을 보고 기겁한 재인이 어서 삭제하라고 난리를 쳤지만, 윤영은 기어이 그 기묘한 사진을 프린터로 여러 장 뽑아 사무실 군데군데 그리고 복도 곳곳에 붙여 놓았다. 재인이 떼면 또 붙여 놓고, 떼면 또 붙여 놓고……. 헥헥거리는 재인과는 달리 윤영은 지칠 줄을 몰랐다.

윤영과 재인, 사무실에 마주 앉은 두 사람이 서로의 눈을 바라보고 있었다. 재인은 잔뜩 뿔이 오른 상태였고, 윤영은 아주 여유로운 얼굴이었다.

"자, 어때? 누나는 이렇게 무서운 여자야."

"무서운 거 좋아하시네! 무슨 여자가 이렇게 똥고집이야? 떼면 붙이고, 또 떼면 또 붙이고!"

"더 심한 사진으로 전국 방방곡곡에 도배해 줄 수도 있어. 어쩔래? 이제 그만 귀찮게 굴래, 아니면 네 얼굴이 가득 찬 벽보를 전국 곳곳에서 감상할래?"

협박을 해도 진짜 특이하게 했다. 윤영이 팔짱을 낀 채 재인을 보며 묻자 재인은 대답 없이 그저 입술을 잘근잘근 씹었다. 이거 생각보다 타격이 컸다. 그의 아름다운 얼굴을 감히 이 따위 웃음거리로 만들려 하다니.

결국 재인의 KO였다. 아무리 윤영을 좋아한다고 해도, 자신이 망가져 가면서까지 좋아할 마음은 없었다. 재인은 더 이상 윤영을 귀찮게 굴지 않기로 약속했고, 대신 그녀에게 다른 제안을 했다.

"친구? 너랑 나랑 무슨 친구? 쬐그만 게!"

바로 친구로 지내자는 것. 유치한 남자들의 전형적인 레퍼토리였다. 연인이 안 되면 친구로라도 지내자는 얄팍한 술수. 윤영은 관심 없다는 듯 고개를 절레절레 저었다. 윤영은 현재 친구든 남자든, 현진 하나로 족했다.

"그럼 우리의 아름다운 추억들을 그냥 이대로 묻어 버리나? 친구로 지내면서 앞으로 더 발전할 수도 있는 거고⋯⋯."

"됐어. 너랑은 발전 안 해."

"왜요! 그때 그 싸가지 없는 자식 때문에?!"

"이게 누구보고 싸가지래? 너 진짜 콧구멍 1cm 더 늘릴 거야. 기다려."

"악! 그러지 마요!"

컴퓨터 모니터 앞으로 시선을 돌린 윤영이 마우스를 잡자, 재인이 그녀의 손을 잡은 채 실랑이를 벌였다. 아까 그 사진으로도 충분히 충격적인데, 윤영이 더 이상 자신의 미모를 망치게 둘 수는 없었던 것이다. 스물한 살 꽃미남의 자존심이라면 자존심이랄까.

"그 마우스에서 손 떼시죠."

"너나 나한테서 손 떼! 2cm 늘릴 거야!"

"그거 클릭하기만 해요."

"그럼 사과해. 우리 현진이한테 감히 싸가지?"

참나. 자기가 먼저 싸가지 없는 남자가 좋다고 하지 않았나? 그래서 그 싸가지 없는 남자 보는 눈길이 그렇게 멍했던 거 아니었나?

재인은 화딱지가 나, 마우스를 잡은 윤영의 손을 더욱더 꼭 잡았다. 이런 식으로 정상적이지 않게 여자에게 거부당해 본 적은 처음이었다. 자신의 아름다운 얼굴을 가지고 협박당해 본 것도 처음이고!

하지만 윤영을 막는 재인의 행동은 그리 오래 지속되지 못했다.

쾅.

마침 퇴근 시간이었다. 갑자기 사무실 문이 열리며 누군가가 성큼성큼 윤영과 재인에게로 다가왔다.

실랑이하던 그대로 멈추어선 두 사람은 두 눈을 껌뻑거리며 사무실 문을 열고 들어온 남자를 멍하니 바라보았고, 곧 그 남자는 긴 다리를 뻗어 재인의 옆구리를 흠씬 걷어차 주었다.

"악!"

"현진아!"

윤영과 손이 맞닿아 있던 재인을 걷어찬 현진이 잔뜩 구겨진 얼굴로 바닥에 널브러진 그를 바라보았다.

"재인아, 미안해. 내가 대신 사과할게."

"됐어요."

"진짜 미안. 정말."

현진이 도착한 뒤 얼마 안 있어 시장에 갔던 사무실 식구들도 모두 돌아왔다. 갑작스레 벌어진 일에 윤영은 현진 대신 재인에게 미안하다고 몇 번이고 사과하고는, 퇴근하겠다며 후다닥 현진을 잡아끌고 밖으로 나왔다.

"저 형 다시는 못 오게 해요, 여기!"

"시끄러워."

재인은 자신을 냅다 걷어찬 현진에게 단단히 화가 난 듯 두 사람을 향해 빽 소리를 질렀지만, 현진은 그저 시끄럽다는 한마디로 그의 입을 다물게 만들었다.

재인은 사무실에서 사라진 두 사람이 있던 자리를 바라보며 황당한 얼굴로 서 있을 뿐이었다. 싸가지 없는 남자를 좋아한다던 윤영의 목소리가 다시금 그의 귓가에 흘렀다.

"대체 어디서 저런 왕싸가지를 찾아낸 거야?"

겨우 두 번 봤을 뿐이지만, 재인이 보기에 저 남자는 신기한 윤영의 이상형에 100% 적합한 남자였다. KO. 그것은 한마디로 재인의 완벽한 패배라는 소리였다.

거리에는 피할 틈 없이 뜨거운 햇볕이 내리쬐고 있었다. 송골송골 땀이 맺힌 두 사람의 이마가 햇살에 빛나 반짝거렸다.

"현진아."

"……."

"현진아, 같이 가!"

현진은 잔뜩 신경질이 난 얼굴로 버스 정류장까지 빠른 걸음으로 걷고 있었다. 안 그래도 더운 날씨에 긴 옷을 입고 무거운 카메라까지 목에 건 윤영은 빠르게 걷는 그의 뒤를 쫓아가느라 금세 더위 먹은 얼굴이 되었다.

뒤에서 헥헥거리는 윤영의 숨소리가 들리자 현진이 그제야 정신을 차리곤 걸음을 천천히 멈추었다. 불퉁한 표정으로 몸을 돌린 현진이 그를 따라 멈추어서 숨을 고르고 있는 윤영에게 시선을 고정시켰다. 그녀의 얼굴엔 물음표가 떠올랐다.

"왜 현진아?"

사무실에서 나오는 내내 현진의 머릿속엔 윤영의 손을 포개고 있던 재인의 손만이 가득했다. 날이 너무 더워 공부도 잘 되지 않고, 민애도 놀러 나가고─여기서 의문인 건 도대체 서울에 친구도 없는 게 누구랑 놀러 나갔느냐는 거다─혼자 남은 현진은 윤영에게 얼핏 들었던 쇼핑몰 사무실로 그녀를 데리러 간 것이었다.

열심히 일하고 있을 윤영을 상상하며 나름 흐뭇한 얼굴로 그곳까지 갔는데 그딴 걸 볼 줄 알았다면 절대로 사무실 안까지 들어서지 않았을 것이다.

이게 돈 번다고 나가서는 다른 남자랑 시시덕대면서 놀고 있어?

윤영을 바라보는 현진의 눈빛이 더욱더 뾰족뾰족해졌다.

"저게 뭐가 예쁘다고."

옅은 여름 바람에 흔들리는 윤영의 구불거리는 머리카락을 바라보며 현진이 구시렁거렸다. 언젠 제가 먼저 예쁘다고 말했던 주제에, 그녀를 보고 있는 현진의 속은 잔뜩 꼬여 있었다.

"뭐 하나 예쁜 구석이 없는데, 저게 뭐가 좋다고."

"무슨 소리야, 현진아. 나한테 하는 말이야?"

윤영의 얼굴은 여전히 물음표.

하지만 가만히 자신을 바라보고 서 있는 윤영의 이곳저곳을 천천히 뜯어보던 현진은 자신도 모르게 화르륵 달아오른 얼굴로 그녀의 시선을 피하고 말았다.

땀에 반짝이는 하얀 얼굴, 동그란 눈, 오물거리는 분홍색 입술, 긴 목, 옷 안에 감추어진 마른 어깨와 몸……

전부터 몇 번이고 그녀를 예쁘다고 생각했던 자신이 정신이 나간 건 아닐까, 싶었는데 이렇게 찬찬히 바라보니 윤영은 정말 가슴이 떨릴 만큼 예뻤다. 완벽한 미인형의 얼굴은 아니었지만, 남자들이 한 번쯤 좋아했을 법한 첫사랑의 느낌처럼 깨끗하고 고운 생김새였다.

터벅터벅. 갑작스레 자신의 시선을 피하는 현진이 이상해 윤영은 걱정스러운 얼굴로 그의 곁에 다가와 섰다.

"뭐하는 거야, 너?"

혼자서 북 치고 장구 치고. 현진은 그의 앞에 바투 다가와 얼굴을 내미는 윤영과 시선을 제대로 마주치지 못하고 다시 몸을 돌려 버스 정류장으로 발걸음을 옮기기 시작했다.

"야, 너 거기 그만둬."

"응? 거기?"

"그래! 거기!"

"거기 어디? 쇼핑몰 사무실?"

윤영이 다시 현진의 뒤를 바짝 쫓아가며 둥그런 눈을 한 채 되물었다. 현진은 그저 고개를 끄덕거린 채 걸음을 재촉했고, 그녀는 알 수 없는 얼굴이 되어 빠른 걸음으로 그의 뒤통수를 쫓을 뿐이었다.

어느새 두 사람은 나란히 정류장 푯말 앞에 섰다.

"갑자기 남이 일하는 데 들어와서 온갖 승질은 다 부리더니 이번엔 그만두라 그러고. 대체 무슨 소리야?"

윤영의 질문에 현진의 눈썹이 구불구불 움직였다.

"거기 기운이 이상해. 사무실도 음침한 데 있고. 수맥도 흐르는 것 같고. 그러니까 그냥 나와."

뭐 저런 시답잖은 이유가 다 있단 말인가?

마치 현진이 저차원 개그를 했을 때처럼 윤영의 표정이 조금 답답해졌다.

"네가 무슨 도인이야? 수맥이 흐르는지 아닌지 어떻게 알아?"

"나는 원래 모르는 게 없다."

"차암내. 수맥 안 흐르니까 걱정 마. 난 거기서 일하고 나서 더 활기차졌어."

버스가 오나 안 오나, 고개를 내밀어 차도를 바라보며 윤영이 계속 말을 이었다.

"그리고 거기 보수가 얼마나 괜찮은데. 내가 그동안 학교에서 배운 것 써먹을 수도 있고……."

"……."

"아무튼 무지 재미있단 말이야. 일하다 보면 기분도 좋아지고."

"왜! 그놈 때문에?"

갑자기 빽 소리를 지르는 현진 때문에 주변 사람들의 시선이 윤영과 그에게로 쏠렸다. 차도를 바라보고 서 있던 윤영도 갑작스런 그의 목소리에 깜짝 놀랐다.

"어머나, 사랑싸움 하나 봐. 귀여워라."

주변인들의 큭큭거리는 웃음소리에 현진의 얼굴에 쑥스러움이 가득해졌다.

왜! 그놈 때문에? 누가 들어도 나 질투했소, 라는 느낌이 가득한 음성이었다.

윤영은 그제야 현진이 재인을 걷어찬 이유를 알 수 있었다. 워낙 현진의 성격이 제 맘에 안 들고 뒤틀리면 헐크처럼 변하는 터라, 그녀는 그저 현진이 재인을 마음에 들어 하지 않는다고만 생각했었다. 더군다나 그전에 그녀가 재인과 함께 있을 때는 질투하지도 않았었고…….

그녀의 손을 붙들고 있던 재인을 떠올린 윤영이 주변인들과 같이 쿡쿡 웃음을 터뜨렸다. 손을 들어 입을 막고 웃는 윤영을 내려다보며 현진은 짜증스러운 얼굴이었지만, 곧 자신이 왜 그런 소리를 했을까 하는 자책이 가득 담긴 얼굴로 바뀌었다.

"그만 웃어."

"…….."

"그만 웃으랬다."

웃음소리를 집어 삼킨 윤영이 활짝 미소를 지은 채 다시 고개를 들어 현진을 올려다보았다. 주변인들은 이미 그들에게서 시선을 뗀 지 오래였지만, 현진은 빨리 이곳을 벗어나고 싶어 괜스레 버스가 오지 않는 차도를 보며 툴툴거렸다.

"현진아."

그의 이름을 조근하게 부르는 윤영의 목소리에 현진이 슬쩍 고개를 내려 그녀를 내려다보았다. 햇살 속에 부서지는 윤영의 미소가 눈부시게 빛났다.

참 예쁘다고…… 이제 진짜 네 웃는 얼굴에서 빠져나올 수가 없겠다고. 현진은 자신도 모르게 또 그렇게 생각해 버렸다.

"현진아."

"왜."

퉁명스러운 음성이지만, 윤영은 그 목소리가 그의 진심이 아님을 이제 알고 있었다. 차마 그의 팔에 매달리진 못하고 허리춤의 옷자락을 꼭 쥔 윤영이 다시금 그를 향해 환하게 웃었다.

"나는 네가 너무 좋아."

"……."

"진짜 좋아 죽겠어."

시선을 거두었던 사람들이 윤영의 당찬 고백에 다시금 시선을 두 사람에게로 고정시켰다. 이번엔 윤영을 바라보는 현진의 두 눈동자가 커졌다.

쏟아지는 더위와 함께 버스 정류장 속에서 받은 고백. 수줍은 느낌보다도, 마치 좋아하는 게 당연하다는 듯이 이어진 고백에 현진의 입술에서 그도 모르게 픽 웃음이 터져 나왔다.

"하여튼 이 계집애는 진짜 사람들 앞에서 못 하는 소리가 없어."

현진은 자신의 허리춤을 쥔 그녀의 작고 말랑한 손을 제 손안에 꼭 쥐었다. 큰 손 안에 쏙 담기는 윤영의 손의 감촉이 이제는 전처럼 나쁘지 않았다.

다른 사람은 여전히 닿고 싶지 않았다. 오로지 윤영뿐이었다. 가족 외에 이제 그가 닿을 수 있는 사람은 오로지 그녀뿐이었다.

"내 손을 잡을 수 있는 사람은 민애랑 너밖에 없어."

"응."

현진에게 꼭 잡힌 제 손을 내려다보며 윤영이 배시시 웃었다. 이제는 편하게 다가오는 현진의 손길이 윤영은 너무나 좋았다.

다른 곳은 너무 더워 땀이 주룩주룩 흐르는데 현진과 맞닿은 손은 그저 따뜻하기만 했다.

현진의 손을 더욱더 꼭 쥔 윤영이 행복한 얼굴로 현진을 올려다보았다.

너에게 닿을 수 있는 유일한 타인. 나. 설윤영.

점점 그에게 소중한 사람이 되고 있다는 게 느껴졌다.

"그러니까 너도 마찬가지야. 너한테 닿을 수 있는 사람은 네 오빠랑 나뿐이야."

"응!"

맑은 하늘에 울려 퍼지는 윤영의 힘찬 대답에 현진이 다시금 웃음을 터뜨렸다.

"하여튼 대답은 잘해."

한 번만 더 그런 꼴—재인과의 다정한 모습—보이기만 해 보라며 엄포를 놓는 현진의 무뚝뚝한 말투에도 윤영은 뭐가 그렇게 좋은지 연신 생글거리는 얼굴이었다. 더운 해님이 두 사람의 곁을 떼어 놓으려 아무리 방해해도 집으로 돌아오는 내내 두 사람은 꼭 붙잡은 손을 놓지 않았다.

데리러 와 줘서 고마워, 현진아.

데리러 간 거 아니야.

그래도 고마워, 현진아.

됐어.

…….

……가끔 갈게.

❖

주말.

재영이 고영식 편집장을 만나러 가서 혼자 남아 있는 윤영에게 민애가 찾아왔다.

찍찍찍. 햄스터 수컷 두 마리가 함께 살고 있는 플라스틱 우리를 들고 찾아온 민애는 윤영이 준 주스를 마시며 소파에 앉았다. 윤영은 그녀가 찾아와 기분이 좋은지 굉장히 설레는 얼굴이었다.

"아후. 언니 오늘 진짜 후덥지근하지 않아요?"

"응. 이런 날엔 집에 있는 게 최고야."

민애가 서울로 올라온 이후부터 자주 마주치게 된 두 사람은 어느 순간부터 가까운 사이가 되어 있었다. 특히 현진이 윤영을 좋아한다는 것을 눈치챈 이후부터 민애는 그녀에게 더 가까이 다가가기 위해 애썼고, 윤영 역시 좋아하는 사람의 동생과 가까워지고 싶은 마음에 그녀에게 잘 대해 주었다.

그런 윤영을 따라 재영도 현진과 민애 남매를 더욱더 좋아할 수밖에 없었다. 그는 윤영에게 아무 거리낌 없이 성큼 다가와 준 두 사람이 너무나 고마웠고, 그 두 사람이 윤영이 다가갈 수 있는 누군가가 되어 준 것도 너무나 고마웠다.

"에엥? 아저씨가 소설가였어요?"

"응. 몰랐어?"

"네에. 전혀요."

윤영은 찍찍거리는 햄스터를 손바닥 위에 올려놓고 만지작거리며 빙긋 웃었다. 민애는 재영이 몇 권이나 책을 출간한 소설가라는 말을 믿을 수가 없다는 얼굴이었다.

"어쩐지 집에 너무 자주 있더라, 싶었어요."

사실은 백수인 줄 알았는데. 다행히도 그 나이 먹고 백수는 아닌 모양이었다.

"저 아저씨 방 좀 잠깐 구경해도 돼요?"

"살짝 둘러보는 거야, 얼마든지."

민애의 물음에 윤영은 흔쾌히 그러라고 대답했다.

조심스레 재영의 방문을 연 민애는 넓은 책장을 가득 채운 책을 보며 놀라운 듯 두 눈을 껌뻑거렸다.

"엄청 게으르고 바보 같아 보였는데……."

이 방은 어쩐지 진짜 소설가의 방처럼 느껴지는 것 같았다. 재영의 방을 둘러보는 민애의 입가에 그녀도 모르게 옅은 미소가 번졌다. 어쩐지 그가 써낸 책도 그처럼 정상적일 것 같지는 않았지만, 재영 윤영 남매에게서 느껴지는 느낌처럼 색다르고 통통 튈 것 같은 느낌이었다.

"아저씨 몰래 서점에서 사다 봐야겠네."

작게 중얼거린 민애가 재영의 방문을 닫고 거실로 나왔다. 윤영은 그의 방을 보고 나오면서 싱긋 웃는 민애를 보며 조금 어리둥절한 표정이었다.

"우리 오빠 방에 뭐 웃긴 거 있어?"

"네?"

민애가 조금 놀란 얼굴로 윤영을 바라보았다.

"아니, 웃으면서 나오길래 뭐 이상한 거라도 봤나 싶어서. 혹시 김치 국물 묻은 오빠 티셔츠라도 봤다든가."

재영의 김치 국물 묻은 티셔츠는 얼마 전에 목격했다. 슈퍼에 가려고 나오다가 그가 꼬질꼬질한 몰골로 들어오고 있는 걸 본 적이 있었다.

그때를 떠올린 민애가 쿡쿡 웃음을 터뜨렸다. 늘 깔끔한 오빠만 보고 자라서인지 정신 사나운 그의 행색이 꽤나 충격적이긴 했지만 소설가라는 말을 듣고 나니, 왠지 그럴 수도 있겠다 싶어졌다.

윤영과 민애 두 사람은 마치 오래된 친구처럼 소파에 드러누워 이런저런 이야기를 나누었다. 마음속 깊은 이야기는 아니었다. 자신들의 오빠 이야기를 하며 투덜거리기도 했고, 요즘에 이런 영화가 재미있다더라, 이런 책이 재미있다더라 하는 가벼운 이야기들이었다.

하지만 두 사람은 지금 이 시간이 너무나 좋고 즐거웠다. 가벼운 이야기들을 나누는데도 마음이 통하는 느낌이랄까. 정말 비눗방울처럼 통통 튀는 윤영을 바라보며 민애는 현진이 그녀를 좋아할 수밖에 없는 이유를 하나하나 알아내는 기분이었다. 이런 사람이 현진의 곁에 있어 주어서 다행이라는 생각도 들었다.

햄순이라고 생각했던 햄둘이가 윤영의 손에 들려 있었다. 민애가 현진에게 사다 준 햄스터였다. 그녀가 손에 쥔 꼬물거리는 그 동물을 만지작거리며 작게 웃었다.

"현진이야."

"네?"

선풍기 앞에 앉아 윤영을 바라보던 민애가 의아한 얼굴로 되물었다. 윤영은 몇 번을 쓰다듬고는 햄스터를 다시 플라스틱 우리 안에 넣어 주었다.

비어 있던 우리에 한 마리가 들어오자 남은 한 마리가 찍찍거리며 그를 반겼다. 두 수컷은 서로 아주 잘 지내는 눈치였다.

"얘 말이야, 네가 사다 준 햄스터. 암컷인 줄 알고 내내 햄순아, 햄순아 하고 불렀고 아기 낳으라고 수컷까지 사다 넣었는데, 글쎄 화원 아저씨가 얘를 뒤집어 보더니 이 애는 수놈이오, 하는 거야. 그때 어찌나 허탈했던지 몰라. 꼬물거리는 새끼들을 계속 기대하고 있었거든."

민애가 윤영의 이야기에 집중하기 위해 조금 더 그녀에게 바짝 다가와 소파에 엎드렸다. 윤영은 긴 치마로 두 다리를 감싸 안은 채 민애와 두 눈을 마주했다. 그녀는 계속해서 말을 이어 갔고, 민애는 그녀에게 귀 기울였다.

"현진이도 처음엔 그랬어. 그냥 막연히 내가 이런 사람이라고 단정 짓고 있었던 것 같아. 맨 처음엔 진짜 왕싸가지라고 생각했거든. 큭큭. 아, 뭐 이렇게 싸가지 없고 잘생긴 남자애가 다 있을까? 뭐 이렇게 못되게 말을 하는 남자애가 다 있을까. 뭐 이렇게 사람 마음을 아프게 하는 남자애가 다 있을까."

"……."

"근데 뒤집어 보니까 영 다른 사람인 거야. 내가 생각했던 그런 사람이 아닌 거야. 너무나 따뜻하고, 사랑스럽고, 예쁜…… 그런 사람이었어, 현진이는."

"……."

"내가 처음에 느꼈던 최현진이 전부가 아니었더라고, 마치 햄순이처럼."

윤영의 이야기를 듣는 민애는 왠지 속에서 무언가가 치밀어 올라오는 기분이었다. 현진이 윤영을 좋아하는 이유를 한 가지 더 알아낸 느낌. 이렇게 예쁜 주제에 어쩜 이런 예쁜 생각만 할까?

"그래서 지금은 햄순이가 햄둘이인 것에 너무 감사해. 내가 본 모습 그대로가 아니어서 너무 좋아."

"……."

"근데 나. 너희 오빠가 좋다는 말을 좀 이상하게 돌려 말한다. 그치?"

배시시 웃는 그녀의 모습이 여자인 민애에게도 사랑스럽게 느껴졌다.

민애가 큭큭거리며 웃었다. 안 그래도 그렇게 생각하고 있던 참이었다. 결론은 그래서 현진이 너무너무 좋다는 이야기인데, 괜히 애꿎은 햄스터까지 개입시켜서 말만 길게 늘어뜨려 놓았다.

민애의 웃음에 윤영이 쑥스러운 듯 머리를 긁적였다.

"고마워요, 언니. 우리 오빠 많이 좋아해 줘서."

"……"

"나 만날 우리 오빠 얼굴만 보고 쫓아다니는 여자들만 봤었는데…… 언닌 참……"

언니답게 사랑스러운 사랑을 하네요.

민애가 작게 조근거리듯 말을 잇자 윤영의 얼굴에 웃음이 걸렸다. 윤영은 현진이 너무나 아끼는 그의 동생에게 현진에 대한 제 마음을 꼭 말해 주고 싶었다.

그냥 단순한 감정이 아니야. 아픈 네 오빠에게 아무렇지 않게 다가갈 정도로 단순한 감정은 아니야. 꼭 이런 메시지를 전해 주고 싶었다.

#
10.

여전히 무더운 주말이었다. 나란히 굳게 닫힌 1118호와 1119호 현관문이 비추는 햇살에 눈부시게 빛났다.

쿵쿵쿵.

이른 낮 시간부터 현관문을 밀고 나온 현진이 1118호 문을 두드렸다. 그 이유인 즉, 오늘은 그가 제대로 된 윤영과의 첫 데이트를 약속한 날이기 때문이었다.

"왔어?"

"응."

마치 현진을 기다렸다는 듯, 윤영이 금세 문을 열고 얼굴을 빼꼼 내밀었다. 그녀의 목에 걸린 카메라가 달랑거렸다. 햇살을 등지고 선 현진의 모습을 확인한 윤영의 입가에 환한 미소가 머금어졌다. 현진의 얼굴에도 옅은 미소가 피어올랐다.

윤영을 따라 현관문 밖으로 스윽 목을 쭉 뺀 재영이 두 사람을 번갈아 보며 가자미눈을 떴다. 오늘따라 몇 번이고 머리를 만지고 옷매무새를 가다듬던 윤영이 이상하다 싶었는데, 문 밖에 서 있는 현진을 보니 그제야 그녀가 그리한 이유를 알겠다 싶었다.

"큼."

좁게 열린 현관문 사이로 나란히 튀어나와 있는 재영과 윤영의 머리꼭지를 보며 현진이 조금 민망한 듯 괜한 소리를 냈다.

"윤영이 족제비 니들……."

재영이 여전히 쭉 찢어진 눈으로 묘한 분위기가 흐르는 두 사람을 번갈아 보며 말끝을 흐렸다.

"니들 혹시 사귀냐?"

재영의 물음이 복도 가득 퍼지자 곧 윤영은 창피하단 얼굴이 되었다. 아무 말도 못 하는 두 사람을 바라보며 재영이 힘차게 웃었다.

"하하하하. 그래그래. 연애들 해야지, 세월이 아까운데."

제가 데이트를 하는 것도 아니면서, 복도를 따라 걸어가는 윤영, 현진 두 사람을 보는 재영의 얼굴은 미소로 가득 차 있었다.

금방이라도 입이 귀에 걸릴 듯 웃고 있는 오빠를 뒤돌아보며 윤영이 작은 손을 흔들어 주었고, 재영도 그런 동생을 따라 같이 손을 흔들어 주었다.

"오빠. 저녁 잘 먹고 있어."

"알았어, 알았어. 잘 다녀와."

재영은 어쩐지 벌써부터 시집가는 딸을 보는 듯 속이 시큼하기도 했지만, 사랑을 하고 있는 동생의 뒷모습이, 덩달아 족제비 현진의 모습까지 참으로 예쁘고 행복해 보였다. 그리고 그 생각에 자신도 행복해지는 것 같았다.

윤영의 마음을 열어 준 현진이 참으로 고마웠다. 늘 툭툭대고 건방지긴 했지만, 언제부턴가 그는 현진이 윤영에게 좋은 사람이 될 수 있을 것 같다고 예감해 왔었다. 윤영이 특별히 바라보고 있는 누군가가 생긴 것만으로도, 그 사람은 재영에게 은인인 셈이었다.

"어머니, 아버지."

두 사람의 모습이 사라지자 재영이 열심히 흔들던 손을 차분히 내렸다. 아까와 같은 장난스런 표정은 없어지고, 또다시 동생을 사랑하는 정상적인 오빠의 모습만이 남아 있었다.

"윤영이가 이제야 제 자신을 용서하려는 모양이에요."

살아난 윤영과 함께 싸늘한 시신이 되어 돌아온 부모님을 떠올리며 재영이 조금 씁쓸하게 웃었다.

우두커니 멈춰서 현진과 윤영이 사라진 방향을 바라보고 있던 재영이 갑자기 무언가가 생각난 듯, 흘긋 시선을 돌려 1119호 현관문을 돌아보았다.

고3, 최민애. 아이스크림을 무척이나 좋아하는 여자애.

"공부하고 있으려나."

그녀를 생각하니 금세 또 흐뭇한 미소가 지어졌다.

웃음을 담은 채 조용히 문을 닫고 들어온 재영은 이제 막바지를 향해 달려가고 있는 〈수험생을 위하여 수업 좋은 울리나〉를 위해 또다시 노트북 앞에 머리를 싸매고 앉았다.

어서 출간 작업하고 계약금 받아서 우리 윤영이 맛있는 거 사줘야지. 족제비도, 그리고 고3도.

어쩐지 노트북 자판을 두드리는 그의 손이 활기차 보였다.

"왜 그래?"

"뭐가?"

윤영과 현진은 어디로 갈까 고민하다가 결국 영화관을 첫 데이트 장소로 택했다. 긴 옷을 입고 있는 윤영을 위해 어딘가 시원하게 있을 곳이 필요했다. 하지만 사람이 많은 곳을 싫어하는데다가 여자와 처음으로 영화를 보러 온 현진은 왠지 모르게 이 상황들이 불편했다.

윤영이 선택한 공포 영화표를 끊고 팝콘을 사 그녀에게 안겨 준 뒤 대기석에 앉지도 못하고 마치 목석처럼 **뻣뻣이** 서 있기만 했다.

"지금 잔뜩 굳었잖아, 현진이 너."

보다 못한 윤영이 팝콘을 먹던 손을 들어 현진을 잡아당겨 제 옆에 앉혔다. 그리고 손안 가득 팝콘을 쥐어 그의 입안에 툭 넣어 주었다.

"뭐야 이거. 시골 촌놈도 아니고……."

팝콘을 입에 가득 담은 현진이 시골 촌놈이란 윤영의 말에 반격도 못 하고 그저 입안에 든 팝콘을 우물거렸다. 그 모습에 윤영이 픽 웃음을 터뜨렸다. 현진은 무언가가 마음에 안 드는 듯 급하게 팝콘을 씹어 삼키곤 웃고 있는 그녀의 얼굴을 바라보았다.

"너! 설윤영."

"응?"

"너무 자연스러워."

달콤한 팝콘향이 입안에 퍼져 나가는 게 기분까지 달달해지는 것 같았다.

너무 자연스러워. 팝콘을 다시 집으려던 윤영의 손이 멈췄다. 알 수 없는 현진의 말에 그녀의 얼굴에 물음표가 생겼다.

"뭐가?"

"지금 행동."

"팝콘 먹는 거? 설마 지금 먹는 걸로 트집 잡는 거야?"

"아니, 그거 말고. 이 영화관에 오는 거 말이다."

"그게 뭐가? 나 영화관 많이 왔으니까 자연스러운 거야 당연하지."

"뭐? 누구랑? 누구랑 왔는데!"

하여튼 저 다혈질을 어쩌면 좋을지 모르겠다. 현진은 잔뜩 흥분한 목소리였다. 둥그런 눈으로 그를 지켜보던 윤영이 자신도 모르게 풋 하고 웃음을 터뜨렸다. 예전부터 느끼긴 했지만, 어쩐지 요즘따라 현진이 더 사랑스럽게 느껴졌다.

현진은 윤영이 남자인 자신과 영화관에서 자연스럽게 데이트하는 모습이 마음에 들지 않은 모양이었다. 별거 아니라고 생각할 수도 있는 일인데, 아니 그냥 아무렇지 않게 넘어갈 수도 있는 일이었는데 현진은 이상하게 어린아이가 된 것처럼 잔뜩 뿔이 나 있었다.

윤영은 웃고 있었지만 그런 그녀를 바라보는 현진은 아주 심각한 표정이었다. 자신은 무엇을 해야 할지 몰라, 어쩔 줄을 몰라, 조금 가슴이 뛰는 것 같기도 해서, 긴장이 돼서 미치겠는데, 윤영은 마치 이런 일이 빈번했던 양 너무나 자연스러웠다. 유치하다고 해도 상관없었다. 현진은 그게 너무 마음에 들지 않았다.

윤영이 여전히 웃는 얼굴로 팝콘을 집어 다시 한 번 현진의 입속에 툭 집어넣었다. 몇 개의 알갱이가 떨어져 내리긴 했지만, 그는 자신도 모르게 그녀가 건넨 팝콘을 모두 받아먹었다.

"입 막는 거야?"

"네 입을 왜 막아 내가."

윤영이 또다시 우걱우걱 달콤한 팝콘을 씹어 삼키곤 그를 바라보았다. 그리고 아무것도 아니라는 듯 대답했다.

"영화관엔 오빠랑 많이 왔어."

"진짜?"

"그럼 진짜지, 가짜게. 뭐 그런 걸 가지고 화를 내, 귀엽게

시리."

사실 재영이 아닌 다른 남자랑 영화관에 와 본 적이 몇 번 있기는 했다. 사고 전, 윤영은 다른 여자들과 똑같이 대인 관계 원만하고, 학교생활도 열심히 즐기는 평범한 대학생이었으니까.

하지만 윤영은 지금 사실대로 말하면 다혈질 현진이 데이트 안 하겠다고 그대로 가 버릴 것 같아서 선의의 거짓말을 할 수밖에 없었다.

윤영의 대답에 현진은 조금 못 미더운 얼굴이었지만 더 이상 묻지는 않았다. 사실 그의 손을 살며시 잡아 오는 윤영의 보드라운 손길에, 단순하기로 둘째가라면 서러운 현진은 순간 아무것도 상관없어진 것이었다.

영화를 기다리는 동안 윤영은 몇 번이고 현진의 입속에 팝콘을 넣어 주며 이런저런 이야기들을 조잘거렸다. 별로 특별한 이야기들은 아니었다. 하지만 현진은 그녀의 예쁜 분홍빛 입술에서 나오는 말이라는 것 자체가 특별하게 느껴졌다.

공포 영화를 보는 내내 윤영은 눈 하나도 깜짝하지 않았다. 오히려 갑작스레 툭툭 튀어나오는 귀신과 음향 효과에 놀라 기절하기 일보 직전이었던 건 현진이었다.

"아악!"

징그러운 장면들이 나옴에도 불구하고 태연히 팝콘을 집어 먹는 윤영을 보는 현진의 눈빛은 거의 경외감에 가까웠다. 드라마에서나 어디에서나 이런 상황에서는 여자가 꺅꺅대며 남자에게 기대야 정상일 것인데, 두 사람은 상황이 아주 많이 바뀌어 있었다.

"완전 재밌었다!"

상영관을 나와 팝콘 상자를 버리며 윤영이 외친 한마디였다. 현진의 팔을 꼭 붙들고 밖으로 나온 윤영은 신이 나 있었고, 그는 아직까지도 사색이 된 얼굴이었다. 꿈에 나올까 무서운 장면들이 그의 머릿속을 흘러 다녔다. 금방이라도 속이 뒤집어질 것 같았다.

하지만…….

활짝 웃고 있는 윤영을 바라보는 현진의 얼굴엔 금방 엷은 미소가 감돌았다. 그녀가 즐거워하는 모습을 보니 그리 나쁜 선택은 아니었다는 생각이 들었다. 분명 그는 먹었던 팝콘이 역류할 정도로 무섭긴 했지만, 윤영이 좋아했으니까. 윤영이 즐거워했으니까.

에어컨으로 시원했던 영화관을 나오자 다시 따가운 햇살이 두 사람을 무덥게 만들었다.

"그렇게 재밌었어?"

"응. 난 원래 옛날부터 공포 영화 마니아였어. 근데 앞으로 현진이 너랑 볼 땐 다른 거 봐야겠다."

"왜. 나 그렇게 가관이었냐?"

"알긴 아는구나. 나 이렇게 귀신 무서워하는 남자 우리 오빠 다음으로 처음 봤어. 큭큭."

"거 봐라. 너희 오빠도 공포 영화 무서워하지? 심각할 정도로 태연한 네가 이상한 거다."

현진의 말에 윤영은 고작 그런 거에 벌벌 떠는 남자들이 더 이상하다며 핀잔을 주었다. 영화를 볼 때, 어둠 속에서도 확연히 드러났던 현진의 공포에 질린 표정을 따라하며 윤영은 아주 즐거워했다.

"배고프다."

"조금만 걷자. 이 근처에 맛있는 집 찾아놨어."

"맛있는 집? 어디?"

"네가 좋아하는 고깃집."

"오예!"

조금만 걷자고 했는데, 생각보다 음식점은 거리가 꽤 있었다. 나란히 손을 맞잡고 거리를 걷다 보니 두 사람 모두 피곤함이 감돌기 시작했다.

서로 함께 있는 것이 아주 행복하고 즐겁긴 했지만, 워낙 사람이 많은 길거리를 걷다 보니 이 사람 저 사람과 부딪치는 바람에 현진은 조금 힘든 표정이었다.

윤영에게도 햇볕이 이리도 쏟아지는 여름날 거리를 걷는 일은 무척이나 힘든 것이었다. 조잘조잘 재미있게 떠들던 두 사람은 잠시 말이 없어졌다. 하지만 서로를 꼭 잡은 손은 절대로 놓지 않았다.

음식점을 찾던 현진의 눈에 힘들어 보이는 윤영의 얼굴이 들어왔다.

자신을 벌하는 방법이 필요했다고 했던가. 사진을 찍지 않고, 좋아하던 동물에게 정을 주지 않고, 상처를 가리기 위해 타들어 가는 여름에도 긴 옷을 입고.

현진은 시선을 내려 나란히 맞잡은 손을 바라보았다. 그는 윤영 때문에 이만큼이나 변화했는데, 자신은 그녀에게 해 준 것이 없다는 생각이 들자 왠지 미안한 마음이 들었다. 현진의 손을 잡고 흔들거리는, 상처가 난 그녀의 오른팔이 옷 안에서 유독 더 얇아 보였다.

"윤영아, 잠깐만."

멈칫. 갑작스레 부르는 현진의 목소리에 윤영이 놀란 듯 발걸음을 멈추었다

윤영아. 단 한 번도 이렇게 그녀의 이름을 편하게 불러 본 적이 없던 현진이었는데…….

"처음이다."

"응?"

멈춰 선 두 사람의 시선이 서로 마주했다.

"윤영아. 이렇게 불러 준 거."

"아. 그랬나?"

윤영은 왠지 감격스러운 얼굴이었다. 현진은 조금 쑥스러웠는지 그녀의 시선을 피한 채, 그녀의 손을 꼭 잡고 발걸음을 돌려 어딘가로 향했다.

윤영은 '윤영아' 라는 현진의 목소리가 귓속을 맴돌아, 그가 어디로 가는지도 상관없는 눈치였다.

"배고파도 조금만 더 참아 봐."

"응. 괜찮아."

현진이 윤영의 손을 이끌고 데려간 곳은 액세서리점이었다. 그제야 현진의 목소리에서 벗어난 윤영이 화려한 액세서리들이 가득한 가게 안을 둥그런 눈으로 둘러보았다.

잠시 손을 놓고 그녀를 가게 안에 세워 둔 현진은 무언가를 골라 계산대로 갔다. 계산을 다 마친 그는 포장도 하지 않고 상자에서 액세서리를 꺼내 들었다. 그리고 의아한 눈으로 바라보고 있는 윤영의 손을 다시 잡고 가게를 나왔다.

눈부신 하늘 아래, 무거운 차림을 한 윤영의 모습이 안쓰러워 보였다. 길거리에 멈추어선 현진이 조심스레 윤영의 오른손을 잡아당겼고, 그가 무엇을 샀는지 모르는 윤영은 여전히 궁금한 얼굴이었다.

"뭐야, 현진아?"

"잠깐만."

잠시 윤영의 작은 손을 내려다보고 있던 현진이 천천히 움직이기 시작했다. 윤영의 옷소매를 차곡차곡 접어 올리는 그의 손길에 그녀는 조금 놀란 듯 그에게서 손을 빼내려고 했다.

이렇게 사람이 많은 곳에서 상처 난 손목을 드러내고 싶지 않았다. 아무도 신경 쓰지 않더라도, 그저 이렇게 많은 사람이 가득한 세상에서는 드러내고 싶지 않았다.

"현진아."

빼내려는 윤영의 손을 힘주어 잡은 현진은 계속해서 행동을 이어 나갔다. 그는 무척이나 진지한 얼굴이었다. 따뜻한 손길로 아주 조심스럽게 그녀의 옷소매를 팔꿈치 위까지 접어 올렸다. 곧 그의 손길에 의해 그녀의 가느다랗고 하얀 팔이 드러났고, 그와 함께 그녀의 팔목에 자리한 상처도 드러났다.

"뭐라도 해 주고 싶어서."

현진은 재빠르게 방금 전 액세서리 가게에서 산 시계를 윤영의 손목에 감아 주었다. 그녀에게 아주 잘 어울릴 것 같아 바로 집어 들었던 핑크색 줄의 시계.

"잘 안 보이네, 이제."

팔찌처럼 두 줄로 감게 되어 있는 시계를 윤영의 손목에 채워 준 현진이, 그녀의 상처를 잘 가려 주는 시계 줄에 안심했는지 자신도 모르게 작게 숨을 골랐다. 그녀는 그의 말간 얼굴을 내려다보며 형용할 수 없는 표정을 짓고 있었다.

이번엔 현진이 그녀의 왼손을 잡아 올려 오른쪽 팔과 같이 팔꿈치 위까지 소매를 접어 올려 주었다. 그렇게 아주 오랜만에 세상에 드러난 그녀의 새하얀 팔 위로 더운 여름 바람이 불었고, 윤영은 어쩐지 눈물이 날 것 같았다.

"됐다."

"……."

"이제 밥 먹으러 가자."

예전에도 재영이 그녀의 손목을 가리기 위해 커다란 팔찌를 사 준 적이 있었다. 어쩌면 그가 배신감을 느낄 수도 있을 거라는 생각이 들 만큼, 윤영은 현진이 준 이 선물을 풀고 싶지 않았다. 그가 접어 올려 준 옷소매를 내리고 싶지 않았다.

밥 먹으러 가자며 내민 현진의 손을 바라보며 윤영은 잠시 아무것도 하지 못하고 우두커니 서 있기만 했다. 그저 그의 멋진 얼굴을 바라보기만 할 뿐이었다.

도대체 넌 누구니……?

"감동한 거야?"

정말로 날 위해 하늘에서 내려온 천사인 거야?

아니라면, 도대체 넌 누구야?

"이런 걸로 감동하지 마. 앞으로 해 줄 게 더 많으니까."

도대체 누구길래, 어떻게, 이렇게 나를 행복하게 할 수 있어?

그녀의 손을 잡아끌며 다시 음식점을 찾아 두리번거리는 현진을 바라본 윤영은 자신도 모르게 맺혀 버린 눈물을 다른 손으로 슥 닦아 냈다. 그리고 아직 물기가 마르지 않은 얼굴에 옅은 웃음을 담았다. 시원해진 윤영의 두 팔 위로 간질간질한 여름 향기가 와 닿았고, 그녀는 너무나 행복했다.

❖

현진이 나간 사이, 시원한 선풍기를 쐬며 모의고사 문제지를
풀던 민애는 대전 집에서 걸려온 한 통의 전화를 받았다. 윤영
과 놀러 가기로 했다며 쑥스럽게 이야기하는 현진에게 직접 옷
을 골라 입혀 주고 배웅까지 한 뒤 기분 좋게 공부하던 참이었
는데. 대전 집 가정부 아주머니에게서 걸려온 전화는 그녀의 좋
았던 기분을 삽시간에 망가뜨려 놓았다.

힘차게 돌아가는 선풍기를 끌 생각도 못 하고, 그대로 소파
위에 던져 둔 지갑만 챙긴 민애는 현관문을 열고 밖으로 달려
나갔다.

사장님이 쓰러지셨어요.

자꾸만 머릿속을 맴도는 아주머니의 목소리에 민애는 울컥 울
음이 쏟아질 것 같았다. 잠시 올라온 것뿐이었지만, 그녀와 싸우
는 바람에 함께 살던 여자를 내보낸 아버지를 혼자 두고 나오는
게 아니었다는 생각이 들었다. 민애는 자신의 행동을 책망하며
복도를 달려 11층으로 올라오고 있는 엘리베이터 앞에 섰다.

딩동 하는 소리와 함께 멈춰 선 엘리베이터가 열리고, 더운
여름을 나기 위해 아이스크림을 한가득 사 들고 온 재영이 그
안에서 모습을 드러냈다. 여전히 까치집 지은 머리에 추리닝 차
림을 한 그는 대롱거리는 아이스크림 하나를 입에 문 채 앞에
서 있는 민애와 눈을 맞추었다.

"어? 땅꼬……."

"미안해요, 아저씨. 다음에 인사해요."

현진의 집에 살기 시작한 이후로는 밝아 보이더니, 그를 만날 때마다 아이스크림 사 달라고 조르며 늘 즐겁고 아이 같은 얼굴이더니, 어째 지금은 또다시 그때 비 오던 날과 비슷한 표정을 짓고 있었다.

입술에 작은 상처가 나 그가 연고를 발라 주었던 그날처럼.

재영은 엘리베이터에서 내렸고, 민애는 그 엘리베이터에 올라탔다. 인사할 틈도 없이, 위로 들어 올린 그의 손을 무시하고 쌩하니 엘리베이터를 타고 내려간 민애의 빈자리를 보며 재영이 어리둥절한 표정을 지었다.

"무슨 일이지?"

잠시 눈을 깜빡거리다가 들고 있던 아이스크림이 수북한 비닐 봉지를 내려다보았다. 이따가 데이트하고 들어올 윤영을 위해서이기도 했지만 타들어 가는 여름날 열심히 공부하고 있을 고3 민애가 눈에 밟혀 가득 사 온 것이었는데 이렇게 내려가 버리면. 거기다 저렇게 금방이라도 울 것 같은 표정으로 눈앞에서 없어져 버리면…….

"아, 신경 쓰여."

재영이 손을 들어 뻗친 머리를 거칠게 쓸어내렸다. 저 땅꼬마는 처음 만난 순간부터 지금까지 늘 이렇게 사람을 신경 쓰이게 만들었다. 벌써 5층까지 내려가고 있는 엘리베이터를 올려다보던 재영이 빠른 걸음으로 1층까지 내려갔다.

더운 날씨에 이마에 땀이 송골송골 맺혔지만, 개의치 않고 아파트 단지 안을 달리고 있는 민애를 쫓아갔다.

"땅꼬마!"

비닐 봉투를 달랑달랑 든 채 그녀의 옆을 나란히 달리고 있는 재영을 확인한 민애가 놀란 눈으로 그를 바라보았다. 마치 정신 나간 사람처럼 활짝 웃는 얼굴로 그녀를 따라 뛰고 있는 재영의 모습에 민애는 곧 의아한 얼굴이 되었다.

뭐야, 이 아저씨?

"뭐예요? 왜 따라와요?"

거의 버스 정류장에 다 도착했다. 터미널까지 30분이면 가니까 해 지기 전에는 아버지가 입원해 계신 병원에 도착할 수 있을 것이다.

그런데…… 도대체 해맑게 웃으며 함께 뛰고 있는 이 소설가 아저씨는 어떻게 처리한단 말인가.

"인사하려고."

"예?"

"다음에 인사 안 하고, 지금 인사하려고."

"……."

"안녕, 땅꼬마!"

빠르게 달리면서 손을 흔드는 재영의 모습은 아주 볼 만한 광경이었다. 거기다 검정 비닐 봉투까지 달랑거리며 뛰는 꼴이라니.

"뭐예요, 정말."

아빠가 쓰러진 심각한 이 마당에 제발 나 좀 웃기지 말아요. 민애는 쏘아붙여 주고 싶은 심정이었다.

쨍쨍한 햇볕 아래에서 달리느라 두 사람은 조금 지쳐 있었다. 정류장에 도착한 두 사람은 서로 다른 얼굴을 한 채 마주 보고 있었다. 재영은 땀을 흘리면서도 밝게 웃는 얼굴로, 민애는 도무지 그를 알 수 없다는 표정으로.

잠시 숨을 고르며 서 있던 민애가 고민스러운 얼굴로 재영을 올려다보았다. 여기까지 자신을 따라온 마당에, 대전까지 같이 가 줄 수 있냐는 말을 꺼내고 싶었다.

현진에게는 우선 아버지를 만나 본 뒤에, 이야기하든지 할 생각이었다. 하지만 민애는 지금 이 순간, 제 옆에 누군가가 있어 주었으면 싶었다. 그리고 그 누군가가 눈앞에 있는 이 남자였으면 좋겠다고, 자신도 모르게 바랐다.

"아, 덥다."

"……."

"팔자에도 없는 땀을 이리도 흘렸네."

버스 정류장에 비치된 의자에 앉아 비닐 봉투를 뒤적인 재영이 다시 아이스크림 하나를 꺼내 입에 물었다. 무척이나 덥고 목이 타는 모양이었다.

"줄까?"

그는 슬쩍 아이스크림 봉투를 들어 올려 보였지만, 그녀는 아무런 반응이 없었다.

심각한 민애의 표정에 재영의 얼굴에도 웃음이 조금씩 사라져 갔다. 더운데 뛰느라 많이 힘들었는지 그녀는 아까보다 더 표정이 좋지 못했다.

"나 같이 가도 돼?"

"……."

"너 지금 가는 곳."

아이스크림을 한 입 베어 문 재영이 그녀를 향해 말을 꺼냈다.

내 마음을 읽었어?

안 그래도 같이 가 달라고 할까, 말까 고민하고 있던 민애가 재영의 나지막한 음성에 동그래진 눈으로 그를 바라보았다.

"그렇게 급하게 가다가 차에 치일 것 같아서 따라왔어. 근데 지금 표정 보니까 따라오길 잘했다 싶다."

"……."

"나는 자라나는 새싹의 위험을 방관할 만큼 못된 어른이 아니라서 말이야."

재영의 말에 결국 민애가 힘없는 웃음을 터뜨렸다. 남자답지 못하게 이리저리 핑계를 대고 있긴 했지만, 왠지 따뜻한 그의 마음을 알 것 같아 민애는 아무런 대답도 하지 않고 그저 고개를 끄덕이기만 했다.

고속버스에 나란히 앉아 대전으로 가는 길. 재영의 손에는 더 이상 아이스크림이 가득 담긴 봉투가 들려 있지 않았다.

억지로 민애에게 작은 쭈쭈바 하나를 쥐여 준 그는 터미널 안쪽에 위치한 작은 가게 주인에게 선물이라며 아이스크림 봉투를 넘겨주고 왔다. 이대로 가져가자니 녹을 게 뻔하고 그렇다고 버릴 수는 없으니, 재영 나름대로는 최고의 선택이었다고 할 수 있었다. 윤영에게는 나중에 더 시원한 아이스크림을 사다 주면 되니까.

버스 안에서 재영이 쥐여 준 쭈쭈바를 먹으면서도 민애의 얼굴은 좀처럼 펴질 기미가 없었다. 무슨 일인지는 모르지만 재영은 걱정스러운 표정이 가득한 민애를 내려다보며, 그저 조용히 그녀를 따라가 주자고 생각했다.

그리고 항상 떠들썩하던 사람이 그녀의 마음을 헤아리고 조용히 옆에 있어 주는 게 고마워, 민애는 훨씬 든든한 마음으로 대전까지 갈 수 있었다.

다행히도 아버지가 쓰러진 원인은 과로 때문이었다. 아주머니의 뒷이야기는 듣지도 않고 혹시나 큰 병이라도 걸리신 건 아닐까 걱정하면서 내려왔는데, 조금 쉬면서 안정을 취하면 된다는 의사에 말에 민애는 겨우 안심할 수 있었다. 그리고 그렇게 큰일이 아니니 현진에게 전하지 않아도 되겠다는 생각이 들었다.

병실 안. 곤히 잠들어 있는 아버지를 바라보며 민애는 자신도 모르게 깊은 생각에 빠져들었다.

어릴 적부터, 그녀도 아버지와 어머니가 사랑하는 사이가 아니라는 것은 알고 있었다. 호텔 사업을 물려받은 아버지 덕에 집안은 풍요로웠지만, 그 풍족한 집 안에서 살고 있는 가족들은 늘 비탄에 젖어 있었다.

아버지의 잦은 바람기 때문에 어머니는 늘 울었고, 괴로워했으며, 그 아픔을 고스란히 감당해야 했던 사람은 어린 민애보다는 항상 현진이었다.

이제는 그녀도 어머니의 외도 때문에 현진이 사람을 싫어하게 되었다는 걸 알게 되었지만, 애초의 원인은 그들의 아버지에게 있었다. 민애도 그것을 알고 있었다. 아버지가 나쁜 사람이라는 것을. 어머니를 아프게 하고, 현진을 괴롭게 한 그는 절대로 좋은 남편이자 아버지가 아니라는 것을 아주 잘 알고 있었다.

하지만 민애는 도저히 아버지를 떠날 수가 없었다. 누구도 사랑하지 못하고 마음에 담을 수 없는 외로운 사람, 아버지.

비록 그녀도 엄마를 잃고서 아버지를 미워한 적이 있었지만, 그건 그때뿐이었다. 아버지는 늘 많은 여자들을 만났지만 민애에게 조금이라도 해를 끼친다면 무섭도록 칼같이 여자들을 잘라냈다. 늘 바쁘고 정신없이 살면서도 어디에 있든 그녀를 지켜주려고 애썼다.

민애는 아버지와 오빠, 자신을 아껴 주는 두 남자 사이에 태어난 자신은 어쩌면 행운아가 아닐까, 생각한 적도 있었다. 그녀가 현진이 있는 서울로 가기 전, 잘 갔다 오라고 했지만 서운한 내색을 비추신 아버지의 얼굴이 민애의 머릿속을 둥둥 떠다녔다.

"아빠."

가습기 돌아가는 소리만 들리던 조용한 병실 안에 민애의 작은 목소리가 울려 퍼졌다. 오랜만에 보는 잠든 아버지의 모습은 굉장히 편안해 보였다. 조심스레 흐트러진 이불을 정리하는 민애는 조금 씁쓸한 표정이었다.

"오빠한테는 말하지 않을 거예요, 아빠 쓰러지신 거."

"……."

"오빠가 얼마나 아픈 날들을 살았는지 알아서…… 이제 차마 더 이상 아빠랑 잘 지내 달라고 부탁할 수가 없어졌거든요."

현진이 아버지를 이해하기를 너무나 바랐었다. 아무리 나쁜 사람이어도, 잘못된 일을 저지르는 사람이라도 아버지가 아니냐고, 몇 번이고 그에게 다그쳐 물었던 적도 있었다.

"죄송해요. 이렇게 이기적인 딸이라서."

그런데 민애는 이제 그럴 수가 없어졌다. 구역질 날 만큼 지저분한 부모의 사생활을 눈에 담고, 법대에 가고, 검사가 되겠다고 말하던 현진에게 더 이상 무슨 말을 건넬 수 있을까. 용서하라는 말조차도 그에겐 크나큰 상처가 될 텐데.

"아프지 마세요."

"……."

"빨리 일어나세요."

'숨이 막혀서…… 가슴이 답답해서…… 그동안 어떻게……

살았어……'

'나한텐 오빠라도…… 있었지만…… 넌 민애한테 말하지도 못하고…… 어떻게 혼자…….'

현진 대신 옆에서 눈물을 흘려 주던 윤영의 젖은 목소리가 민애의 귓가를 맴돌았다. 담담한 목소리로, 하지만 너무나 아픈 목소리로 윤영에게 제 이야기를 하던 현진의 목소리도 끊임없이 떠올랐다.

"아프지 마시고, 건강히 일어나세요. 그래서 아빠가 먼저 오빠한테 다가가 주세요."

민애는 지금까지 혼자 모든 걸 짊어지고 온 오빠에게 미안해서, 이렇게 누워 계신 아버지가 안쓰러워서 자꾸만 마음 한편이 욱신거렸다.

"어른답게 먼저 오빠에게 말씀해 주실 수 있잖아요."

"……."

"네 인생을 괴롭게 만들어 미안하다고, 네 행복한 삶을 빼앗아 가서 미안하다고요. 자기 자신을, 사람을 두려워하게 해서 미안하다고요."

민애는 금방이라도 울 것 같은 얼굴이었다. 하지만 그녀는 울지 않았다. 이젠 울면서 어리광 피울 만큼 어리지 않았으니까. 아빠도, 오빠도 이젠 모두 내가 지켜 주고 싶으니까.

"아빠가 먼저 오빠에게 손을 내밀어 주세요. 내가 아빠 안부를 오빠에게 아무렇지 않게 전할 수 있게끔, 아빠가 그렇게 만들어 주세요."

"……."

"아셨죠? 너무 겁내지 마세요. 언제나 아빠를 사랑하고 이해하는 제가 있잖아요. 그러니까 겁내지 마시고…… 조금만 오빠를 감싸 안아 주세요."

"……."

"엄마의 외도를 보고, 죽음을 보고, 엄마를 사랑하지 않는 아빠를 본 오빠가…… 정상적으로 살았을 리가 없잖아요. 여태껏 멀쩡했을 리가 없잖아요. 그러니까 아빠가 조금만 오빠를 돌아봐 주세요. 저만큼 사랑해 주세요."

부모라는 이름 아래 모든 걸 이해할 수 있는 건 아니니까.

"아빠가 먼저 오빠의 용서를 구했으면 좋겠어요, 나는."

말을 마친 민애는 이불 밖으로 나온 아버지의 손을 잡고 침묵했다. 그동안의 힘겨웠던 세월들이 모두 다 바람처럼 머릿속을 스쳐 지나가는 것 같았다. 겨우 열 살 남짓했던 그녀는 알 수 없었던 가족들의 삶.

가만히 아버지의 손을 잡고 앉아 멍한 얼굴을 하고 있던 민애가 곧 정신을 차리고 조용히 자리에서 일어났다. 그리고 따뜻한 이불 속으로 아버지의 거친 손을 넣어 주었다. 발자국 소리가 나지 않게 조심하며 발걸음을 돌린 민애가 병실 문을 열고 나가자 병실엔 가습기 소리와 함께 아버지의 숨소리만이 울렸다.

'네 인생을 괴롭게 만들어 미안하다고…… 네 행복한 삶을 앗아 가서 미안하다고요. 엄마의 외도를 보고, 죽음을 보고, 엄마를 사랑하지 않는 아빠를 본 오빠가…… 정상적으로 살았을 리가 없잖아요. 여태껏 멀쩡했을 리가 없잖아요.'

민애가 혼잣말을 하는 내내 그는 깨어 있었다. 그리고 그는 눈썹을 찡긋거리던 자신의 행동을 눈치챘다면, 아마 민애도 그것을 알고 있으리라 생각했다.

가만히 눈을 감고 있었던 그의 입가에 자조적인 미소가 어렸다. 자라는 동안 많은 걸 주지도 못했는데, 어느덧 그의 작았던 딸은 그보다 더 훌쩍 커져 있었다. 너무 많이 자라 있었다.

천천히 눈을 뜬 그가 넓은 병실 안을 돌아보며 민애를 삼킨 병실 문 쪽으로 고개를 돌렸다. 그리고 그림자처럼 남아 있는 그녀의 잔상을 한참 동안 바라보았다.

현진이 빼다 박은 그의 단정한 얼굴에 조금의 쓸쓸함이 일었다. 그렇게 민애의 흔적을 바라보며 그는 자신도 모르게 마음속에서 우러나오는 깊은 한숨을 내쉬었다.

이미 해는 저물어 캄캄한 밤이 되었다. 하지만 그리 늦은 때는 아니어서 서울로 가는 버스를 탈 시간은 충분했다.

"괜찮아. 나 혼자 가도 돼."

"안 돼요. 여기까지 왔는데 터미널까지 데려다줄 거예요."

"괜찮다니까."

"난 안 괜찮아요."

"아, 이 꼬맹이 진짜 말 되게 안 듣네."

괜찮다고 몇 번이나 말렸는데도 민애는 재영을 터미널까지 바래다준다고 나섰다. 힘없는 얼굴로 병실에서 나와서는 그의 옆 자리에 앉아 한참이고 말이 없었던 그녀.

터미널로 가는 동안 그녀의 근심 어린 얼굴을 내려다보며, 재영은 이 집도 참 사연이 많은 집인가 보다 하는 생각을 했다. 윤영은 현진, 민애 남매의 이러한 사정을 알고 있을까? 알고 있다 해도 현진의 일이니 함부로 이야기해 줄 것 같지는 않다는 생각 이 들었다.

어쨌든 어머니도 보이지 않고, 아버지가 쓰러졌는데도 현진에 게 연락할 생각도 안 하는 민애를 보며 재영은 알 수 없는 기분 에 사로잡혔다. 고3이면 열심히 공부해야 할 나이이기도 한 데…… 이렇게 집안일에 잡혀 서울과 대전을 왔다 갔다 하는 그 녀가 안쓰럽기도 했다.

"오늘 고마워요, 아저씨."

터미널에 도착해 돌아가는 표는 재영의 것만 끊었다. 무슨 말 을 꺼내야 할지 몰라 재영이 대기석에 앉아 괜스레 터미널 안에 위치한 시계만 바라보고 있는데, 민애가 조용한 목소리로 말을 건넸다.

"뭐가 고마워. 내가 병원비를 내준 것도 아닌데."

한 장뿐인 차표를 만지작거리며 재영이 대답했다. 말하는 걸 그렇게 좋아하는 사람이 오랫동안 입을 꾹 다물고 있느라 목소리 톤이 한껏 낮아져 있었다. 민애는 그런 그가 고맙기도 하고, 기특하기도 했다.

"뭐 돈이랑 관련 있어야만 고마운 건가. 아저씨가 여기까지 같이 와 줘서 고맙다는 거지."

"……."

"혼자였으면 여기까지 오는 동안 정말 힘들었을 거예요. 그래서 아저씨가 같이 가도 되냐고 물어 줬을 때 정말 좋았고, 고마웠어요."

민애가 진지하게 고맙다는 말을 하자 재영은 무슨 말을 꺼내야 할지 알 수가 없었다. 하지만 그 전부터 물어보고 싶은 것이 있었던 그는 차표를 내려다보며 입술을 오물거렸다.

하도 걱정스럽게 달려왔다가 긴장을 풀어낸 터라 졸린 모양이었다. 재영이 아무런 대답이 없자 멍하니 앉아 있던 민애가 작게 하품을 하는 소리가 들렸다.

손으로 입을 가리고 하품을 하던 민애와 그녀를 내려다보던 재영의 두 눈이 마주쳤다. 민애는 조금 쑥스러운 듯 웃었고, 그런 그녀의 웃음에 재영은 자신도 모르게 가슴이 덜컥거리는 느낌이 들었다.

"아저씨 버스 시간까지 아직 30분 남았죠?"

"응."

"그럼 기다리는 동안 저 10분만 잘게요. 눈이 감겨서 미칠 것 같아요."

"10분?"

"네."

"그래, 알았어."

오늘따라 왜 이렇게 말수가 적지? 정말 이상하다, 아저씨.

재영이 고개를 끄덕이며 대답하자마자 민애는 어색한 그의 얼굴을 향해 씩 웃고는 잠을 자기 위해 자세를 고쳐 잡았다. 반듯이 앉아 팔짱을 낀 채 고개를 푹 숙인, 잠자다 목에 담이 걸리기 아주 딱 좋은 그 자세.

재영은 고개를 삐딱이 한 채 자세를 잡는 민애를 내려다보았다. 정말 많이 졸렸는지 바로 눈을 감은 민애의 얼굴 위로 그녀의 기다란 속눈썹 그림자가 드리워졌다. 그리고 누군가에게 맞아서 터져 오기도 하고, 밝게 웃기도 하던 그녀의 작은 입술이 작게 벌어졌다.

새근새근. 정말 순식간에 잠이 든 민애의 숨소리에 재영이 신기하다는 듯 그녀를 바라보았다.

"누가 어린애 아니랄까 봐."

"……."

"이렇게 금방 잠들기는."

잠든 민애의 모습을 보며 재영이 천천히 입가에 웃음을 담았다. 여덟 살이나 어린 여자애를 옆에 앉혀 두고 뭐하는 건가 싶긴 했지만, 지금은 그 생각보다도 쿨쿨 자고 있는 그녀의 모습이 진짜 어린애 같아 귀엽다는 느낌만 가득했다. 스르르. 고개를 숙여 점점 흘러내리는 그녀의 머리카락이 눈에 거슬렸다.

"잘 안 보인다."

저 하얗고 찐빵 같은 얼굴이 잘 안 보이잖아, 이 머리카락아.

아예 그녀 쪽으로 몸을 튼 재영이 조심스레 손을 뻗어 그녀의 머리를 쓸어 넘겨주었다. 그녀가 깨지 않도록 아주 조심스러운 손길로.

그리고 그의 커다란 손에 다 들어올 듯한 민애의 얼굴을 손으로 요리조리 재 보며 윤영뿐만 아니라 여자애들의 얼굴은 원래 이렇게 작은 건가, 하는 실없는 생각을 하기도 했다.

"자는 사람 두고 별짓을 다 한다."

하지만 재영은 민애의 자는 얼굴을 들여다보는 것을 그만두고 싶지 않았다.

"야, 최민애."

최민애. 처음으로 재영의 입안에 담아 본 땅꼬마의 이름이었다. 재영은 그녀가 앉아 있는 의자 등받이에 팔을 기댄 채 여전히 새근새근 잠을 자고 있는 그녀를 보며 숨을 골랐다. 이렇게 가만히 그녀를 보고 있자니 오늘 하루의 일과가 머릿속을 슥 지나쳐 갔다.

민애와 먹기 위해 아이스크림을 사 들고 오던 그의 모습. 대전까지 오는 내내 잔뜩 어두운 얼굴을 하고 있던 그녀가 걱정되었던 마음.

"나 너한테 관심 있냐?"

새근새근. 참 잘 자고 있는 그녀의 모습이…….

너무 예쁘다.

내 진심을 왜 너한테 묻는지 모르겠지만, 혹시나 안다면 네가 대답해 주면 좋겠다.

"미성년자한테 흑심 품는 나쁜 어른이 되긴 싫은데……."

"……."

"근데 나는 왜 이렇게 너에 대해 알고 싶지."

네가 울까 봐 자꾸만 걱정이 되고, 네가 그전처럼 다쳐서 올까 봐 나는 마음이 놓이질 않아.

조용한 터미널 대기실 안에 재영의 낮은 목소리가 울렸다. 민애는 무언가 귓가를 간질이는 소리를 듣긴 했지만, 너무 편안하게 쏟아지는 잠이 좋아 그의 이야기를 자세히 듣지 못하고 지나쳐 버렸다.

아마 그 상태 그대로 재영은 버스를 한 두세 대쯤 보내 버린 것 같다. 그는 어느샌가 그의 어깨를 베개 삼아 잠들어 버린 그녀를 깨우고 싶지 않았다. 그리고 착한 어린이가 빠져드는 꿈나라로 떠난 그녀를 위해 고작 몇 천 원 하는 차표 정도야 아깝지 않았다.

재영은 의자 등받이에 기댄 채로 그의 어깨에 폭 파묻혀 있는 민애를 바라보며 시간을 보냈다.

전혀 지루하지 않았던 그 시간. 재영은 마음을 주고 있었다. 족제비를 닮아 시끄럽고 키 작은 땅꼬마 민애에게.

\#
11.

현진은 어젯밤 늦게, 갑자기 대전 집으로 갔다는 민애의 전화를 받고 난 이후부터 계속 찜찜한 기분에 사로잡혀 있었다.

그가 윤영을 만나러 가기 전에만 해도 굉장히 신이 나 있었던 민애는 분명히 데이트하고 돌아와 이것저것 말해 주어야 한다며 그를 졸랐었는데, 어젯밤 전화를 걸어온 그녀의 목소리는 티 내지 않으려는 듯했지만 무언가 좋지 못한 느낌이 가득했었다.

'나 대전 집에 잠깐 왔어. 아빠 보고 싶어서.'

거기다 재영도 무언가를 숨기는 눈치였다. 분명 민애는 전화로 재영이 집에 잘 들어왔냐는 안부를 물었었는데, 윤영과 함께 돌아오다 마주친 그는 민애와는 전혀 만난 적이 없다는 듯 자신의 오늘 하루를 둘러대기 바빴다.

"둘이 뭐가 이렇게 안 맞아서야."

그리고 대체 두 사람은 언제부터 그렇게 가까운 사이가 된 건데?

문제집 위를 끼적거리고 있던 샤프를 꼭 쥔 현진이 잔뜩 찌푸린 얼굴로 방금 전 풀던 문제 위에 직직 몇 개의 선을 그었다. 집으로 전화해도 가정부 아주머니만 받을 뿐이었고, 아주머니도 민애가 어디 갔는지는 모르겠다며 그저 저녁때쯤이나 들어올 거라는 말만 했다.

"또 무슨 일 있나."

현진은 신경이 쓰여 도저히 공부에 집중을 할 수가 없었다.

반듯한 그의 눈썹이 움찔거렸다. 옆집 작가 선생은 무언가를 알고 있는 것이 분명하다는 생각이 자꾸만 들어, 현진의 마음은 이미 1118호 옆집으로 향해 있었다.

현진이 선물해 준 시계가 윤영의 방 책상 위 상자 속에 가지런히 놓여 있었다. 책상 앞에 앉아 턱을 괸 채 그것을 빤히 바라보는 윤영의 눈동자가 조금 흐릿했다.

오늘도 여전히 긴팔 옷을 입은 그녀는 현진이 그녀의 소매를 접어 올려 주던 그 순간을 머릿속에 떠올리고 있었다. 조금씩 그녀의 살결을 타고 올라가던 긴 소매 자락. 드러난 팔 위로 불던 살랑이던 작은 바람.

모든 것이 너무 꿈 같아 현실처럼 느껴지지 않았다. 어쩌면 노을 속에 서 있던 현진을 본 순간부터 꿈이 시작된 것은 아닐까, 엉뚱한 생각까지 들기도 했다.

"진짜 꿈 아닐까."

윤영은 손을 들어 톡톡 상자 안에 자리한 시계를 건드려 보았다. 어제 집으로 돌아올 때, 그녀를 바라보던 재영의 놀란 얼굴이 머릿속에 가득 차자 윤영의 입가에 조금 미소가 흘렀다.

몇 년 동안 늘 가리고 살아오던 흰 팔을 달랑이며 들어오는 동생의 모습에 얼마나 놀라고, 가슴이 아팠을까.

사실 윤영은 재영이 그 모습을 보고 토라질 줄 알았다. 내가 사 준 팔찌나 시계는 하지도 않더니! 라며 구시렁거리는 재영을 조금 상상했었다.

그런데 윤영의 팔목에 채워져 있는 현진의 선물을 보며 재영은 아주 인자한 오라비의 얼굴을 하고 있었다. 하얗게 드러난 그녀의 팔목을 보며 마치 제가 속박된 어떤 것에서 풀려난 것마냥 아주 신나는 표정이었다.

'우리 예쁜 여름옷 사러 갈까?'

신나게 울려 퍼지는 재영의 목소리에 덩달아 윤영도 신나는 기분이 들었다.

윤영을 사랑하고 윤영의 행복을 원하는 그녀의 유일한 혈육,

재영. 이 사람을 내 가족으로 만나지 않았다면 어땠을까, 나는 현진을 만나기 전의 삶을 과연 견딜 수 있었을까? 윤영은 재영이 없는 자신의 삶을 생각하는 것만으로도 끔찍했다.

자리에서 일어난 윤영이 터벅터벅 옷장 쪽으로 걸음을 옮겼다. 아기자기한 그녀의 옷장에 달려 있는 양쪽 문의 손잡이를 모두 잡은 그녀가 평소와는 조금 다른 얼굴로 천천히 옷장 문을 열어젖혔다.

옷장 안에는 그녀가 자주 입는 긴 옷들이 가득 걸려 있었다. 그리고 소매가 짧은 옷들은 한쪽 구석에 주름이 진 채로 자리하고 있었다. 소매가 짧은 옷들은 입어 본 지 꽤 오래되었다는 것이 옷장 속에서도 확연히 티가 났다.

잠시 손잡이를 잡은 채로 옷장 안을 바라보는 윤영의 눈이 일렁거렸다. 엄마, 아빠를 죽였다는 죄책감에 시달려 손목을 그었던 그때가 아직도 생생하게 머릿속에서 되살아났다.

왜 살아난 걸까. 왜 두 번의 죽음 속에서도 나는 살아난 걸까. 대체 왜 나만. 하염없이 자신에게 던졌던 질문들이 지금은 어떠한 해답을 찾아가고 있는 것처럼 느껴졌다. 윤영은 어쩌면 재영이 했던 이야기가 정말 맞는 말일지도 모른다는 생각이 들었다.

'사랑하라고 살아 있는 거야, 넌. 예쁘게 사랑하고 행복하라고, 엄마 아빠가 남겨 놓고 가신 거야.'

조심스레 옷장 문을 닫은 윤영이 다시 책상으로 돌아와 의자에 앉았다. 그리고 드르륵. 마치 봉인을 해 놓은 듯 서랍 속에만 간직하고 있던 필름을 보기 위해, 언제부턴가 단 한 번도 열지 않았던 두 번째 서랍을 열었다.

사고 나기 전, 부모님의 활짝 웃는 얼굴이 담겨 있던 필름. 벌써 2년이나 서랍 속에서 꼼짝도 않고 제자리를 지키고 있던 그것을 보자 윤영은 조금 숨이 막히는 듯한 기분이 들었다. 하지만 용기를 낸 그녀는 천천히 떨리는 손을 뻗어 그 필름을 손에 쥐었다.

필름을 쥐자마자 부모님의 웃는 모습이 머릿속에 가득 찼다. 그리고 부모님의 얼굴 위로 현진의 얼굴이 겹쳐졌다.

모든 무거움이 필름을 쥔 손안에 들어온 듯 윤영은 무거운 느낌이 들었다. 하지만 그녀는 울지 않았다. 눈물이 날 것 같았지만 울고 싶지는 않았다. 언젠가 그녀가 등 뒤에서 그를 안았을 때, 그리고 그녀에게 부모님의 이야기를 털어 놓을 때의 현진이 생각이 났다.

너도 이런 기분이었을까? 이런 말로 표현할 수 없는 이상한 기분.

손을 펴 필름을 내려다보던 윤영이 작게 숨을 골랐다. 그리고 다시 떨리는 손안에 필름을 꼭 쥐었다. 이제 보내 줄 때가 되었다는 생각이 들었다. 마음에서 떠나보내는 것이 아니라, 그녀의 죄책감 속에서 편히 쉬지 못했을 부모님을 편한 곳으로 보내야 한다는 생각.

자신의 소중한 사람들을 머릿속 한가득 떠올리며 윤영이 작게 웃었다. 그리고 나지막이 읊조리는 그녀의 목소리가 그녀의 방 안을 조용히 울렸다.

"엄마, 아빠, 조금만 기다려 줘."

······.

"이제 곧, 놓아줄게."

❖

기어이 현진이 1118호로 찾아왔다. 방 안에 있던 윤영이 갑작 스런 외부의 인기척에 빠끔 고개를 내밀자, 현관문 앞에 서서 이야기를 나누고 있는 재영과 현진의 모습이 보였다. 윤영은 혹 시나 자신을 찾아온 건 아닐까 기대감에 부풀었지만, 오늘은 불 행히도 아니었다.

현진은 재영의 뒤에 서 있는 윤영에게 어색한 미소를 지어 보 였다. 하지만 윤영은 그의 얼굴에서 알 수 없는 걱정을 읽었다. 그녀의 표정이 조금 의아해졌다.

"민애 왜 대전에 갔는지 알고 있죠."

진지하게 묻는 현진에게 재영은 곤란하다는 표정을 지었다. 안 그래도 저번에 민애가 이야기하지 말라던 것을 현진에게 말 하는 바람에 한순간에 입이 싼 아저씨로 전락해 버렸는데······.

재영이 머리를 긁적이며 계속 우물대자 현진이 평소에는 보지 못했던 아주 정중한 얼굴로 그를 바라보았다. 민애와는 연락도 잘 안 되고, 가정부 아주머니는 아무리 물어도 모르쇠로 일관하니…… 대답을 들을 수 있는 사람은 재영밖에 없었다.

한참을 현진 앞에서 끙끙대던 재영은 결국 민애와 함께 대전에 갔던 일을 실토하고 말았다. 하지만 큰 병이 아니라 겨우 과로일 뿐이었다는 이야기는 쏙 빼놓았다.

이렇게까지 신경 써서 누군가의 집안일에 관여하고 싶지는 않았지만, 그는 생각대로 하지 못했다. 왠지 그 이야기는 하지 않는 편이 민애에게 도움이 될 것 같았기 때문이었다.

아버지가 쓰러졌음에도 불구하고 오빠에게 연락도 못 하고 혼자서 모든 걸 해결하려 드는 어린 그녀에게 재영은 무언가 조금이라도 도움이 되고 싶었다.

"너희 아버지 쓰러지셔서 병원에 계셔. 무슨 병인지는 나도 모르겠지만, 조금 심각하신 것 같더라."

미안, 족제비. 사실은 그냥 과로다.

"네 동생은 너한테 연락도 못 하고 안절부절못하던데……."

"……."

"족제비 너 설마 호적에서 파였냐?"

집으로 돌아온 현진은 무척이나 심각한 얼굴이었다. 한쪽 구석, 플라스틱 우리 안에서 찍찍거리고 있는 햄돌이와 햄돌이를 들여다보는 그의 표정은 한참이 지나도록 나아질 줄을 몰랐다.

그의 세상 안에서 아버지라는 남자는 울 줄도, 아플 줄도, 다칠 줄도 모르는, 전혀 인간답지 못한 사람이었다. 무척이나 독하고 강해서 절대 쓰러지지도 구부러지지도 않는 사람. 어쩐지 휴대폰 안에서 새어 나온 어두웠던 민애의 목소리가 마음에 거슬렸었다.

그런 일이 있으면 전화했을 때 나한테 말을 할 것이지. 괜스레 화가 났다.

하지만 안절부절못했을 민애의 모습을 떠올리자, 현진의 입술에서 금세 한숨이 튀어나왔다. 그 조그만 게 아버지가 쓰러지셨다는 소식에 얼마나 놀랐을지 생각하면 가슴이 다 저릿해 왔다.

끼이익.

현진이 한참을 가만히 앉아 햄스터 우리만을 바라보고 있는데, 현관문이 열리는 소리가 들려왔다. 오늘도 여전히 답답한 옷차림을 한 윤영이 조심스레 문을 열고 그의 집 안으로 들어섰다.

조용한 집 안에 들어선 윤영은 구석에 앉아 속상한 표정을 하고 있는 현진을 보자 천천히 발걸음을 멈추었다. 아버지가 아프시다는 재영의 이야기를 듣고 어떻게 하고 있을지 걱정이 되어 온 것이었다.

잠깐 멈추었던 윤영이 다시 걸음을 옮겨 현진의 가까이로 다가갔다. 그녀가 몸을 낮추어 그의 앞에 쪼그려 앉자 현진은 마치 제집처럼 익숙하게 이곳에 들어온 그녀와 눈을 맞추었다.

"또 긴 옷."

긴 티셔츠에, 물결처럼 펄럭이는 긴 치마를 입은 윤영을 보며 현진이 말했다. 그녀의 가느다란 팔목을 보니 그가 사 준 시계도 차고 있지 않았다.

윤영은 불만스러운 현진의 얼굴을 보며 방긋 미소를 지었다.

"네가 준 새 시계를 차기 전에 보내야 할 게 있어서."

"뭘 보내는데?"

너를 완전히 받아들이기 전에 보내야 할 내 죄책감.

하지만 윤영은 지금 그에게 그런 말을 꺼낼 수 없었다.

"비밀. 그런데 구석에 앉아서 뭐하는 거야? 햄돌이랑 얘기해?"

"내가 너냐. 동물이랑 교신하게."

윤영이 쿡쿡대며 웃음을 터뜨렸다. 그런 윤영을 보며 현진도 작은 미소를 입가에 담았다. 민애에 대한 걱정이 없어지지는 않았지만, 그녀를 보고 있는 것만으로도 아주 조금쯤은 마음이 편해진 느낌이 들었다. 꼭 그녀 자체가 해결책인 것 같았다.

윤영의 웃음소리가 그치고 두 사람 사이에 약간의 정적이 흘렀다. 그녀의 반짝이는 두 눈동자를 바라보며 그는 무언가 고민하고 있는 듯했다. 윤영이 손을 뻗어 그의 손가락을 장난스레 만지작거렸다.

"같이 갈래?"

갑작스런 그녀의 말에 현진은 놀란 듯 눈을 크게 떴다. 그를 바라보는 그녀의 눈빛은 네가 무엇을 고민하는지 다 알고 있다는 그런 눈빛이었다.

그리고 윤영은 정말로 알고 있었다. 지금 현진의 생각을. 대전으로 가야 할까, 말아야 할까 번민하고 있는 그의 마음을. 세상엔 아무리 미워해도 버릴 수 없는 것이 있었다. 바로 가족이란 그 이름.

"가서 민애만 살짝 만나고 올까? 왜 너한테 연락 안 했는지 혼도 좀 내 주고."

"……."

"혼자 가기 싫을 테니까 내가 같이 갈게. 연락 안 한 민애가 너무 괘씸해서 지금 만나는 게 꺼려지면 내가 대신 만나고 올게. 넌 밖에서 기다려."

"……."

"아니면…… 음, 그래! 네가 허락만 해 주면 내가 가서 민애 만나고 자세한 일 알아보고 올게. 어때?"

진심이 담긴 눈빛, 목소리였다. 윤영은 정말 현진이 허락만 해 주면 당장이라도 그와 재영에게 길을 물어 민애에게 다녀올 태세였다.

조근조근 말하는 윤영을 바라보며 현진은 아무 대답도 하지 않았다. 민애가 걱정되는 마음 뒤로, 그녀가 말하는 모습을 보는 게 좋았다. 종알종알. 자신을 위해 주는 이야기가 흘러나오는 그녀의 분홍색 입술이 너무나 예뻤다.

두 사람 사이에 또 한 번의 정적이 흘렀다.

재깍재깍. 초침이 움직이는 소리만이 집 안을 가득 채우고 있었고, 괜한 이야기를 꺼냈다 싶은 생각에 윤영은 조금 초조한 마음이었다.

"왜 이렇게까지 해?"

한참 후, 드디어 목소리가 들렸다. 눈을 빛내며 그의 대답을 기다리는 윤영에게 현진은 대답이 아닌 다른 질문을 던졌다.

"왜 나한테 이렇게까지 해?"

그의 질문에 초초해하던 윤영의 얼굴에 약간의 웃음이 번졌다.

"그러는 너는 왜 나한테 이렇게까지 했는데? 나를 예쁘게 봐주고, 안아 주고, 시계를 사 주고……."

"……."

"너는 왜 나한테 그렇게 했니?"

이유는 아마도 서로 똑같을 것이다.

"네가 궁금한데도 궁금하다고 말하지 못할 것 같아서."

윤영이 대답했다. 하지만 현진은 무슨 말인지 모르겠다는 표정이었다.

"마치 용서하는 것처럼 보일까 봐, 아버지가 어떤지 궁금한데도 궁금하다고 솔직히 말하지 못할 것 같아서, 그래서 너 대신 내가 해 주려고."

"……."

"지금의 널 이해하지만, 난 어떨 땐 엉망진창인 부모님이라도 내 곁에 있었으면 할 때가 있거든. 너도 아무리 아버지가 미워도, 한순간쯤은 그런 생각을 하지 않을까 싶어서. 이대로 아무것도 아닌 채로 아버지를 잃는 건 두려울 테니까."

사실 아버지를 잃을 거라고는 생각해 본 적이 없었다. 그저 미웠을 뿐이었다. 살의를 느낄 정도로 미움이 가득했고, 꼴도 보기 싫었지만…… 아버지를 아버지가 아니라고 부정해 본 적은 없었다. 그저 그런 아버지와 어머니 밑에서 태어난 제가 싫었을 뿐.

아파서 누워 있는 아버지라. 상상도 되지 않았다. 현진은 괴로웠다. 사랑할 수 없는 사람을 사랑하는 기분이 이런 것일까?

'너희 아버지 쓰러지셔서 병원에 계셔. 무슨 병인지는 나도 모르겠지만, 조금 심각하신 것 같더라.'

현진은 어울리지 않게 심각한 목소리로 말하던 재영을 떠올렸다. 그리고 곧 생각 속에서 빠져나와 자신을 바라보고 있는 윤영의 시선을 똑바로 응시했다. 윤영은 할 말이 남은 듯 입술을 우물거렸다.

"그리고 무엇보다……."

"……."

"네가 괴로운 게 싫어."

너에게 이렇게까지 하는 이유. 너무나 당연하잖아, 바보 최현진.

"그래서 이렇게까지 하는 거야. 네가 속상해하는 건 보고 싶지 않으니까."

내가 해 줄 수 있는 일이라면, 나는 너에게 무엇이든 해 주고 싶어.

윤영의 이야기에 현진이 입가에 어슴푸레한 미소를 담았다.

난 어떨 땐 엉망진창인 부모님이라도 내 곁에 있었으면 할 때가 있거든.

현진은 부모님을 둘 다 잃어버린 윤영에 비하면, 자신의 아픔은 아무것도 아닐지도 모른다는 생각이 들었다. 단 한 번도 제 아픔보다 남의 아픔이 더 크다고 생각해 본 적이 없었는데, 어쩌면 지금 자신이 어린애 같은 투정을 부리고 있는 건 아닐까 싶었다.

윤영도 이렇게 웃고 있는데. 자신을 버릴 정도로 큰 상처를 지녔던 그녀도 이렇게 웃고 있는데.

현진의 입가에 머문 미소를 보며 윤영도 그를 따라 웃었다. 자신의 웃음에 똑같이 환해진 그녀를 보며 현진은 알 수 없는 기분에 사로잡혔다.

행복. 자신에겐 평생 없을 줄 알았던 그 감정이 그녀를 통해 느껴지는 것 같았다.

천사는 내가 아니라 너야, 설윤영.

입 밖으로 꺼내지 못한 말을 입안으로 삼키며, 현진은 윤영과 함께 집을 나섰다. 용기 있는 그녀와 함께 잠시 대전에 다녀올 생각이었다.

❖

　　대전의 아버지가 입원한 병원에 도착한 현진과 윤영.

　　아버지가 큰 병이 아닌 과로라는 사실은 금세 알 수 있었다. 현진이 아버지가 누워 있다는 병실까지 들어서려고 할 때 저만치에 서 있는 간호사와 민애를 발견했다. 아버지는 그저 과로로 쓰러진 것뿐이고 그 외에는 아주 건강하시니 곧 퇴원해도 될 거라는 간호사의 말이 들려왔다.

　　그 이야기를 듣자마자 윤영은 아주 당황한 얼굴이 되었다. 분명 재영이 아주 심각한 어투로 이야기했던 것 같은데……. 두 사람은 동시에 머릿속에 장난스런 재영의 얼굴을 떠올렸다.

　　현진은 상상 속의 재영이 '속았지? 냐하하하.' 하며 마치 자신을 비웃고 있는 것 같아 아주 기분이 더러워졌다.

　　"내가 작가 선생 그 인간 말을 믿는 게 아니었어."

　　현진은 이를 바득바득 갈고 있었다. 병실에 들어가서 과로로 쓰러진 아버지의 얼굴까지 마주했다면 그는 아마 재영을 용서치 않았을 것이다.

　　"주둥이를 뽑아서 삶아 버리든지 해야지 원."

현진의 잔인한 말에 윤영은 주둥이가 뽑혀 소리도 못 내고 울고 있는 오빠의 모습을 상상하며 사색이 된 얼굴로 그를 바라보았다.

"농담이야."

하지만 그는 여전히 무뚝뚝한 얼굴로 휙 돌아서서 병원을 나설 뿐이었다.

결국 현진과 아버지와의 만남은 이루어지지 못했다. 하지만 현진은 여기까지 온 김에 민애를 만나고 싶다는 윤영의 청을 들어 주었다.

벌써 해가 지고 있었다. 병원 외부를 서성거리며 기다리고 있는 현진의 모습이 보이자, 민애를 만나고 오던 윤영은 웃는 얼굴로 그에게 뛰어갔다.

긴 옷을 풀럭거리며 달려오는, 마치 팔랑개비 같은 그녀의 모습을 보며 현진은 여전히 무언가 마음에 들지 않는 듯 인상을 찡그리고 있었다. 보내야 할 게 무엇인지 모르겠지만 빨리 보내고 저 더운 옷 좀 벗어 버렸으면 좋겠다. 이젠 제가 보기 답답한 것보다도 윤영이 얼마나 덥고 답답할지가 더 염려되었다.

"진짜 안 만날 거야?"

"어, 안 만나."

병원 쪽에서 몸을 돌리며 현진이 대답했다.

"그래도 여기까지 왔는데 민애라도 보고 가면 좋을 텐데……."

윤영이 작게 이야기했지만 현진은 단호하게 고개를 가로저었다.

"별것도 아닌 걸로 괜히 사람 긴장하게 만들고. 하여튼 최민애 다시 서울 오면 가만 안 둘 거야."

"그럴 줄 알고! 내가 민애한테 당분간 올라오지 말라고 했어. 네가 걱정 많이 해서 당분간 좀 화가 많이 나 있을 거라고."

"누가 걱정을 했는데?!"

갑자기 빽 소리를 지르는 현진 때문에 윤영은 놀란 얼굴이 되었다.

"아우, 이놈의 다혈질."

하여튼 사람 깜짝깜짝 놀라게 하는 데 재주 있다니까.

윤영이 현진의 고함 때문에 멍멍한 귀를 후비적거렸다. 그런 윤영을 내려다보는 현진의 얼굴이 조금 붉어져 있었다. 현진과 눈을 마주한 윤영은 풋, 자신도 모르게 웃음을 터뜨렸다. 제 감정이 얼굴에 다 드러나는 현진이 귀여워 보였다.

나란히 손을 잡고 집으로 돌아오는 길. 이미 해가 다 져 버린 밤. 가로등의 빛만 의지하고 있는 캄캄한 밤길. 두 사람은 그들이 사는 아파트에 거의 다다라 있었다.

윤영은 아무 말이 없는 현진의 옆얼굴을 조용히 바라보았다. 노란 가로등 불빛에 비친 현진의 묵직한 얼굴이 그녀의 눈 속에 들어왔다.

그도 자신과 같은 고민을 하고 있는 것이리라, 윤영은 생각했다. 내가 새로운 감정들을 알아 가기 위해 내 죄책감을 떠나보

내려는 것처럼, 너도 네가 여태껏 살아왔던 어떤 일부를 조금씩 바꾸어 가려는 게 아닐까.

뭘 알고 그리 거짓말을 한 것인지는 알 수 없지만, 재영의 거짓말은 톡톡히 제 역할을 해낸 셈이었다.

미운 아버지이지만, 증오스러운 아버지이지만, 현진은 그를 완벽히 몰아내지 못했다. 돌아서지 못했다. 겨우 좁쌀만큼의 변화일지는 모르겠지만, 윤영은 그래도 지금은 이 정도면 충분하다고 여겼다.

RRRR.

그때 현진의 휴대폰이 울리는 소리가 들렸다. 잠시 멈춰 서 휴대폰을 꺼내 발신자를 확인한 그의 표정이 조금 굳어졌다. 윤영이 흘긋 그의 휴대폰을 넘겨다보았다. 최민애. 그의 여동생 이름이 반짝이며 휴대폰 벨이 울리고 있었다.

현진은 천천히 전화를 받았다. 그는 여보세요, 라는 말도 하지 않았고, 전화를 건 민애도 잠시 아무런 말도 하지 않았다.

사실 민애는 재영이 현진에게 이야기할 거라는 것을 대충은 예측하고 있었다. 그전에도 그리했으니 이번에도 마찬가지일 것이라는 생각이었다. 그리고 그 이야기를 듣고 나서 현진이 조금이라도 아버지의 걱정을 한다면 그것만으로도 충분히 그들의 관계 개선에 좋은 영향을 줄 것이라 여겼다.

하지만 재영의 깜찍한 거짓말로 아버지라면 이를 갈던 현진은 대전 병원까지 찾아왔고, 그 이야기를 전해들은 민애는 무한한 감동에 차 있었다. 단 한 번도 현진이 이렇게 행동한 적이 없었 던지라 민애는 그에 대한 고마운 마음이 가득했다.

─ 오빠 고마워.

"……."

─ 금방 다시 서울로 갈게.

민애는 다른 말은 하지 않았다. 그저 고맙다는 말과 곧 서울 로 오겠다는 말만 남기고 전화를 끊었을 뿐이었다.

민애가 전화를 끊고 나서도 한참 동안 현진은 미동 없이 서 있기만 했다. 고맙다는 그녀의 말이, 세상에서는 아무렇지도 않 게 쓰이는 그 말이 너무나 가슴 아프게 다가와서 현진은 어찌할 바를 모르겠다는 얼굴이었다. 그리고 그런 현진을 보며 윤영은 아픈 마음을 감추지 못했다.

발걸음을 옮겨 멍한 얼굴로 서 있는 현진의 앞에 선 윤영이 엷게 웃는 얼굴로 그를 바라보았다. 자신이라도 좋은 표정을 보 여 줘야 할 것 같은 마음에서였다. 빛이 돌아온 현진의 눈동자 가 그런 윤영과 시선을 마주했다.

"안아 줄까?"

"응."

대답이 너무 빨리 떨어져서 오히려 윤영이 더 놀랐다.

윤영이 까치발을 조금 들어 그의 어깨를 감싸 안았다. 사실 그를 안아 주었다기보다는 그에게 안겼다는 표현이 더 어울릴지 도 모르는 행동이었으나 현진은 정말로 그녀가 자신을 꼭 보듬어 주는 것 같은 느낌을 받았다.

어쩐지 바보 같지만, 눈물이 날 것 같았다. 윤영의 말처럼 오늘 하루 걱정 속에 보낸 자신을 그녀가 모두 다 위로해 주는 것 같은 느낌이 들었다.

"천천히 해, 현진아."

윤영이 더욱더 꼭 현진을 끌어안으며 방긋 웃는 얼굴로 말했다. 그녀에게서 나는 좋은 비누 향을 느끼며 현진이 천천히 두 눈을 깜박였다.

"천천히 해도 괜찮아."

"……."

"아버지에 대한 것도, 네 미움에 대한 것도…… 다 천천히 극복해. 지금은 이걸로도 충분하니까."

천천히 하라는 윤영의 말이 무엇인지 현진은 다 알 수 있을 것 같았다. 지금 이걸로도 충분하다는 말도 무슨 의미인지 알 것 같았다. 남자가 돼서 작은 그녀에게 위로받는 자신이 한심했지만, 그래도 너무나 좋았다. 따뜻하고 다정하고 사랑스러운 그녀가…… 현진은 너무나 예뻤다.

"따뜻해."

"……."

"따뜻하다, 윤영아."

내가 닿을 수 있는 유일한 타인, 너.

현진은 손을 들어 그를 안은 윤영을 그녀보다 더 꼭 끌어안았다. 이제는 익숙한 그녀의 따스한 몸. 그가 그의 커다란 손에 한 줌에 들어오는 윤영의 작은 어깨를 꼭 감쌌다.

윤영의 괜찮다는 이야기가 아직도 애틋하게 그의 귓가를 울렸다. 그를 위로하고 있었지만 마치 그녀 자신을 위로하듯 아주 애잔한 목소리였다.

\#
12.

유난히 더운 아침이었다. 선풍기를 밤새 틀어 놓아도 몸 안에 가득한 더위가 사라지지 않는, 그런 무더운 날.

웬일로 일찍 일어난 재영이 식탁에 윤영이 먹을 토스트와 우유를 두고 거실에 앉아 타자를 두드리고 있었다. 너무 더워서 제대로 잠을 못 잔 모양인지 그의 얼굴은 조금 퀭해져 있었다.

타닥타닥.

〈수험생을 위하여 수업 좋은 올리나〉도 거의 마지막을 향해 달려가고 있었다. 이제 원고 넘기고 나머지 계약금을 받으면 잠시나마 부자가 될 수 있는 거다. 잠을 못 자서 피곤하긴 했지만 재영은 그것만 생각하면 절로 웃음이 튀어나왔다.

사실 재영이 요즘 즐거운 이유는 따로 있었다. 휴대폰도 없는 고3 민애가 얼마 전, 대전에서 그의 집으로 전화를 걸었기 때문이었다.

'윤영 언니 잘 있나 궁금해서요.'

민애는 새침한 목소리로 말했지만, 재영은 콧방귀를 뀌며 그
녀의 말을 무시해 버렸다. 윤영의 안부가 궁금했으면 그녀의 휴
대폰으로 전화를 걸 것이지 왜 굳이 잘 쓰지도 않는 집 전화로
전화를 걸었을까. 서로 말은 하지 않았지만, 두 사람은 통화하는
내내 마음 한가득 설렘을 담고 있었다.

민애는 재영에게 또 입이 가벼운 아저씨라며 구박했고, 재영
은 다시 아이스크림으로 그것을 무마하려 들었다. 그들은 마치
오래 전부터 알았던 사람처럼 이런저런 이야기를 나누며 전화
속 상대에게 집중했다.

'언제 다시 와?'

재영은 터미널 대기실에 앉아 민애한테 묻지 못하고 입술만
옴짝달싹했던 그 이야기를 드디어 물었다. 그의 뜬금없는 질문
에 민애는 조금 놀란 듯했지만 웃는 목소리로 대답해 주었다.

'아저씨 나 기다리는구나?'
'…….'

'금방 갈게요.'

끼이익.

윤영의 방문이 열리는 소리에, 잠시 타자를 치던 손을 멈추고 멍한 얼굴을 하고 있던 재영이 원래의 눈빛을 되찾았다. 이제야 윤영이 출근을 하려는 모양이었다.

재영은 식탁에 차려 둔 아침을 먹고 출근하라는 이야기를 전하기 위해 그녀를 향해 고개를 돌렸다. 하지만 방 문 앞에 쑥스러운 얼굴로 서 있는 윤영의 낯선 모습에 재영은 말을 꺼내지 못하고 그저 꼭 입술을 다물어야 했다.

"……."

소파 등받이에 매달려 그대로 행동을 멈춘 재영과, 그런 재영의 시선을 받으며 머리를 긁적이는 윤영. 재영의 놀란 눈동자가 윤영의 모습을 위아래로 훑었다.

윤영은 시원한 여름옷을 입고 있었다. 하늘거리는 반팔 티셔츠를 입고, 무릎까지 내려오는 하늘색 스커트를 입은 그녀는 늘 풀어 헤치고 다녔던 곱슬머리도 시원하게 위로 올려 묶고 있었다.

가느다랗고 하얀 그녀의 오른쪽 팔목에는 현진이 사 준 시계가 감겨 있었고, 평소와 같이 그녀의 목에 대롱대롱 걸린 까만색 카메라는 이상하게 오늘따라 밝아 보였다. 상큼한 대학 1학년 시절의 그녀를 보는 것 같아 재영은 아주 놀라서 그녀에게서 시선을 뗄 수 없었다.

"뭘 그렇게 자꾸 빤히 봐. 아침밥 뭐야?"

계속되는 시선이 부담스러웠는지 윤영이 그의 눈길을 지나쳐 주방 안으로 들어섰다. 식탁에 앉은 윤영은 토스트를 집어 입에 넣었고, 잠시 정신을 차리지 못하고 있던 재영은 이내 그녀를 따라 쪼르르 주방 안으로 들어갔다.

토스트를 먹으며 우유를 마시는 윤영의 입가에 하얀 우유 자국이 생겼다. 웃길 만한 상황인데도 그런 윤영의 얼굴을 바라보는 재영은 무척이나 심각한 표정이었다.

물론 이렇게 윤영이 변화하기를 누구보다도 바랐던 그였지만, 조금 걱정이 되었다. 갑자기 사람이 너무 변하면 죽을 때가 다 된 거라던데…….

여전히 입가에 흰 우유 자국을 묻힌 윤영이 심오한 표정의 재영과 시선을 맞추었다.

"설마 사람이 갑자기 변하면 죽을 때가 다 된 거라던데…… 뭐 이런 이상한 생각 하고 있어?"

"헉!"

"맞구만?"

"윤영아. 너 독심술 하냐?"

제 속마음을 그대로 들켜 버린 재영이 헉 소리를 내자 윤영은 그럴 줄 알았다는 듯 못 말린단 표정으로 고개를 도리도리 저었다.

"현진이나, 오빠나. 이렇게 속마음을 읽기 쉬운 남자들이라니."

재영이 윤영의 입에 묻은 우유 자국을 커다란 손으로 슥 닦아주며 그녀의 옆자리에 앉았다.

오물거리던 빵 조각을 삼킨 윤영은 걱정스러운 눈길로 바라보는 제 오라비를 동그랗고 또랑또랑한 눈으로 마주 바라보았다. 재영은 왠지 그런 그녀의 표정이 평소와는 다르다고 느꼈다. 그리고 실제로 그러했다. 윤영은 이제 달라진 삶을 살겠다, 굳게 마음을 먹고 있었다.

"다시 사진 찍을 거야."

단호한 그녀의 목소리가 재영의 귓가를 파고들었고, 그는 자신이 무언가를 잘못 들은 건가 싶어 조금 어리둥절한 표정이었다. 그렇게 윤영의 입술에서 듣고 싶었던 이야기였는데, 막상 현실로 다가오니 실감이 나지 않았다.

재영이 의아한 얼굴로 눈꺼풀을 두어 번 깜빡였다.

"응? 뭐라고?"

"올해까지 쇼핑몰 사무실 다니고 돈 모아서 내년에 다시 복학할게."

"저기, 윤영아, 너……."

"응?"

"너 어디 아픈 거 아니야?"

"왜. 언제는 사진 찍으라고 성화더니."

윤영은 걱정스러운 표정이 한가득인 재영의 얼굴이 이해가 되면서도 마음에 들지 않았다. 아버지의 마음도 아니고, 그녀를 향한 재영의 이 걱정 병은 언제나 완치가 될는지 모르겠다.

윤영이 손에 든 토스트를 내려놓고 조금 몸을 틀어 재영과 똑바로 시선을 마주했다.

"너 진짜 어디 아픈 거 아니야?"

"응. 전혀. 하나도 안 아파."

"윤영아, 너 갑자기 왜 그래. 나 무서워."

두려움이 깃든 재영의 표정을 똑바로 응시한 그녀가 결국 풋웃음을 터뜨려 버렸다. 재영은 현진 덕분에 윤영이 변화해 간다는 것을 머리로는 알고 있으면서도 걱정되는 마음을 감출 수가 없었다.

겁쟁이 설재영. 그러나 두 번이나 동생을 잃을 뻔한 오빠로서는 어쩌면 너무나 당연한 걱정일지도 모른다는 생각이 들어, 그녀는 다시 한 번 그를 이해했다.

"이제부터 두 번이나 죽을 고비를 넘긴 내 삶을…… 조금 소중히 여겨 보려고 해. 오빠한테 걱정도 시키지 않고, 더 이상 엄마 아빠를 붙잡고 늘어지지도 않고."

"……."

"그렇지만 아마 쉽게 지워질 죄책감은 아닐 거야. 무엇을 해도 엄마 아빠한테 죄송한 마음은 평생 지워지지 않을 테니까."

윤영은 사고가 나던 날부터 시작된 끔찍한 악몽을 이제는 깨

부수고 싶었다. 그것은 아마 재영도 마찬가지일 것이다.

갑자기 산산이 조각나 흩어져 버린 가족. 그 때문에 아픈 매일매일을 보냈던 윤영과 재영.

윤영이 작게 호흡을 골랐다. 웃고 있었지만, 그것은 위태위태한 웃음이었다. 아직 완벽히 변하기에는 시간이 모자란다는 것을 재영은 알고 있었다. 그녀는 천천히, 천천히, 제 세상 속에서 변해 가고 있었다.

"그래도 이제부터 남은 시간을 조금 사람답게 살아 보고 싶어졌어. 엄마 아빠가 날 이곳에 두고 간 이유가 있을 거라는 걸 믿고 싶어졌어."

"……"

"오빠랑, 현진이랑, 민애랑…… 재미있고 행복하게 지내고 싶어. 사진도 찍으면서 즐겁게 살고 싶어. 참 이상하지? 어느 날 문득 하루하루를 사는 게 감사한 일이라는 생각이 들었어. 현진이를 만난 이후였지만, 그렇다고 변화의 이유가 그 애 때문만은 아니야. 정말로 엄마 아빠가 남겨 줬을지도 모르는 내 남은 삶을…… 이제부터라도 의미 있게 살아 보고 싶어."

아침상을 앞에 두고 하는 이야기치고는 무척이나 무거웠다. 하지만 무척이나 밝기도 했다.

윤영의 입술에서 흐르는 희망의 이야기에 재영은 금방이라도 울음을 터뜨릴 듯한 얼굴로 앉아 있었다. 그동안 힘들게 살아온 제 동생의 세월을 꼭 안아 주고 싶은 기분이었다. 그동안 많이 힘들었지? 정말 고생했어, 윤영아. 이렇게 말해 주면서.

눈물이 그렁그렁한 재영의 두 눈을 바라보며 윤영이 조금 쓰게 웃었다. 그동안 자신 때문에 고생해 온 오빠에 대한 미안함이 마음에 넘쳐흘렀다. 생각해 보면 그동안 제일 힘들었던 사람은 재영일지도 몰랐다. 갑작스레 부모를 잃고, 동생의 자살 기도까지 보아야 했던 그도 그리 순탄하지만은 않은 길을 걸어왔다.

"윤영아."

"응."

재영이 나지막한 목소리로 그녀를 불렀다. 시원한 옷차림을 한 제 동생이 너무 예뻐서 재영은 자꾸만 코가 시큰거렸다.

"나 울어도 돼?"

"……."

"쪽팔리게 눈물이 나려고 해."

재영의 엉뚱한 말에 윤영은 대답 대신, 오늘따라 유난히 자신보다 작아 보이는 오빠를 향해 환한 미소를 지어 주었다. 그리고 겨우 눈물을 참아 낸 재영이 흰 이를 드러내 보이며 윤영을 따라 웃었다. 슥슥. 그는 대견하다는 얼굴로 그녀의 보슬거리는 앞머리를 흐트러뜨리는 일도 잊지 않았다.

두 사람은 마주 보며 서로를 향해 다정히 웃었다. 따뜻한 오빠의 웃음과 손길을 느끼며 윤영은 그렇게 갇혀 있던 제 삶에서 한 발자국 나아가고 있었다.

"와우, 윤영 누나! 목선이 죽여 줘요!"

오랜만에 등장한 재인이 사무실 안으로 들어오자마자 호들갑을 떨었다. 무언가 분위기가 확 변한 듯한 윤영의 모습이 색달라 보였던 모양이었다. 안 그래도 사무실 식구들한테 차례대로 뭐 좋은 일 있냐는 소리를 들어 귀에 딱지가 앉을 지경이었는데, 재인까지 보태기를 하고 있었다.

윤영은 심드렁한 얼굴로 자리에 앉아 마우스를 움직였고, 재인은 머리를 묶고 예쁜 옷을 입은 윤영을 이리저리 쳐다보며 눈을 반짝반짝 빛내고 있었다.

"이제야 드디어 마음을 정한 거군요? 나한테 잘 보이려고 이렇게 예쁘게 하고 온 거 맞죠? 그죠?"

"끙. 얜 또 뭐라는 거야."

"끙은 화장실 가서 힘낼 때 쓰시고요. 어쨌든 웬일이에요? 답답한 긴 옷을 다 벗어 던지고!"

"스물한 살 군대도 안 갔다 온 꼬맹이는 알 필요 없어."

"너무한다, 진짜."

그를 한 번 돌아보지도 않고 대답하는 윤영의 모습에 재인이 입술을 삐죽거렸다. 날 늘 귀찮아하고 있다는 것은 알았지만, 오늘까지 이런 식이라니!

사무실 식구들은 유난히 윤영을 오래 따르는 재인을 신기한 눈으로, 그리고 한편으로는 불쌍하다는 눈으로 바라보고 있었다. 나름 꽃미남이라고 생각해서 뽑은 모델이었는데, 윤영의 눈엔 그저 군대에 다녀오지 않은 꼬맹이일 뿐이었다.

거기다 윤영은 모르고 있었지만 오늘은 그가 쇼핑몰 모델로서 마지막 촬영을 한 날이었다. 윤영의 앞에서 홀연히 사라지고 싶다는 제 바람을 이루기 위해, 재인은 그동안 쇼핑몰 식구들에게 입단속을 시켰다.

"나 군대 가요."

재인이 입을 다물고 있자 잠시 조용해졌던 사무실 안에 다시 그의 또렷한 목소리가 울려 퍼졌다. 여태껏 재인을 제대로 바라보지 않고 있던 윤영이 그 말에 놀라서 마우스를 잡았던 손을 멈추고 그를 돌아보았다.

"이제야 좀 날 보시네!"

"뭐야, 강재인! 거짓말이야?"

"아니에요. 진짜 가요. 그래서 오늘부로 여기 오는 것도 마지막."

윤영은 더욱더 놀란 얼굴이 되었다. 재인이 그만둔다는 소리는 들은 적이 없었는데…….

윤영이 동그란 눈으로 주위를 둘러보자 그녀와 눈을 맞춘 사무실 직원들이 맞다며 고개를 끄덕거렸다. 윤영의 시선이 다시 재인에게로 향했고, 그는 예상외로 많이 놀란 것 같은 그녀의 눈길에 조금 쑥스러운 얼굴이 되었다.

"뭐예요, 누나. 지금 섭섭해하는 거예요?"

"어."

"엥?"

"어. 나 지금 섭섭한가 봐."

이상하네. 아무래도 정말인 모양이었다. 갑작스레 그만둔다는 재인의 말에 윤영은 정말로 섭섭한 감정이 마음속에서 피어올랐다.

그동안 좀 귀찮게 굴긴 했지만 그래도 사무실에서 일하는 동안 나름 정이 많이 든 식구였다. 남자로서는 전혀 꽝이지만 그래도 동료로서는 유쾌하고 즐거운 재인이 나름 마음에 들었었는데.

"나 군대 간다 그래도 콧방귀나 흥흥 뀔 줄 알았더니. 그래도 섭섭하긴 한 모양이네."

재인이 말하면서도 쑥스러운 듯 웃었다. 정말 윤영이 이 정도로 서운한 표정을 지을 줄은 몰랐기 때문이었다.

"그럼 섭섭하지 안 섭섭해? 매일 옆에서 종알거리던 애가 없어지는데."

"아, 난 겨우 누나한테 그런 존재였군요. 종알거리던 애."

"큭큭. 그럼 얼마나 커다란 존재일 줄 알았는데?"

"누나 왕싸가지 남자 친구 사귀더니 누나도 그렇게 변해 가는 거예요?"

쟤는 왜 자꾸 현진이한테 왕싸가지, 왕싸가지 하는 거야? 그렇게 부를 수 있는 사람은 나뿐인데!

하지만 떠나는 마당에 윤영은 재인을 혼내고 싶지는 않았다.

재인의 표정에 서운함이 가득했다. 그리고 재인을 바라보는 사무실 식구들도 모두 서운한 얼굴이었다.

"잘 지내요. 그 왕왕싸가지랑도 오래오래 행복하고요."

윤영의 책상 위에 걸터앉아 있던 재인이 웃차 하는 소리와 함께 자리에서 일어났다. 여전히 그녀는 현진을 지칭하는 왕왕싸가지라는 말이 마음에 들지 않아 팍 인상을 썼지만, 재인은 그저 씩 웃을 뿐이었다.

"자, 그럼 저는 2년간의 삽질 잘하고 오겠습니다. 모두들 행복하세요!"

우렁찬 재인의 목소리가 사무실 안에 울려 퍼졌다. 사무실 식구들도 모두 재인에게 손을 흔들며 한마디씩 인사를 건넸다. 갑작스러운 작별이라니. 뭐 언제나 쿨한 재인에게 어울리는 안녕이기도 했다.

재인은 손을 흔들며 사무실을 나설 때까지 그 장난스런 웃음을 잃지 않았다. 윤영은 웃으며 손을 흔드는 그에게, 제발 군대에 다녀와서는 진실된 사랑을 했으면 좋겠다는 말을 해 주었다.

'아 근데, 누나. 이 말은 짜증 나서 끝까지 안 하려고 했는데요. 누나랑 그 왕싸가지 진짜 짜증나게 잘 어울려요.'

윤영은 재인이 마지막으로 남기고 간 말을 떠올리며 자신도 모르게 웃음을 터뜨렸다. 이제부터라도 의미 있게 살아 보고 싶어 변화된 모습으로, 새로운 마음으로 출근한 첫날에 생긴 갑작스런 작별이었지만, 재인은 그 작별마저도 유쾌하게 만들고 떠났다.

❖

사무실에서 퇴근하고 돌아오는 길, 윤영은 사진관에 맡겼던 필름을 찾아 왔다. 노란 봉투 속에 든 사진을 아직 꺼내 보지는 못했지만, 윤영에겐 사고 당일 날의 사진을 손에 쥐고 있다는 것 자체가 큰 의미로 다가왔다.

소중한 부모님의 사진을 가방에 넣지도 못하고, 그렇다고 손에 꽉 쥐지도 못하고. 윤영은 버스를 타고 집으로 돌아오는 내내 사진을 담은 봉투조차 구겨지지 않게 소중히 들고 왔다.

어디에서 이 사진을 꺼내 보아야 할지 적절한 장소를 찾지 못하던 윤영은 집 근처에 다다라서야 사진을 개봉할 장소로 집 앞 놀이터를 택했다. 아직까지 뛰놀고 있는 아이들이 있으니 창피해서라도 엉엉 울지는 못할 것이다.

해가 길어진 탓에 아직까지도 햇볕이 뜨겁게 내리쬐고 있었다. 하지만 윤영은 덥지 않았다. 팔목에 감겨 있는 현진이 준 시계를 내려다보며 그녀가 조금 웃었다. 보통 시계가 아닌 그의 마음이 온전히 다 담긴 그것. 불행함 속에서 그녀를 한 발자국 나오게 만들어 준 그.

바스락. 놀이터 한쪽의 벤치에 앉은 윤영이 노란 사진 봉투를 무릎에 가지런히 올려 두었다.

엄마, 아빠를 보내 주는 장소치고 너무 로맨틱하지 못한가요?

하지만 윤영에게는 재영과 현진이 금방이라도 달려 나와 줄 수 있는 이곳이 안성맞춤인 장소였다.

울고 싶을 때 금방이라도 달려가 안길 수 있는 당신들이 가까이 자리한 이곳.

맴맴. 매미가 울고 있었다. 짙은 여름 하늘 아래, 점점 하늘이 어둠으로 물들어 가는 그때. 윤영이 조금 힘을 주어 무릎에 놓은 봉투를 쥐었다. 그리고 그 안에 자리한 사진을 떨리는 손으로 잡아 꺼냈다.

워낙 오래된 필름이라 제대로 현상되어 나온 사진은 몇 개 없었다. 하지만 웃고 있는 엄마, 아빠, 그리고 그녀의 얼굴이 가득 찬 몇 개의 사진들은 아직도 그때의 상황을 재현하듯 생생하게 윤영에게 다가왔다. 하나, 둘, 사진을 넘기는 그녀의 얼굴엔 그리움이 가득했다.

부모님과 소풍을 떠나던 그날이 아직도 윤영의 기억 속에 선명했다. 일이 바빠 함께 가지 못했던 재영에게 심술을 부렸었는데, 이제 와 보니 그가 따라나서지 않은 것은 천만다행인 일이었다.

만약 그 자리에서 모든 가족을 잃었다면 윤영은 정말 여기까지 버티지 못했을 게 분명했다. 재영조차 곁에 없었다면 그녀는 절대로 살아가지 못했을 것이다.

그녀는 처음에 사고가 났다는 사실을 제대로 인지하지 못했었다. 그녀는 멀쩡했으니까. 사고가 나자 그녀를 감싸 안았던 부모님 덕분이었는지 그녀는 정말 기적처럼 아주 깨끗한 상태로 그 사고 현장에서 나올 수 있었다. 깨끗했던 그녀의 몸을 적셨던 것은 전부 다 부모님의 붉은 피였을 뿐이었다.

얼마나 끔찍했던 날이었는지. 윤영은 아직도 그 상황을 조금도 잊을 수가 없었다. 오히려 시간이 지날수록 생생해지는 기억에 괴롭기만 했었다.

"엄마, 아빠……."

그런데 현진을 만났다. 타들어 가는 마음을 가지고, 누구와도 닿을 수 없을 정도로 상처가 가득했던 너를. 내가 더 아플까, 네가 더 아플까. 그런 생각조차 하지 못할 정도로 어느 순간 윤영은 현진을 이해하고 있었다. 처음으로 타인과 함께 현실을 헤쳐 나가는 꿈을 꾸었다.

곧 해가 지려는 모양이었다. 시끄럽게 떠들던 아이들이 모두 집으로 들어가고, 윤영이 살고 있는 아파트 전체엔 붉은 노을이 내리고 있었다.

썰렁해진 놀이터에 앉아 있는 윤영은 울지도 않고, 웃지도 않았다. 그저 흔들림 없는 눈동자로 차 안에서 즐겁게 웃고 있는 부모님과 제 사진만을 바라보며 그리운 그 이름을 중얼거릴 뿐이었다.

깊은 정적이 흘렀다. 손에 꼭 쥔 사진을 바라보며 윤영은 잠시 아무런 미동도 없었다. 짧다면 짧았을 24년간의, 그녀의 세월이 머릿속을 바람처럼 스쳐 지나가는 것 같았다.

부모님을 잃은 상처가 너무 커 제대로 기억하지도 못했던 예전의 삶들.

"엄마, 아빠, 나는 요즘 무척이나 사람다운 삶을 살고 있어요."

조용한 놀이터 안에 윤영의 작은 목소리가 울렸다. 현진을 만났던 처음 순간이 새록새록 떠올랐다.

지금처럼 빨간 노을을 등지고 서 있던 그의 모습과 예뻤던 민애의 햄스터, 그와 함께하던 저녁 식사, 연고를 발라 주던 손길, 아파하던 너의 표정, 즐거워하던 너의 얼굴.

"누군가와 진심으로 인사를 하고, 진심으로 대화를 해요. 진심으로 웃기도 하고, 진심으로 작별을 하기도 해요."

…….

"그리고 나…… 사랑을 하고 있어요. 너무나 착하고 예쁜 남자를 좋아하고 있어요. 참 괘씸하죠? 엄마, 아빠도 없는 곳에서 혼자 행복하게 살고 있는 제가."

아니, 사실은 아니라는 것 알아요. 당신들은 언제나 어느 곳에서나 제가 행복한 사람으로 살길 원하실 거라는 걸. 사실은 나도 오래전부터 알고 있었어요.

그래서. 그렇게 나를 사랑하실 부모님의 마음을 알아서……
어쩌면 나는 더 나를 버리고 싶었는지도 몰라요.

"미안해요."

윤영은 울먹이고 있었다.

환하게 웃고 있는 부모님의 미소가 너무나 아름다워서. 다시
는 세상에서 만나지 못할 그들의 모습이 그립고 슬퍼서.

"감사해요."

울지 않으려고 애썼는데, 사진 위로 툭툭, 그녀의 작은 눈물
방울이 떨어져 내렸다. 윤영은 엄마, 아빠의 얼굴을 가린 눈물
자국을 다시 손으로 훔쳐 냈다. 흐릿하게 번진 그녀의 눈 안에
다시 환한 그들의 얼굴이 가득 찼다.

"너무 보고 싶어요."

말을 마치고 두 눈을 꼭 감은 윤영의 얼굴 위로 또다시 후드
득, 눈물이 떨어져 내렸다. 처음으로 꺼내 본 그녀의 진심이었
다. 너무 미안하고 죄송해서 보고 싶다는 말조차 하지 못했던
그녀가 처음으로 부모님을 향한 제 모든 감정을 끌어냈다.

미안해요. 죄송해요. 감사해요. 그리고 보고 싶어요. 사실은
어떠한 감정보다도 이게 제일 우선이었어요. 엄마 아빠가 보고
싶은 마음, 이게 제일 나를 아프게 했어요.

붉은 노을이 내리는 하늘 아래. 울고 있는 그녀의 모습 위로
커다란 그림자 하나가 겹쳐졌다. 윤영이 돌아오지 않아 마중을

337

가던 길에 놀이터에 홀로 앉아 있는 그녀를 발견한 현진이 언젠 가부터 그녀의 곁에 서 있었다.

사진을 꺼내던 모습부터 울던 모습까지. 모두 지켜본 그는 얼마 전 윤영이 했던 말을 머릿속에 떠올리고 있었다.

'네가 준 새 시계를 차기 전에 보내야 할 게 있어서.'

이것이었나, 네가 보내려던 것이.

부모님을 향한 죄책감과 너를 버리려 했던 네 삶에 대한 미안함.

어느새 입술을 꾹 깨물고 고개를 숙인 채 울음을 삼키고 있는 윤영을 내려다보며 현진은 애잔한 기분에 사로잡혔다.

안아 주고 싶었다. 너무나. 꼭 끌어안고 조금 더 소리 내서 크게 울어도 된다고 이야기해 주고 싶었다. 그리고 오늘 네 모습, 지금의 네 모습이 너무나 예쁘다고 말해 주고 싶었다.

현진이 고개를 내리고 있는 윤영의 머리 위로 손을 올려놓았다. 사진을 끌어안은 채 끅끅거리며 울고 있는 그녀가 너무 안타까워 그는 코끝이 시큰거리는 느낌이 들었다.

"누가 여기서 혼자 울래?"

갑작스레 머리께에 느껴지는 따스한 느낌에, 그리고 여전히 무뚝뚝하지만 윤영만이 아는 다정함이 담긴 목소리에 그녀가 스르르 고개를 들어 올렸다.

새빨개진 눈이 그녀를 내려다보는 현진의 눈동자와 시선을 마주했고, 현진은 이번엔 손을 내려 그녀의 눈가에 매달린 눈물을 슥 닦아 주었다. 갑자기 등장한 현진의 모습에 윤영은 조금 놀란 눈빛이었다.

"울어도 내 옆에서 울어, 이제. 혼자 울지 말고."

"현진아."

"이리 와 봐."

"……."

"안아 줄게."

노을을 등지고 선 그의 모습이 눈이 부셨다. 현진의 품 안에 윤영이 가득 안겼다. 토닥토닥. 윤영은 그의 품 안에서 눈 안에 가득한 눈물 줄기를 흘려보냈고, 현진의 더욱더 그녀를 꼭 끌어 안아 주었다. 눈물 젖은 그녀의 자그마한 몸이 너무나 애처로워 보였다.

그런데 이상하기도 하지. 현진은 제 감정을 다 내보내는 그 모습이 조금 행복해 보이기도 했다. 현진은 차라리 윤영이 이대로 끝까지, 마지막까지 눈물을 다 털어 냈으면 하고 바랐다.

한꺼번에 모든 것을 다 보내 버릴 수는 없겠지만, 그래도 조금이라도 그녀가 짐을 덜어 낼 수 있었으면 좋겠다고, 현진은 그렇게 바라고 바랐다.

\#
13.

"야, 족제비."

"왜요."

"너랑 나랑 지금 이거 뭐하는 짓이야?"

"글쎄. 그거 내가 묻고 싶었던 거예요."

아파트 난간 위에 팔을 걸친 채 나란히 턱을 괴고 있는 두 남자의 모습이 보였다. 현진과 재영. 서로의 동생이 없는 텅 빈 집을 두고 나온 그들은 함께 외출한 윤영과 민애를 기다리고 있었다.

민애가 다시 서울에 온 지 벌써 열흘이란 시간이 흘렀다. 하지만 그녀는 다시 학교를 가기 위해 내일 대전으로 돌아가야 했고, 윤영과 민애는 서로 헤어지는 것이 너무 서운하다며 남자들은 쏙 빼놓고 자기들끼리 놀러 나가 버렸다.

"우리도 엄청 한가한데."

집 안에 덩그러니 남겨진 두 남자는 내내 구시렁거리며 그녀들이 돌아오기만을 기다렸다. 날이 더워서 그런지 공부에 집중도 안 되고, 글쓰기에 집중도 안 되고. 이런저런 핑계를 대고 집 밖으로 나온 이들은 난간 저 멀리를 바라보며 윤영과 민애가 언제 돌아오는지에만 집중하고 있었다.

한참을 말없이, 미동 없이 여전히 턱을 괸 채로 난간 밖을 내다보던 재영은 자신의 옆모습을 뚫어져라 바라보는 현진의 시선이 느껴졌다. 그리고 바로 그 시선과 마주했다. 그는 무언가 궁금한 것이 있다는 얼굴로 얇은 눈을 뜬 채 재영을 바라보고 있었다.

"족제비, 뭘 봐?"

"지금요."

"지금 뭐?"

"윤영이를 기다리는 거예요, 아니면 민애를 기다리는 거예요?"

재영을 보는 현진의 의혹이 담긴 눈길이 더욱더 얇아졌다. 재영은 마치 정곡을 찔린 사람처럼 당황한 표정이었고, 현진은 그의 표정만으로도 다 알았다는 듯 다시 시선을 바깥으로 돌렸다.

하여튼 단순하기로 둘째가라면 서러운 사람들만 모아 놓았다. 대체 표정을 숨길 줄을 몰라.

재영이 눈치를 보듯 흘끔흘끔 시선을 돌린 현진을 훔쳐보았다. 윤영과 현진은 그렇다 쳐도, 나랑 민애라니……

재영은 만약 윤영이 성인도 안 된 나이에 여덟 살이나 많은 웬 도둑놈과 연애를 하고 있다면 자신은 어떠했을까 생각해 보았다. 아마 걱정이 돼서 밤에 잠도 잘 안 올 것이다.

"안 그래도 서울에 친구도 없는 민애가 매일 누구랑 놀러 다니는 건지, 누구랑 그렇게 몰래 숨어서 전화 통화를 하는 건지, 집 냉동고에 가득 찬 아이스크림은 대체 누가 사 준 건지 추적하고 있었어요."

"……."

"근데 아무리 생각해도 딱 한 명밖에 떠오르질 않더라고요."

다시 현진의 시선이 재영에게로 향했다. 그간에 제가 했던 행적을 다 들켜 버린 재영은 쑥스럽기도 하고 당황스럽기도 한 표정이었다. 그가 괜스레 손을 들어 머리를 긁적거렸다.

딱히 민애와 연애를 하기로 했다거나 그런 것은 아니었다. 아직 만난 지도 얼마 되지 않았고, 연애의 감정이 들라치면 문득 떠오르는 여덟 살이라는 나이 차 때문에 멈칫했던 게 사실이었다.

재영은 아무 말도 하지 못하고 그저 입술을 딱 붙이고 있었다. 대전으로 돌아가 학교를 다녀야 하고, 언제나 그곳에서 아버지와 함께 살 거라는 그녀의 계획을 알게 된 그로서는 지금 당장 딱히 무언가 생각이 있는 것은 아니었다.

그저 그녀가 가는 날까지 잘해 주고 싶었고, 웃게 해 주고 싶었다. 단지 그뿐이었다.

두 사람 사이에 잠시 침묵이 흘렀다.

햇볕이 내리쬐는 오후.

진지한 얼굴로 서 있는 재영을 바라보는 현진의 입가에 엷은 미소가 맺혀 있었다. 딱히 재영의 책을 잡기 위해 꺼낸 이야기는 아니었다. 지금처럼 중요한 고3 시기에 방해만 되지 않는다면, 굳이 민애가 남자 친구를 사귀는 것에 대해서 반대하고 싶은 마음은 없었다.

자기가 무엇이라고 반대를 하겠는가. 늘 고래 싸움에 새우등 터지듯 그와 아버지의 싸움에 시달렸던 민애가 다른 곳에서라도 즐거움을 찾을 수 있다면 현진은 상관없었다. 물론 그녀가 후에 상처받지 않는다는 전제하에.

여름 바람이 살랑이며 불어오고 있었다. 더운 바람이었지만, 두 사람은 아무런 미동 없이 그 자세 그대로 서서 여전히 난간 밖을 내다보고 있었다. 많은 생각들을 하고 있는 듯했다. 자신들의 가족에 대해, 그리고 새로이 다가온 누군가에 대해.

재영은 현진이 민애를 만나지 말라고 한다면 그의 말을 들을 작정이었다. 자신과 민애의 문제는 분명 현진, 윤영의 사이와는 다른 것이었으니까.

"나는 윤영이에게 절대로 상처를 주지 않을 생각이에요."

조용한 복도 안에, 갑작스레 엉뚱한 소리를 하는 현진의 음성이 울렸다. 난간에 팔을 걸친 재영은 무슨 이야기인가 싶어 등

그런 눈이 되어 옆에 서 있는 현진을 돌아보았다.

여름 하늘을 올려다보며 현진은 엷은 미소를 짓고 있었고, 재영은 그의 미소가 이해가 가지 않는 듯 어리둥절한 표정이었다.

"그러니까 작가 선생도 내 동생한테 상처 주지 말라고요. 그리고 남은 수험 기간 동안 방해하지 말고. 그것만 아니면 난 상관없으니까 쫄지 말아요."

"……"

"장거리 연애는…… 뭐 알아서들 해요. 자주 못 만나서 멀어지면 어쩔 수 없는 거고."

현진은 일일이 설명하기 귀찮다는 듯 찡그린 얼굴로 손을 들어 귀를 후비적거렸다. 처음이나 지금이나 여전히 건방지기 짝이 없는 말투와 행동이었지만, 재영은 이젠 그런 족제비의 모습까지 정이 들어 버렸나 보다. 그의 지금 이런 모습이 예뻐 보이는 것을 보면.

고맙다는 말을 하기도, 쫄지 않았다는 말을 버럭 하기도 왠지 어색한 상황이었다. 처음엔 예수 믿으라고 찾아온 줄 알았던 족제비였는데, 어느 순간 재영에게도 중요한 사람이 되어 있었다. 그가 마음을 열어 가는 여자의 가족이기도 했고, 제 유일한 혈육을 지켜 줄 든든한 버팀목이기도 했다.

"족제비, 사랑해!"

난간에서 팔을 내린 재영이 장난스러움 반, 진지함 반으로 와락 현진을 끌어안았다. 갑작스레 자신에게 달려든 재영 때문에 현진은 잔뜩 놀란 얼굴이었다.

"악!"

징그럽게 자신을 꼭 끌어안는 재영의 손길에 현진은 소름이 다닥다닥 돋았다.

"비, 비켜! 소름 돋아!"

"그래도 사랑해, 족제비. 너는 나의 운명이야!"

재영은 볼까지 맞대어 비비적거릴 태세였다. 현진은 재영을 밀어 내기 위해 한참을 끙끙거렸고, 재영은 그런 현진에게 붙어 열심히 사랑 고백을 했다. 현진은 이런 사람한테 민애를 맡겨도 되는 건지 다시 진지하게 고민해 봐야겠다는 생각이 들었다.

눈부시게 맑은 오후였다. 윤영과 민애는 열심히 놀고 있는 중인지 들어올 생각을 하지 않았지만, 재영과 현진은 그동안 나름대로의 우정을 쌓아 가고 있었다.

현진은 자신에게 입이라도 맞출 것 같은 재영에게 도망 다니면서, 재영은 활짝 웃는 얼굴로 그의 뒤꽁무니를 졸랑졸랑 쫓아다니면서.

"오빠!"

윤영과 민애가 돌아왔다. 쇼핑을 한 듯 양손에 쇼핑 봉투를 쥔 채 들어온 그녀들은 함께한 나들이가 무척이나 즐거웠던 모양이었다.

"오늘 윤영 언니 여름옷 많이 사왔어요. 덤으로 언니가 내 옷도 사 줬다?"

"옷걸이가 좋아서 입어 보니까 다 어울리잖아. 도저히 안 사 줄 수가 없었어."

"언니, 내가 꼭 나중에 취직해서 갚을게요."

"괜찮아. 예쁘게 입고 예쁘게 다니면 그걸로 족해."

내내 웃으며 종알거리는 두 사람을 보는 현진과 재영은 영 탐탁치 못한 표정이었다. 자기들끼리만 쏙 가서 뭘 그렇게 즐겁게 놀다 온 건지. 샘이 잔뜩 난 두 사람이었다.

윤영은 여전히 시원한 옷차림이었다. 아직 완벽히 벗어나지는 못했지만, 그녀는 자신을 해한 그 흔적을 덮어 준 현진에게 늘 고마운 마음을 가지며 지내고 있었다.

고마운 마음을 가진 것은 현진 역시 마찬가지였다. 마치 지독한 결벽증 환자처럼 누구와도 닿지 못했던 그였는데, 이제는 늘 윤영의 손을 잡고 싶고 그녀를 안고 싶다는 생각을 하게 되었다.

하늘이 조금씩 회색으로 물들어 가고 있었다. 놀이터에 고정시켜 놓은 삼각대 옆에 선 윤영은 카메라를 든 채로 조리개 값과 타이머를 조정하고 있었다. 워낙 오랜만에 카메라를 조작해 보는 터라 조금 손이 떨리긴 했지만, 저만치에서 앉아 웃고 떠들고 있는 현진과 재영, 민애가 있어 웃는 얼굴로 카메라를 만질 수 있었다. 아, 그리고 네 사람뿐만 아니라 민애가 들고 있는 햄돌이와 햄둘이도 윤영을 웃게 하는 데 한몫했다.

"조금만 기다려!"

재영과 현진과 민애는 모두 설레는 얼굴로 윤영을 바라보았다. 재영은 오랜만에 카메라를 든 동생의 모습이 너무나 대견한 표정이었고 현진은 처음 보는 그녀의 모습에 잔뜩 들뜬 표정이었다. 민애는 자신이 다시 대전으로 올라가기 전에 기념사진이라도 남겨 두자고 제안한 윤영 때문에 고마운 마음이 가득했다.

타이머를 맞추고 삼각대에 카메라를 고정시킨 윤영이 작게 한숨을 내쉬었다. 이제 셔터를 누르고 달려가 사랑하는 저 사람들 사이에 앉아 웃으면 되는 일이었다.

카메라를 내려다보며 한숨을 내쉬는 윤영의 모습에 재영의 표정이 좋지 못했다. 저렇게 짧은 소매의 옷을 입고 상처를 가렸지만, 아직까지도 마음을 짓누르는 커다란 짐을 완벽히 극복하지 못했을 그녀가 안쓰러웠다.

따끔거리는 재영의 시선에 윤영이 눈을 돌려 그와 시선을 마주했다.

"괜찮아."

재영은 입모양으로 이렇게 이야기하고 있었다.

"괜찮아. 괜찮아, 윤영아."

언제나 괜찮다며 자신을 토닥여 주는 재영의 모습에, 윤영은 슬쩍 입가에 웃음을 담았다.

민애는 현진의 머리를 매만져 주고 있었다. 현진은 동생을 내려다보며 마치 재영이 윤영을 바라볼 때와 같은 미소를 짓고 있었고, 그런 두 사람의 모습에 윤영까지 덩달아 마음이 설레었다.

현진이 시선을 돌려 윤영과 눈동자를 마주했다. 그리고 하얀 이를 드러내며 그녀를 향해 활짝 웃었다.

"행복하다."

"……."

"행복하다, 지금. 엄청."

윤영이 조용한 목소리로 중얼거렸다. 그녀는 금방이라도 눈물이 쏟아질 것 같았다. 슬퍼서가 아니라 너무나 행복해서. 이렇게 좋은 사람들 사이에서 살고 있는 제 자신이 너무나 행복하다 여겨져서.

"아직 멀었어요, 언니?"

이번엔 자신의 옷매무새를 가다듬으며 민애가 방긋 웃는 얼굴로 물었다. 민애의 질문에 윤영은 고개를 도리도리 저었고, 이내 옷매무새를 가다듬기 시작했다.

사랑스러운 사람들과의 첫 사진 촬영. 다시 새로운 삶을 살려하는 자신의 첫 촬영. 예쁘게 나오고 싶었다. 눈부시게 빛나는 저 사람들 사이에서, 윤영은 자신도 빛이 나고 싶었다.

삼각대 위에 고정된 카메라를 내려다본 윤영이 떨리는 가슴을 뒤로하고 살짝 손가락을 들어 셔터를 눌렀다. 빨간 불로 타이머가 깜빡거리자 윤영이 웃는 얼굴로 벤치에 나란히 앉은 그들에게 뛰어갔다.

"언니, 빨리 앉아요!"

가운데가 윤영과 민애의 자리였다. 민애의 손짓에 윤영이 고개를 끄덕이며 그녀의 옆에 자리를 트고 앉았다. 윤영의 옆에는 현진이 앉아 있었고, 민애의 옆에는 재영이 앉아 있었다.

타이머 불이 여전히 빨갛게 깜빡거렸고, 윤영은 제 옆에 앉아 있는 현진을 행복한 얼굴로 올려다보았다. 그런 그녀를 내려다본 현진이 어서 카메라 쪽으로 시선을 돌리라며 고갯짓을 했지만 윤영은 말을 듣지 않았다.

"야, 윤영아. 근데 이거 언제 찍히는 거냐."

복화술을 하듯 입술을 잔뜩 오물거리며 재영이 말했다. 그 모습이 많이 우스웠는지 카메라를 보며 미소 짓고 있던 민애가 풋 손으로 입을 가린 채 웃음을 터뜨렸다.

타이머가 빠른 속도로 깜빡이고 있었다. 드디어 올 것이 왔는가 싶었는지 재영이 아주 뻔뻔스러운 얼굴로 민애의 어깨에 손을 올려놓았다. 갑작스런 그의 행동에 조금 놀란 듯했지만 이내 그녀도 무릎 위에 올려놓은 햄스터 우리를 두 손으로 꼭 쥔 채 그가 있는 쪽으로 고개를 살짝 기울였다.

그리고 하나, 둘, 셋.

찰칵.

"김치이-!"

금방이라도 노을이 내릴 듯한 하늘 위에 반짝이는 플래시가 터졌다.

서로를 마주 본 채로 웃고 있는 윤영과 현진, 그리고 서로에게 가까이 다가선 채로 환하게 웃으며 김치를 외치는 재영과 민애의 모습이 플래시와 함께 환하게 빛이 났다. 어색한 첫 촬영이었지만 네 사람은 조금도 미소를 잃지 않았다.

서로가 있어 행복한 시간들이었다. 함께 있어서 로맨틱한 나날들.

#
Epilogue 1.

새해가 지나고 출간된 재영의 책 〈수험생을 위하여 수업 종은 울리나〉는 베스트셀러로 등극해 오랜 시간이 지나도록 아주 많은 사랑을 받았다. 덕분에 그 전에 쓸쓸히 묻혀 갈 뻔했던 재영의 작품들도 세상에 한 번 더 나와 사람들의 관심을 받을 수 있게 되었다.

재영과 민애는 현진의 걱정과는 다르게 아주 열심히 장거리 연애를 즐기며 매일매일을 보냈다.

대전 근처의 학교에 수시 전형으로 입학한 민애는 주말이 되면 아버지의 허락을 받고 현진의 집에 자주 놀러왔다. 그녀가 당연히 서울 쪽 대학으로 올 것이라고 생각했던 현진은 처음 그 사실을 알고 노발대발했지만, 이미 그를 속이고 계획을 진행한 민애를 말릴 수는 없었다.

재영은 한가한 날엔 그가 대전으로 내려가 민애의 학교로 찾아가곤 했다. 푸릇푸릇한 대학생인 만큼 학교 행사나 과 생활에 관심이 많은 그녀를 지키기 위한 책략 같은 것이었다.

민애는 그녀가 바람이 날까 전전긍긍하는 그의 모습이 아주 귀엽다고 생각했다.

여덟 살이나 많은 주제에 애처럼 군다니까.

하지만 아무리 애 취급을 받아도 재영은 긴장의 끈을 놓을 수 없었다. 그리고 아마 앞으로도 내내 놓을 수 없을 것이다. 여자의 이십 대. 정말 어떤 남자에게 있어서도 매력적으로 느껴지는 나이가 아닌가. 거기다 민애는 예쁘기까지 하니까.

"또 왔어요?"

"뭐얏? 또라니."

재영의 눈이 세모꼴이 됐다.

"너무 자주 오니까."

카페 안.

혹시나 누가 알아볼까(?) 선글라스를 쓴 재영과 상큼한 여대생 민애가 마주 보고 앉아 아이스크림을 먹고 있었다.

도대체 일은 잘 하고 있는 건지. 요 근래 대전을 제집처럼 방문하는 재영을 보며 민애가 걱정스런 눈빛을 보냈다.

"귀찮아서 그래?"

"귀찮기는 무슨. 걱정되니까 그렇지."

"무슨 걱정. 일 안 해서 굶어 죽을까 봐?"

"뭐 비슷하게요?"

괜한 걱정을 한다는 듯 재영이 손을 들어 그녀의 머리를 세차게 비벼 댔다. 헝클어진 머리를 정리하며 민애가 배시시 웃었다.

"근처에 사인회 있어서 하고 온 거야. 별 걱정을 다 한다."

"오빠도 맨날 이상한 걱정 하잖아요. 나 바람날까 봐."

"그건 당연한 걱정이지. 넌 너무 예쁘니까."

"우엑. 닭살 돋아."

"우엑. 나도 마찬가지야."

재영이 픽 웃음을 터뜨리며 선글라스를 벗어젖혔다. 누가 알아보고 말고 상관없이 눈앞에 있는 민애의 얼굴을 더 가까이, 자세히 보고 싶었다.

제법 여자 같기도, 아직 소녀 같기도 한 그녀의 얼굴을 내려다보며 그는 행복한 듯 웃었다. 유난히 아이스크림 종류를 좋아하는 제 여자 친구는 오늘도 예쁘고 사랑스러웠다.

"진짜? 윤영 언니 벌써 취직했어요?"

"당연하지. 걔가 나를 닮아 똑똑해, 아주."

"아휴. 이 아저씨 또 잘난 척하시네. 그냥 윤영 언니가 잘난 거지 뭘."

"최민애. 너 아저씨라고 하지 말랬지!"

"흐응. 그럼 아저씨를 아저씨라고 하지 뭐라고 하나?"

이전보다 훨씬 밝아진 민애의 모습에서 재영은 안도감을 느꼈다. 현진과 아버지의 관계는 전혀 뒤바뀌지 않았지만, 그녀는 손

톱만큼 일어나는 변화들을 보며 그것으로도 감사해했다. 처연하던 민애의 모습은 이제 어디에도 없었다. 그리고 늘 윤영만 걱정하던 재영의 모습도 조금 달라져 있었다. 이제는 곁에 서로가 있었으니까.

"나 우리 과에 온 거 잘한 것 같아요."

분수대에서 솟아오르는 물결이 반짝이며 빛났다. 근처 작은 공원에서 두 사람은 나란히 손을 잡은 채 걷고 있었다. 온몸으로 느껴지는 따뜻한 햇살과 볼을 간질이는 잔잔한 바람이 두 사람의 마음을 더 두근거리게 했다.

명랑한 민애의 목소리에 그녀의 작은 손을 꼭 쥔 재영이 씩 웃었다.

"재미있어?"

"응. 많이요."

"예전에 그렇게 1등급이라고 자랑하더니."

어릴 적부터 책을 많이 읽어서 따로 공부하지 않아도 언어영역 1등급이었던 민애가 택한 전공은 국어국문학과였다. 어쩌다 보니 작가인 재영과 겹치는 분야여서 요즘 더 큰 관심이 생기기도 했다.

"나 그때 완전 작가 앞에서 주름 잡았잖아요."

"그래. 그랬었지. 하핫."

"그때는 몰랐어, 오빠가 작가인 줄은. 그냥 날백수인 줄 알았지."

"나 그때 그렇게 이상했어?"

사실 매일같이 집 안에 박혀 있는 부스스한 머리에 추리닝을 입은 남자를 본다면 누구라도 그렇게 생각할 수밖에 없었을 것이다.

그때를 떠올렸는지 민애가 조금 웃었다.

흐트러진 바람둥이 스타일. 처음엔 분명 그렇게 생각하긴 했었다.

하지만 잠시 생각을 잇던 그녀가 도리도리 고개를 저었다.

"처음엔 조금 그렇다고도 생각했었는데, 어느 순간부턴가 아니었어요."

"……"

"멋있었어. 특히 오빠 책 보고 난 이후에는 더."

재영이 조금 놀란 듯 눈을 크게 떴다.

"그때도 내 책 읽었었어?"

"윤영 언니가 말해 줘서 오빠가 작가인 것 알고 서점에서 몰래 사다가 봤어요. 보면서 생각했지. 아. 이 사람한테 이런 감성이 있구나. 이런 박식한 면이 있구나."

"……"

"완전 의외였죠 뭐."

생긋 웃는 민애를 내려다보는 재영의 눈길이 따뜻했다. 잡은 손을 놓은 그가 그녀의 자그마한 몸을 끌어당겨 어깨동무했다.

그렇게 두 사람은 조금 더 걸었다. 천천히 천천히. 보폭이 작은 민애에게 발걸음을 맞추면서도 재영은 조금도 답답함을 느끼지 못했다. 그저 함께 있어서 행복했다.

"나중에 졸업하면 꼭 내가 오빠 책 만들어 줄 거야."

결의를 다지듯 말을 마친 민애가 입을 앙 다물었다. 그 분홍빛 입술이 너무 예뻐 재영은 자꾸만 웃음이 나왔다.

"누가 내 원고 준대?"

"엉? 정말? 안 줄 거예요?"

민애의 동그란 눈이 그를 향했다.

"봐서. 나 메이저급 아니면 쳐다도 안 볼 거다. 알지?"

"너무한다, 진짜."

"알았어, 알았어. 꼭 만들어 줘. 꼭 네 손으로 하나하나 전부 다 만들어 줘."

"헤헤. 내 손으로 좋은 책을 만들어 보고 싶어요. 그게 지금 내 목표야."

툴툴대는 그녀가 귀여워 계속 약 올려 주고 싶었지만 재영은 그만두기로 했다. 아직 스무 살. 자신으로 인해 무언가 목표를 세우고 있는 그녀가 너무 대견하기도 하고, 벌써 앞으로의 일을 생각하고 있다는 것이 대단해 보이기도 했다.

눈부신 햇살 속에서 두 사람이 서로를 향해 더욱더 환하게 웃었다. 앞으로 더욱더 사랑할 연인으로, 그리고 같은 분야에서 일할 수 있는 동반자로 함께할 생각을 하니 두 사람 모두 가슴 속에서 커다란 기대감이 부풀어 올랐다.

#
Epilogue 2.

현진은 현재 사법 고시를 2차까지 합격한 상태였다. 남은 3차만 무사히 합격하면 연수원에 들어갈 수 있게 된다. 워낙 힘든 공부라 윤영과 함께 놀러 다니는 시간이 많이 줄었지만, 현진은 늘 옆에서 응원해 주는 그녀를 위해 열심히 살고 있었다.

아직 아버지와는 이렇다 저렇다 할 관계 개선을 하지 못했지만, 적어도 지금은 검사를 하고 싶은 이유가 부모님 때문만은 아니게 되었다.

서울까지 자주 민애를 바래다주는 아버지를 만나면서 현진은 그냥 이 정도로 됐다고 생각하기로 했다. 적어도 민애만큼은 무엇보다도 사랑해 주는 아버지니까.

그리고 어머니의 인생은 이해하지는 못해도 한번 감싸 안아보기로 했다. 어머니에 대해서 윤영이 했던 이야기가 아주 마음속 깊이 와 닿았기 때문이었다.

많이 외로우셨을 거야. 네 어머니. 너와 민애는 채워 주지 못
했을 그런 외로움이 아마 뼛속까지 사무치셨을 거야.

현진에게 전화로 야식으로 뭐가 먹고 싶냐고 물었더니, 그는
그저 '밥' 딱 한 글자만 말했다. 요즘 같은 때는 완벽히 공부에
매진하느라 거의 인스턴트로 끼니를 때우는 모양이었다. 반찬을
안 먹고 버리는 일이 많아 대전 집에서도 음식을 받아오지 않았
다.

집에서 만든 밥이 그리워진 모양이라 생각하며, 윤영은 처음
으로 그에게 해 줄 야식거리를 장 봐 왔다.

"실례합니다."

현진에게 물어 알게 된 그의 집 도어록을 연 그녀가 조심스레
집 안으로 들어섰다. 빈집에 그녀의 목소리가 조그맣게 울렸다.

도서관에 다녀오면 늦은 시간이라 많이 먹으면 얼굴도 부을
테고 속도 안 좋을 테니, 적당한 찬거리만 준비했다.

현진은 평소보다 일찍 집으로 돌아왔고, 씻지도 않고 식탁 앞
에 앉았다. 그리고 그녀가 준비한 야식 상을 순식간에 비워 냈
다. 건강을 생각한 갖가지 나물들과 김치, 계란말이, 멸치볶음
같은 단순한 요리임에도 불구하고 그는 아주 행복한 표정으로
맛있게 먹었다. 맞은편에 앉아 턱을 괸 채 그의 먹는 모습을 흐
뭇하게 바라보던 윤영은 이내 식사를 마친 그에게 물 잔을 건넸
다.

씨익. 그녀가 건네준 잔을 받아든 현진이 웃으며 엄지손가락을 치켜세웠다.

"맛있다. 원래 이렇게 요리 잘했어?"

"잘 하지는 않지만, 가끔 이렇게 해 먹기도 해."

"나한텐 여태 왜 한 번도 안 해 줬지?"

"기회가 없었잖아. 그래서 지금 이렇게 해 주는 거고."

"앞으로 내가 기회 많이 만들어 줘야겠다."

사실 직설적인 현진이 맛이 없다고 말할까 봐 조금 긴장했었는데, 천만다행이라고 생각했다. 윤영은 현진이 비워 낸 그릇들을 보니 보람찬 기분이 들었다.

윤영이 정리하는 사이 현진이 노곤한 몸을 씻고 나왔다. 머리의 물기를 제대로 닦지 않아 물을 뚝뚝 흘리며 돌아다니는 그를 보던 그녀가 화장실에서 수건을 가지고 나왔다.

"많이 피곤해?"

피곤해서 거의 정신이 나간 것 같은 현진을 향해 윤영이 조심스레 물었다.

거실 소파에 앉은 그의 머리카락을 그녀가 조심스레 수건으로 닦아 주었다. 부드러운 느낌에 기분이 좋은지 현진이 졸린 얼굴에 슬며시 웃음을 담았다.

"이거 괜찮네, 기분."

나른한 현진의 목소리에 물기가 잦아든 그의 머리를 손으로 정리해 주었다.

"너 이렇게 힘들어하는 거 처음 봐, 현진아."

"안 힘들어. 그냥 조금 졸려서 그렇지."

"어디 아픈 건 아니지?"

"전혀. 걱정하지 마."

꽤나 다부진 현진의 대답에 윤영은 가만히 고개를 끄덕였다.

나란히 소파에 앉은 두 사람의 귓가에 채칵채칵 시계 초침 소리가 울렸다. 스르르. 현진의 고개가 옆에 앉은 윤영의 작은 어깨 위로 떨어졌다.

"아. 좋다."

"방에 들어가서 자. 나 이제 집에 갈게."

"조금만. 조금만 더 있다가."

요 근래 더 수척해진 현진의 얼굴을 내려다보며 윤영의 얼굴이 다시 걱정에 휩싸였다. 하얗고 맨들거리는 그의 볼에 살짝 손을 댄 윤영이 가만히 그를 바라보았다. 금방 씻고 나와 말랑해진 그의 피부가 손 안에 느껴졌다.

촉.

색색 숨을 내쉬는 현진의 입술에 그녀가 가만히 입을 맞추었다.

움찔.

두 사람의 첫 입맞춤도 아니었는데 현진은 저도 모르게 그 촉감에 눈을 떴다.

"뭐야…… 설윤영."

"응?"

"너무 약해, 이거."

"퀭해서는 뭐가 약하다는 거야."

그러고 보니 현진의 눈 밑에 왠지 거무스름하게 그늘이 진 것도 같다. 윤영이 엄지손가락을 움직여 눈 밑을 매만졌다. 하지만 현진은 개의치 않는다는 듯 그녀를 향해 고개를 절레절레 저었다.

"나 안 피곤해."

"분명 피곤한데 엄청……."

"안 피곤해. 그러니까 한 번 더."

뜨거워진 그의 눈빛에 살며시 입술을 꼬물거리던 윤영이 이내 천천히 그의 입술로 자신의 입술을 가져갔다. 빨갛고 뜨거운 그의 입술에 입을 맞추며 윤영은 조심스레 눈꺼풀을 내렸다. 떨리는 그녀의 입술을 느끼며 현진의 피곤함은 이미 저 안드로메다까지 날아가 버렸다.

현진의 입술을 가지고 장난을 치기도 하고 입을 맞댄 그대로 씩 웃기도 하던 윤영이 천천히 입술을 뗐다. 그리고 눈꺼풀을 들어 그와 시선을 마주했다.

슥.

현진의 커다란 손이 그녀의 머리를 쓰다듬자, 기분 좋은 느낌에 방긋 미소 지은 윤영이 그의 품안에 꼭 안겼다.

"뽀뽀 오랜만에 한다. 그치 현진아."

현진은 사랑스러운 눈길로 윤영의 머리꼭지를 내려다봤다.

"그러게. 이놈의 공부가 뭔지…… 빨리 끝내 버리고 너랑 24시간 이렇게 있었으면 좋겠다. 뽀뽀하고 밥 먹고, 또 뽀뽀하고 졸리면 자고, 또 뽀뽀하고 하고 또 하고."

현진의 말에 윤영이 조금 당황한 듯 했지만 이내 그의 품안에서 큭큭거리며 웃었다. 이제는 이런 대화조차도 많이 편해졌다. 그녀의 웃는 소리에 그의 입가에도 진한 웃음이 맺혔다.

윤영은 현진을 잘 모르던 그때가 떠올랐다. 제 손길만 닿아도 소스라치게 놀랐던 그가 이제는 그녀에게 닿기를 간절히 원하고 있었다. 자신 역시도 그를 간절히 바라고 있었다. 이 상황이 너무 예뻤고, 그가 너무 예뻤다.

툭.

윤영이 예전 일을 떠올리는 사이에 현진이 졸음을 참지 못하고 윤영의 어깨에서 미끄러져 그대로 소파 팔걸이에 고개를 떨궜다.

새근새근. 색색. 마치 아이처럼 잠이 든 현진을 내려다보며 윤영은 이 순간마저도 행복하다고 생각했다.

그가 조금 더 편안하게 잘 수 있도록 윤영은 자리를 조금 옮겼다.

"정말 힘든가 보다, 우리 현진이."

"……."

"근데 어떡해. 이 와중에 자는 모습도 잘생겼어."

자신이 생각해도 철없는 말이었지만 윤영은 내뱉을 수밖에 없

었다. 옆으로 보이는 반듯한 그의 이마가 날카로운 콧날이 너무
도 아름다웠다.

❖

주말.

"공부가 안 돼."

"응? 왜?"

방에서 공부하고 있던 현진이 한참을 머뭇거리다 밖으로 나왔
다. 거실에 엎드려 조용히 사진집을 보고 있던 윤영이 둥그런
눈으로 그를 바라보았다.

하얀 반팔 원피스 안으로 하얀 윤영의 다리가 위아래로 왔다
갔다 했다. 그걸 본 현진이 큼큼 소리를 내며 뒤돌아 부엌으로
갔다.

"나 합격해야 되는데."

냉수를 목 안으로 쏟아부으며 현진이 고개를 절레절레 저었
다. 갑자기 방 밖으로 뛰쳐나온 현진을 쪼르르 쫓아온 윤영이
그의 뒤에 가만히 섰다.

"공부가 잘 안 돼? 아니면 나 방해돼?"

"어. 잘 안 돼. 너 방해돼."

"지, 진짜로?"

그냥 던져 본 소리였는데, 긍정의 대답이 돌아올 줄은 몰랐

다. 윤영은 울상이 된 얼굴로 깍지 낀 손에 더욱더 꾹 힘을 주었다.

"나 집에 갈게."

하도 못 봐서 같은 공간에라도 있고 싶어서 온 거였는데, 이것마저 방해가 될 줄은 몰랐다. 이해해야지. 이해해야지. 그리 생각하며 그녀가 현진에게서 돌아섰다. 하지만 사실 온전히 이해할 수 없었다. 그리고 그녀는 그 자리에서 움직일 수도 없었다.

"조금만 더 있다 가."

현진이 뒤에서 그녀를 끌어안았기 때문이었다.

"방해된다면서."

"어, 그건 맞아."

"그런데 왜 있다 가래?"

이해는커녕 심술이 잔뜩 났다. 윤영을 안은 팔에 더 힘을 준 현진이 코끝을 그녀의 머리꼭지에 가져다 댔다. 언제나 변하지 않는 상큼한 비누 향이 그의 코끝을 흘렀다.

사람 마음을 몰라도 참 너무 몰라.

조용한 집 안에 잠시 두 사람의 숨소리만이 들렸다.

"나 갈게, 현진아. 놔 줘."

"삐졌어?"

그의 팔을 풀고 빠져나온 윤영이 조금 심통 난 얼굴로 뒤돌아섰다. 현진이 검지 손가락을 들어 장난스럽게 그녀의 코끝을 툭

건드리자 윤영이 간지러운 듯 엣취 재채기를 했다.

"진짜 방해돼, 너."

"……."

"계속 안고 싶고, 키스하고 싶고."

"……."

"그보다 더한 것도 하고 싶고."

"뭐, 뭐?"

이어진 현진의 이야기에 윤영이 놀란 듯 눈을 크게 떴다. 그보다 더한 것이라니!

"나 어쩌다가 이렇게 됐지. 끔찍했는데 그런 것들."

현진이 머리를 긁적거렸다. 폭탄 발언은 이쪽에서 나왔는데 금방이라도 폭탄이 터질 것처럼 얼굴이 발갛게 부풀어 오른 것은 윤영이었다.

아무 말도 못 하고 서 있다가 이제는 현진의 눈조차 쳐다보지 못하고 눈알을 굴리는 그녀가 우스웠던 모양이었다. 풋 웃음을 터뜨린 현진이 커다란 손을 들어 그녀의 머리카락을 헝클어뜨렸다.

"표정 좀 봐, 설윤영."

"왜, 왜. 웃겨?"

"응. 엄청. 그리고 귀여워."

이번엔 앞으로 그녀를 품에 안은 현진이 좋아 죽겠다는 듯 아주 세게 그녀를 끌어안았다. 숨이 막힐 정도로 아주 꼬옥.

붉어진 얼굴을 그의 가슴팍에 기대며 윤영이 저도 모르게 살며시 웃었다. 그런 식의 방해꾼이라면 조금도 기분 나쁘지 않았다. 안고 싶고, 키스하고 싶고. 그보다 더한 것도 하고 싶고.

"현진아."

"응."

"합격하면."

윤영이 조그마한 소리로 쿵쿵대는 심장을 움켜쥐고 말했다.

"응?"

"너 합격하면 다 하자. 다아."

말을 마치고 부끄러운 듯 더욱더 현진의 가슴팍에 얼굴을 파묻는 윤영을 보며 그는 조금 당황스런 표정을 짓고 있었다. 자신의 마음이야 그렇다 쳐도 윤영이 이렇게 나올 줄은 몰랐던 모양이었다.

현진의 표정이 더욱더 다부져졌고, 곱슬거리는 그녀의 머리카락을 쓸어내리며 그는 그녀 모르게 결의를 다졌다.

"말 바꾸기 없다, 설윤영 너."

이제는 합격해야 할 이유가 한 개 더 생겼다.

#
Epilogue 3.

쇼핑몰 회사를 그만두고 다시 복학했던 윤영은 무사히 사진과를 졸업했다. 졸업 전시회에서도 무척이나 좋은 평을 받았던 그녀. 〈로맨틱 데이즈〉라는 작품명으로 올라온 그녀의 졸업 전시회의 작품 중 하나가 특히나 많은 이들의 눈길을 사로잡았다.

타인이었던 그들이 처음으로 하나가, 가족이 되었던 시간. 로맨틱 데이즈.

재영과 현진, 그리고 민애와 그녀가 처음으로 찍었던 그 사진이었다. 윤영은 그 사진 덕에 큰 잡지 회사에 스카우트 제의를 받았고, 포토그래퍼로 활동하며 의미 있는 삶을 꾸려 나가고 있었다.

"윤영 씨."

"네?"

"근데 그 사진은 어떻게 찍게 됐어요?"

"⋯⋯."

"로맨틱 데이즈 말이야. 그 사진."

일을 시작한 지 이제 한 달째. 편집장이 컨셉 회의를 마치고 나가는 윤영을 불러 세워 로맨틱 데이즈에 대해 물었다.

"묻는다, 묻는다 하던 걸 너무 바빠서 깜빡했어."

편집장인 그녀가 윤영을 스카웃을 해 오긴 했지만, 막상 면접 당일엔 바쁜 일정이 있어 들어오지 못해 물어볼 타이밍을 놓쳤었다.

"사진도 사진이었는데, 그때 그 문구가 정말 인상적이었거든나. 뭐였더라."

"타인이었던 그들이 처음으로 하나가, 가족이 되었던 시간. 이거요?"

"응. 그래, 그거."

윤영의 말간 얼굴이 밝게 빛났다. 그 사진 한 장에 매료되어 자신을 스카웃해 준 편집장에 대한 고마움 마음이 여전히 표정에 가득했다.

회의용 노트를 손에 꼭 쥔 윤영이 그때를 회상하듯 아련해진 얼굴로 말을 이었다.

"그냥. 정말 그런 시간이었어요. 그때가 딱."

"그때가 딱?"

"네. 타인이었던 우리가 하나가 되었던 시간이요."

"……."

"거짓도 없고, 꾸며진 것도 아니었고요."

"컨셉이 아니었다는 거지?"

"네."

편집장이 윤영을 향해 씩 웃었다. 그녀도 우연히 자신이 졸업한 학교에서 보았던 그때 그 전시회를 떠올리는 듯했다. 거짓이 없다는 윤영의 말이 이해가 되는 것 같았다. 사진 속에 담겼던 서로를 향한 눈빛, 미소에는 정말 진심만이 가득했었으니까.

척.

손에 쥔 자료를 윤영의 가는 팔 위에 잔뜩 올려놓은 편집장이 한 번 더 웃었다.

"자. 우리한테도 그런 사진을 찍어 줘요."

"네?"

"그러라고 데리고 온 거니까. 자, 뭐해요. 일해요, 윤영 씨."

"아. 네. 네, 편집장님!"

쿠당탕.

다급하게 자료를 든 채 회의실을 내려오면서도 윤영은 매우 활기찼다. 그런 사진을 찍어 달라는 편집장의 말이 가슴 깊이 와 닿았다.

로맨틱 데이즈 같은 사진. 진심이 가득 담긴 사진. 자신도 언제나 그런 사진을 찍고 싶었으니까.

집으로 돌아가는 길에는 노을이 내리고 있었다.

타박타박. 복도를 걷는 그녀의 발걸음이 매우 가볍지만 아주 다부졌다.

윤영은 현진과 만나게 해 준 1118호를 무척이나 사랑하게 되었다. 처음의 707호나 302호 등의 숫자를 가진 집에서 살고 싶어 했던 그녀의 바람이 이루어졌더라면 아마도 왕싸가지 족제비 현진을 만나 지금같이 행복한 때를 누리지 못했을 테니까.

현관문을 바라보기만 해도, 제집과 현진의 집이 사랑스럽게 느껴졌다. 거기다 그녀는 지금은 햄스터들이 살고 있지 않은 플라스틱 우리마저도 예쁘게 생각되었다.

윤영은 이제 곧 다시 예쁜 동물을 그 플라스틱 우리에 넣어 키울 작정이었다. 마치 자신의 감정을 키우듯, 사랑을 키우듯, 그렇게.

— *The end*

지금보다 훨씬 더 어렸던 시절에 썼던 글입니다. 그래서 다시 다듬어 책으로 출간하게 된 지금 이 순간이 굉장히 감회가 새롭고 남다릅니다.

로맨틱 데이즈는 시작부터 끝낼 때까지 쓰는 제 자신이 너무나 행복했고, 가슴 짠했던 글이었습니다.

세상엔 누구나 자신만의 상처나 아픔이 있다고 생각했고, 그런 상처들을 타인을 통해 극복하는 과정을 그려 가고 싶었는데 그 과정에서 제 마음도 함께 치유하는 기분이 들었습니다.

왠지 거창하지만 어린 시절 제가 만든 윤영이와 현진이는, 그리고 재영이와 민애는 그냥 온전히 저를 그려 냈다는 생각이 듭니다.

감사 인사를 전하려 합니다.

항상 글쟁이 분실물을 응원해 주는 홍반야 언니. 함께 글을 쓰는 언니가 있어서 포기하지 않고 이렇게 글을 씁니다. 알지요? 너무 고마워요.

늘 내 곁에서 내가 하고 싶은 대로, 원하는 대로 살 수 있게 해 주신 우리 아빠, 내 동생. 감사하고 사랑합니다. 또한 언제나 든든하게 내 곁을 지켜 주는 하나뿐인 내 소중한 친구, 하나뿐인 내 소중한 애인. 감사하고 사랑합니다.

우리 분홍이네 찻집 식구들도 너무 고맙습니다. 앞으로 홍 언니랑 더 열심히 글을 쓰자고, 카페를 꾸려 나가자고 약속할 수 있었던 것은 모두 그대들 덕분입니다.

우리 찻집에서 만난 소중한 인연 찡이, 유진이도 고마워요. 오래전이지만 연재하는 동안 즐겁게 읽어 주신 로망띠끄 분들, 이렇게 예쁜 책을 만들 수 있게 도와주신 뿔미디어-스칼렛 편집팀 감사드립니다.

부족한 제 글을 받아 주신다면 저는 앞으로도 꾸준히 글을 쓰고, 책을 내려고 합니다. 아직도 쓰고 싶은 글이 너무 많고, 쓰는 것에 대한 열망이 가득하니 아마도 꽤 오랜 시간동안 이 일을 지속하지 않을까 생각합니다.

더 좋은 글로 여러분들을 찾아뵐 수 있도록 열심히 공부하고 노력하겠습니다. 그럼 다음 글에서 또 뵐 수 있기를 바랍니다. 감사합니다.

가을의 끝자락에서,
분실물 드림.

로맨틱
데이즈

1판 1쇄 찍음 2015년 10월 21일
1판 1쇄 펴냄 2015년 10월 27일

지은이 | 분실물
펴낸이 | 정 필
펴낸곳 | (주)뿔미디어

기획 · 편집 | 이은정, 강서윤

출판등록 | 2002년 9월 11일 (제1081-1-132호)
주소 | 경기도 부천시 원미구 소향로 17, 303(두성프라자)
전화 | 032)651-6513 / 팩스 032)651-6094
E-mail | scarlets2012@hanmail.net
블로그 | http://blog.naver.com/dahyangs
홈페이지 | http://bbulmedia.com

값 9,000원

ISBN 979-11-315-6876-7 03810